AGATHA CHRISTIE COMPLETE COLLECTION
THE SITTAFORD MYSTERY

AGATHA CHRISTIE COMPLETE COLLECTION
THE SITTAFORD MYSTERY

시태퍼드 미스터리 애거서 크리스티 장편 소설 | 김양희 옮김

THE SITTAFORD MYSTERY

Copyright © 1931 Agatha Christie Limited.
All rights reserved.

AGATHA CHRISTIE and the Agatha Christie Signature
are registered trademarks of
Agatha Christie Limited in the UK and elsewhere.
All rights reserved.

Korean Translation Copyright © Minumin 2007, 2013, 2021

Korean translation edition is published by arrangement with
Agatha Christie Limited through Shinwon Agency.

이 책의 한국어판 저작권은 신원 에이전시를 통해
Agatha Christie Limited와 독점 계약한 ㈜민음인에 있습니다.
저작권법에 의해 한국 내에서 보호를 받는 저작물이므로 무단 전재와 무단 복제를 금합니다.

정식 한국어 판 출간에 부쳐

　나는 한국에서 우리 할머니의 작품을 정식으로 출간한다는 소식을 듣고 무척 기뻤다. 할머니가 1920년부터 1970년 무렵까지 오랜 세월에 걸쳐 집필한 작품들은 21세기인 지금 읽어도 신선하고 재미있다. 등장 인물들이 워낙 자연스러워서 요즘 사람들과 다를 바 없고 이들이 등장하는 상황과 장소가 전 세계 사람들의 애정과 향수를 자극하기 때문이다. 한국 독자들은 이번에 새로 나온 정식 한국어 판을 통해 그 동안 접하지 못했던 애거서 크리스티의 일부 작품들을 읽을 수 있을 것이다. 덕분에 한국에 새로운 세대의 애거서 크리스티 팬들이 탄생할지도 모르겠다는 생각을 하면 가슴이 벅차다.
　애거서 크리스티는 대표적인 두 명의 주인공으로 기억되는 작가이다. 14권의 작품에 등장하는 마플 양은 영국의 작은 시골 마을에서 평온한 나날을 보내며 뜨개질과 수다로 소일하는 미혼의 할머니이지만, 놀라운 기억력과 날카로운 두뇌 회전으로 주변에서 벌어진 살인 사건을 해결한다.

그리고 마플 양과 상반되는 성격을 지닌 에르퀼 푸아로는 자신만만하고 콧수염을 포함한 자신의 외모와 벨기에라는 국적에 대한 자부심이 상당하다. 그는 이집트와 이라크를 비롯한 세계 각지에서 수수께끼를 해결하며 『오리엔트 특급 살인 Murder On The Orient Express』, 『나일 강의 죽음 Death On The Nile』, 『애크로이드 살인 사건 The Murder Of Roger Ackroyd』 등 애거서 크리스티의 여러 대표작에 모습을 드러낸다.

황금가지의 대담하고 참신한 표지와 전반적인 디자인 덕분에 작품의 성격이 잘 살아난 것 같아 기쁘다. 또한 한국 독자들이 할머니의 원작이 지닌 참된 묘미를 느낄 수 있도록 충실한 번역을 위해 애써 준 점도 높이 사고 싶다.

할머니의 작품이 20세기의 그 어떤 작가들보다 많이 팔리고 있는 이유는 나이와 국적에 상관없이 읽을 수 있는 재미와 감동을 갖추었기 때문이다. 모쪼록 한국 독자들도 황금가지에서 선보이는 애거서 크리스티 작품들을 즐겁게 감상하기를 바란다.

매튜 프리처드

애거서 크리스티의 손자

ACL 이사장

차례

정식 한국어 판 출간에 부쳐 — 5

시태퍼드 하우스 — 9
메시지 — 21
5시 25분 — 35
내러콧 경위 — 42
에번스 — 51
스리 크라운스 여관에서 — 64
유언장 — 75
찰스 엔더비 — 87
로렐스 — 97
피어슨 가족 — 108
에밀리, 행동을 개시하다 — 122
체포 — 134
시태퍼드 — 142
윌렛 모녀 — 150
버너비 소령을 방문하다 — 160

라이크로프트 씨 — 172
퍼스하우스 양 — 184
에밀리, 시태퍼드 하우스를 방문하다 — 198
각자의 견해 — 210
제니퍼 이모를 방문하다 — 221
여기저기서 오가는 대화 — 236
찰스 엔더비, 한밤에 모험을 하다 — 255
헤이즐무어에서 — 262
내러콧 경위, 사건을 설명하다 — 272
델러스 카페에서 — 284
로버트 가드너 — 291
내러콧 경위의 활동 — 300
장화 — 308
두 번째 강령회 — 320
에밀리, 설명하다 — 337
행운의 사나이 — 346

시태퍼드 하우스

버너비 소령은 고무장화를 신고 오버코트의 단추를 목까지 다 채운 후 문 근처 선반에서 강풍 대비용 각등을 집어들었다. 그러고는 방갈로의 앞문을 조심스럽게 열고 밖을 내다보았다.
크리스마스카드나 구식 멜로드라마에 묘사될 법한 전형적인 영국 시골의 모습이 눈앞에 펼쳐졌다. 온 천지가 눈으로 뒤덮여 있었다. 겨우 몇 센티미터 쌓인 정도가 아니라 주위가 파묻힐 정도로 두터운 눈 더미였다. 지난 나흘 동안 영국 전역에 눈이 내렸고 서남부의 다트무어 변두리에 있는 이쪽 고지대에는 1미터도 넘게 쌓였다. 집집마다 가장들은 파이프가 터져서 불평을 터뜨렸다. 그렇다 보니 다른 누구보다도 배관공을 친구로 둔 사람, 또는 배관공 친구의 친구마저도 지극한 선망의 대상이 돼 버린 형편이었다.
이쪽 고지대의 작은 마을인 시태퍼드는 그렇지 않아도 세상과 외떨어져 있는 곳이었는데 이제는 완전히 절해고도가 되어 버렸다. 혹독한 겨울 날씨는 사람들에게 엄청난 괴로움을 안겨다 주었다.

버너비 소령은 강인한 사람이었다. 그는 두 번 콧김을 뿜고 크게 끙 소리를 내더니 단호하게 눈 위로 발을 내디뎠다.

버너비 소령이 가려는 곳은 그리 멀지 않았다. 굽이진 골목을 따라 몇 걸음 걸으니 대문이 하나 나왔고 대문 안의 눈을 일부 치워 틔워 놓은 길을 따라가면 화강암으로 지은 상당히 큰 규모의 집이 나왔다.

단정한 옷차림을 한 하녀가 문을 열어 주었다. 소령은 짧은 군용 털외투와 장화, 낡은 목도리를 벗었다. 문이 활짝 열리고 그가 실내로 들어선 순간 연극에서 장면이 전환되는 것처럼 바깥세상과는 완전히 다른 환상적인 장면이 펼쳐졌다. 3시 30분밖에 안 되었는데 커튼을 쳤고 전깃불도 켰으며 벽난로에는 불이 활활 타올랐다. 오후에 입는 사교용 드레스 차림의 두 여자가 일어서며 이 믿음직한 노병을 맞이했다.

"이렇게 오시다니 정말 감사합니다, 버너비 소령님."

나이 든 여자가 말했다.

"아닙니다, 윌렛 부인, 전혀요. 이렇게 초대해 주셔서 고맙습니다."

그는 두 여자와 악수를 했다. 악수를 나누며 윌렛 부인이 말했다.

"가필드 씨가 오고 있어요. 그리고 듀크 씨도 오실 거고, 라이크로프트 씨는 오신다고는 했지만 그분 연세로 볼 때 날씨가 이래서 힘들 것 같아요. 정말 날씨가 엄청나네요. 이럴 때는 기분이 처지지 않도록 재미있는 일거리를 만들어야 할 것 같아요. 바이올렛, 난로에 장작을 하나 더 넣으렴."

이 말에 소령이 친절하게도 그 일을 하려고 일어났다.

"내가 하지요, 바이올렛 양."

그는 노련한 솜씨로 장작을 적당한 자리에 넣고 나서 월렛 부인이 가리키는 안락의자로 돌아왔다. 그는 표 나지 않게 방을 슬쩍 둘러보았다. 여자 두 명이서 눈에 확 띌 만한 변화를 주지 않고도 방의 분위기를 완전히 바꾸어 버린 것은 감탄할 만했다.

시태퍼드 하우스는 조지프 트리벨리언 대령이 영국 해군에서 퇴역할 즈음인 10년 전에 지은 저택이었다. 재력이 있었던 그는 늘 다트무어에 살고 싶어 했다. 그래서 작은 마을인 시태퍼드를 여생을 보낼 곳으로 정했다. 대부분 계곡에 몰려 있는 다른 마을이나 농장과는 달리 이곳은 시태퍼드 산의 그늘이 드리워진 황무지 등성이에 자리 잡고 있었다. 대령은 넓은 택지를 사서 자가발전 설비를 갖춘 데다가 물을 퍼 올리는 수고를 덜기 위해 전기 펌프까지 설치하며 안락한 집을 지었다. 그러고는 투자 방편으로 골목을 따라 한 채당 약 1000제곱미터씩의 땅을 할애해서 작은 방갈로 여섯 채를 지었다.

그 방갈로들 중에서 시태퍼드 하우스 정문 곁에 있는 집은 허물없이 지내는 오랜 친구 존 버너비 소령에게 내주었다. 다른 집들은 하나씩 하나씩 팔렸다. 자신이 좋아서든 필요에 의해서든 세상을 등지고 살아가고 싶은 사람들은 항상 있었다. 마을에는 이 집들 말고도 그림같이 아름답긴 하지만 낡은 시골집 세 채와 철공소 하나, 그리고 과자 가게를 겸한 우체국이 있었다. 제일 가까운 도시는 10킬로미터 정도 떨어진 익스햄프턴이었다. 그곳까지는 다트무어 도로에서 흔히 볼 수 있듯이 '운전자들은 기어를 최저속으로 유지하시오'라는 표지가 필요한 한결같은 내리막길로 이어져 있었다.

소문에 따르면 트리벨리언 대령은 대단한 부자였다. 그럼에도 불구하고, 아니면 그 때문인지 몰라도 돈을 지나치게 밝혔다. 10월이 끝나갈 무렵 익스햄프턴의 부동산업자가 그에게 시태퍼드 하우스를 세놓을 생각이 없는지 묻는 편지를 보내왔다. 겨울 동안 그 집을 빌리고 싶어 하는 사람이 그 문제를 의논해 왔다는 내용이었다.

트리벨리언 대령은 처음에는 거절하려고 했으나 다시 한 번 생각해 보더니 더 상세한 정보를 달라고 요구했다. 세 들고 싶어 하는 사람은 윌렛 부인으로 딸 하나를 데리고 있는 미망인이었다. 최근 남아프리카 공화국에서 귀국한 그녀는 겨울을 지낼 집을 다트무어에서 찾는다고 했다.

"젠장, 그 여자는 미친 게 분명해. 응? 버너비, 자네도 그렇게 생각하지 않나?"

트리벨리언 대령의 반응이었다.

버너비도 같은 생각이었기에 친구가 그랬던 것처럼 강한 어조로 말했다.

"어쨌든 자넨 세놓고 싶지 않은 거군. 그 어리석은 여자에게 얼어 죽고 싶다면 다른 데나 알아보라고 해. 게다가 남아프리카 공화국에서 왔다니!"

그러나 이즈음 트리벨리언 대령의 마음속에 돈 욕심이 고개를 들었다. 한겨울에 집을 세놓을 기회란 하늘의 별 따기였다. 그는 월렛 부인이 임대료를 얼마나 낼 것인지 물었다.

집세로 주당 12기니(영국의 옛 통화 단위. 1기니는 1실링에 해당한다―옮긴이)라는 대답에 거래가 성사됐다. 트리벨리언 대령은 익스햄프턴으로 가서 변두리에 있는 조그만 집을 주당 2기니에 세를 얻었다. 그러고는 월렛 부인에게 임대료의 절반을 선불로 받고 시태퍼드 하우스를 내주었다.

트리벨리언 대령은 이렇게 투덜거렸다.

"어리석기는. 그 여자는 금방 돈을 잃게 돼 있어."

그러나 이날 오후 버너비는 월렛 부인을 몰래 살펴보면서 바보처럼 보이지는 않는다고 생각했다. 그녀는 큰 키에 다소 장난스러운 태도였지만 어리석기보다는 빈틈없어 보이는 인상이었다. 옷 치장이 지나친 편이었고 말투에 식민지풍 억양이 있었으며 이 집을 임대한 일에 아주 만족하는 듯 보였다. 버너비로서는 유복해 보이는 그녀의 모습을 보니 이곳에 세 든 일이 더 이상하게 느껴졌다. 고독을 즐기고 싶은 열정에 몸을 맡길 유형의 여자같지 않았기 때문이다.

이웃으로 지내기에 그녀는 당황스러울 정도로 친절한 사람이었다. 시태퍼드 하우스에 초대받지 못한 사람이 없을 정도였다. 월렛 부인은 트리벨리언 대령에게 계속 "우리가 세 들어 있다는 걸 생각지 마시고 대령님 집처럼 편하게 생각하세요."라고 말했다. 하지만 그는 여자를 좋아하지 않았다. 젊은 시절 애인에게 차였다는 소문까지 나돌 정도였다. 그는 월렛 부인의 모든 초대를 완고하게 거절했다.

월렛 모녀가 세를 든 지도 두 달이 지났고 그들이 처음 왔을 때 사람들이 느꼈던 놀라움도 점점 사라졌다.

원래 조용한 사람이었던 버너비는 잡담을 나눌 필요를 느끼지 못해 계속 월렛 부인을 관찰했다. 그는 월렛 부인이 웃음거리가 되는 걸 좋아하는 것 같았지만 실제로는 아니라는 결론을 내리고 상황을 정리했다. 버너비 소령은 바이올렛 월렛에게로 시선을 돌렸다. 예쁜 아가씨였다. 요즘 아가씨들이 다 그렇듯 바싹 말랐다. 여자처럼 보이지 않는다면 여자로서 좋은 점이 무엇이란 말인가? 신문에서는 굴곡 있는 몸매가 다시 유행한다고 했다. 시기적으로 늦은 감이 있었다.

생각에 잠겼던 그는 대화를 나누어야 한다고 자신을 일깨웠다. 월렛 부인이 말을 꺼냈다.

"처음엔 소령님이 오시지 못할까 봐 걱정했답니다. 그렇게 말씀하셨던 거 기억하시죠? 마침내 오시겠다고 하셔서 너무 기뻤답니다."

"금요일이니까요."

버너비 소령은 명쾌하게 대답했다. 하지만 월렛 부인은 영문을 모르겠다는 표정이었다.

"금요일이라뇨?"

"매주 금요일에는 트리벨리언 대령의 집에 갑니다. 화요일엔 그 친구가 제 집으로 오지요. 우리 둘 다 몇 년 동안 그렇게 지내왔습니다."

"아! 알겠어요. 당연하죠, 가까이들 사시니……."

"습관 비슷한 거죠."

"그런데 아직도 그러세요? 제 말은 대령님이 지금 익스햄프턴에 사시니까……."

"습관을 깨는 건 애석한 일이죠. 우리 둘 다 함께 보냈던 저녁 시간을 그리워한답니다."

이때 바이올렛이 물었다.

"소령님은 승부를 다투는 일을 좋아하신다면서요? 각 행의 첫 글자 맞추기나 십자말풀이 같은 놀이 말이에요."

버너비는 고개를 끄덕이며 자랑하듯 말했다.

"전 십자말풀이를 하지요. 트리벨리언은 첫 글자 맞추기를 하고요. 그게 우리 각자의 18번이죠. 저는 지난달에 십자말풀이 대회에서 우승해서 책 세 권을 받았습니다."

"어머! 정말이세요? 멋지세요. 재미있는 책들이었나요?"

"모르겠습니다. 아직 읽지 않았지만 형편없는 책 같았습니다."

"중요한 건 이겼다는 거지요, 안 그래요?"

윌렛 부인이 딱히 대답을 바라는 것도 아닌 듯 막연하게 말했다.

"익스햄프턴에는 어떻게 가세요? 차도 없으시잖아요."

이번에는 바이올렛이 물었다.

"걸어서요."

"예? 설마요. 10킬로미터나 되는 거리인데요."

"좋은 운동이 됩니다. 왕복 20킬로미터가 뭐가 대단합니까? 몸을 튼튼하게 해 주는데요. 건강은 중요하죠."

"엄청나요! 20킬로미터라니. 소령님과 트리벨리언 대령님께서는 운동을 아주 좋아하시지요?"

"함께 스위스로 여행을 가곤 합니다. 겨울에는 겨울 스포츠를 즐기고 여름엔 등산을 하죠. 트리벨리언은 스케이트를 아주 잘 탑니다. 우리 둘 다 이제는 그런 일을 하기에 나이가 들었지만요."

"소령님은 육군 라켓(벽으로 둘러싸인 코트에서 하는 테니스—옮긴이) 선수권 대회에서 우승하셨다면서요?"

바이올렛의 질문에 소령은 소년처럼 얼굴을 붉히며 우물쭈물 말했다.

"누가 그런 얘기를 했습니까?"

"트리벨리언 대령님이오."

"그 친구가 괜한 말을 했군요. 트리벨리언은 말이 너무 많은 편이죠. 지금 날씨가 어떤가요?"

바이올렛은 쑥스러워하는 모습을 못 본 척하며 그를 따라 창가로 갔다. 그들은 커튼을 옆으로 걷고 황량한 바깥을 내다보았다.

"눈이 더 많이 오는군요. 폭설이 내릴 것 같습니다."

"아, 가슴이 설레요. 저는 눈이 너무 낭만적이라고 생각해요. 예전에 눈을 본 적이 없거든요."

바이올렛이 흥분된 목소리로 말했다.

"배관이 얼어 터지면 낭만 따위는 꿈도 못 꾼단다, 이 어리석은 아가씨야."

윌렛 부인이 끼어들었다.

"바이올렛 양은 태어나서 지금까지 남아프리카 공화국에서만 살았습니까?"

버너비 소령이 물었다.

이 말에 바이올렛은 갑자기 활기를 잃었다. 대답하는 그녀의 태도는 거북해 보이기까지 했다.

"예……. 그곳을 떠난 건 이번이 처음이에요. 모든 게 가슴 설레는 일뿐이에요."

이렇게 외떨어진 황무지 마을에 갇혀 있는데 가슴이 설렌다니 우스웠다. 그는 이 모녀가 이해되지 않았다.

문이 열리더니 하녀가 들어와 말했다.

"라이크로프트 씨와 가필드 씨가 오셨습니다."

약간 나이 들고 삐쩍 마른 남자와 팔팔하고 앳되어 보이는 젊은 남자가 들어왔다. 젊은이가 먼저 말을 꺼냈다.

"제가 모시고 왔습니다, 윌렛 부인. 이분을 눈 더미에 묻히게 하지 않겠다고 제가 장담했지 않습니까, 하하. 여긴 정말 모든 게 멋져요. 크리스마스이브 장작도 타고 있군요."

"들으셨다시피 이 젊은 친구가 친절하게도 저를 여기까지 끌고 왔답니다."

라이크로프트 씨가 다소 형식적으로 악수를 하며 말했다.

"안녕하십니까, 바이올렛 양. 겨울 날씨답지요? 좀 지나치게 겨울다워서 걱정이지만."

그는 월렛 부인과 인사를 나누려고 벽난로 쪽으로 갔고 로널드 가필드는 바이올렛을 붙들고 이야기를 늘어놓았다.

"우리는 스케이트라도 탈까요? 근처에 연못 같은 것이 있나요?"

"눈을 치워 길 만드는 일 외에는 할 수 있는 운동이 없을 것 같아요."

"오늘 아침 내내 그 일을 했답니다."

"와! 남자다우세요."

"놀리지 마세요. 양손에 물집이 다 잡혔어요."

"고모님은 어떻게 지내세요?"

"여전하시죠. 좋아지실 때도 있는가 하면 나빠지실 때도 있고 말입니다. 하지만 제가 보기에는 언제나 똑같은 것 같아요. 정말 적막한 생활이에요. 크리스마스에 그 늙은 새의 안부를 물으러 사람들이 모여들지 않는다면 해마다 제가 어떻게 이 생활을 견뎌 나갈 수 있을까 생각한답니다. 하지만 그럴 수밖에 없지요. 아무튼 고모님은 유산을 고양이 보호소에 남길 수도 있는 사람이에요. 고양이를 다섯 마리나 키우고 있잖아요. 저는 그 짐승들을 애지중지하는 척하며 늘 쓰다듬어 주지요."

"저는 고양이보다는 개를 훨씬 더 좋아해요."

"저도 그래요. 항상 그랬죠. 제 말은 개는……, 그러니까 개는 고양이와 다르지요, 알다시피."

"고모님은 전부터 고양이를 좋아하셨나요?"

"노처녀들은 나이 들면서 자연히 그런 일에 빠져드는 것 같아요. 윽! 저는 그 짐승들이 싫어요."

"고모님은 아주 좋으신 분이지만 약간 무섭기도 해요."

"아주 무섭지요. 가끔씩 제 콧대를 꺾어 버리시죠. 제가 아둔하다고 생각하세요."

"그게 아니란 말씀이시죠?"

"아, 이런, 그렇게 말하지 마세요. 겉으로는 바보처럼 보이는 친구들이 많지만 그들도 실은 속으로 웃고 있지요."

하녀가 손님이 왔다고 알렸다.

"듀크 씨입니다."

듀크 씨는 최근 이곳에 이사 온 사람이었다. 9월에 방갈로 여섯 채 중 마지막으로 남았던 한 채를 샀다. 그는 덩치가 컸고 조용했으며 정원 가꾸기에 열심이었다. 옆집에 사는 라이크로프트 씨는 새를 연구하는 데 열정을 바치고 있었는데 듀크 씨와 금방 친해졌다. 그는 듀크 씨가 아주 친절하며 상당히 겸손한 사람이라는 건 인정했지만 그가 그러니까 정말 꽤…… 조용한 성격인지는 잘 모르겠다고 했다. 그러면서 듀크 씨가 어쩌면 은퇴한 상인일지 모른다고 덧붙였다.

그러나 아무도 그에게 그걸 물어보려고 하지 않았다. 사실 모르는 편이 낫다고 생각했다. 사실을 알게 되면 서로 난처할 수도 있는 데다가 이처럼 작은 마을에서는 모든 사람들을 너무 깊이 알지 않는 편이 좋았기 때문이다.

"이런 날씨에 익스햄프턴까지 걸어가시진 않겠죠?"

듀크 씨가 버너비 소령에게 물었다.

"그럼요. 트리벨리언도 오늘밤에 제가 오리라고 생각하진 않을 겁니다."

윌렛 부인이 부르르 떨며 말했다.

"끔찍하지 않아요? 몇 년이나 이런 곳에 갇혀 지낸다면 말이에요. 분명 유령 같은 생활일 거예요."

듀크 씨가 그녀를 흘끗 바라보았고 버너비 소령도 그녀를 이상하다는 듯 쳐다보았다.

그때 하녀가 차를 내왔다.

메시지

차를 마시고 나서 윌렛 부인이 브리지 게임을 하자고 제안했다.
"모두 여섯 명이네요. 남는 두 명은 빠지는 사람 대신 놀이에 끼면 되겠군요."
이 말에 로널드 가필드의 눈에 생기가 돌았다.
"네 분이 시작하시지요. 저와 바이올렛 양은 나중에 빠지는 분이 있으면 끼기로 하고요."
그러나 듀크 씨가 자기는 브리지 게임을 좋아하지 않는다고 말하자 로널드는 실망한 듯 고개를 푹 숙였다.
"그럼 편을 짜지 않고 라운드 게임을 해도 되겠군요."
윌렛 부인이 분위기를 수습하자 로널드가 다른 제안을 했다.
"아니면 테이블 터닝(심령의 힘으로 테이블을 움직이는 강령술의 일종으로 참석자들이 테이블에 둘러앉아 손을 위에 올려놓고 테이블이 움직이기를 기다린다—옮긴이)을 하든가요. 귀신이 나올 것 같은 밤이 잖아요. 며칠 전에 그 이야기를 했잖아요, 기억나시죠? 라이크로프트 씨와 저는 오늘 저녁 함께 오면서 그 이야기를 했답니다."

"저는 심령 연구 협회 회원이랍니다. 이 젊은 친구에 대해 한두 가지 맞혀 볼 수도 있습니다."

라이크로프트 씨가 정확히 밝혔다.

"허튼짓입니다."

버너비 소령이 단언하듯 말하자 바이올렛이 끼어들었다.

"어머! 하지만 굉장히 재미있을 것 같아요. 아무도 그런 걸 진짜라고 믿지는 않죠. 그냥 재미로 하는 거예요. 듀크 씨는 어떠세요?"

"바이올렛 양이 좋다면 어떤 거라도……."

"불을 꺼야 하고 적당한 테이블을 찾아야 해요. 아니에요, 어머니, 그게 아니에요. 그건 너무 무거워요."

마침내 모두의 마음에 흡족할 만큼 준비가 되었다. 옆방에서 표면에 광을 낸 작은 테이블을 옮겨 와 벽난로 앞에 두고 전등을 모두 끈 후 테이블 주위에 둥글게 모여 앉았다.

버너비 소령은 윌렛 부인과 바이올렛 사이에 앉았고 바이올렛의 다른 쪽 옆에는 로널드 가필드가 앉았다. 소령은 입가에 냉소를 띤 채 속으로 생각했다.

'내가 젊었을 때는 동전 돌리기 놀이를 했는데 말이지.'

그는 그때 테이블 아래로 꽤 멀리 손을 뻗어 잡았던 솜털 같은 머리카락을 가진 소녀의 이름을 기억하려고 애썼다. 그 당시 동전 돌리기는 재미있는 놀이였다.

평소처럼 사람들은 웃고 속삭이며 진부한 이야기들을 나누었다.

"혼령들이 늦게 오네요."

"멀리서 오니까요."

"쉿……. 진지하지 않으면 아무 일도 일어나지 않을 거예요."

"아! 조용히 합시다, 여러분."

"아무 일도 없잖아요."

"아직은 아니죠. 처음에는 그래요."

"모두 조용히만 한다면……."

시간이 좀 더 흐르자 중얼거리는 소리도 잦아들었다.

침묵이 흘렀다.

"이 테이블은 꼼짝도 하지 않는데요."

로널드 가필드가 싫증이 나서 말했다.

"쉿."

반짝이는 테이블 표면이 한 번 떨리더니 이내 흔들리기 시작했다.

"질문을 해요. 누가 질문할래요? 로널드가 해 봐요."

"아, 음……, 뭘 물어보죠?"

"혼령이 와 있나요?"

바이올렛이 즉시 거들었다.

"아! 여보세요. 혼령이 와 있습니까?"

테이블이 격렬하게 한 번 흔들리자 바이올렛이 말했다.

"이건 예라는 뜻이에요."

"아! 어. 누구세요?"

무응답이었다.

"이름을 철자로 말하라고 해요."

그러자 테이블이 심하게 흔들리기 시작했다.

"A B C D E F G H I……. 음, 그게 'I'이였나요, 'F'였나요?"

"물어봐요. 'I'였나요?"

한 번 흔들렸다.

"맞았군요. 다음 철자는 뭔가요?"

그 혼령의 이름은 아이다였다.

"여기 있는 누구에게 전할 말이 있나요?"

'예.'

"누구에게요? 바이올렛 양?"

'아니요.'

"윌렛 부인?"

'아니요.'

"라이크로프트 씨?"

'아니요.'

"저요?"

'예.'

"로널드 당신이에요. 계속해요. 어서 철자를 말해 보라고 해요."

테이블은 다이애나라는 철자를 만들었다.

"다이애나가 누구예요? 다이애나란 사람 알아요?"

"아뇨, 모르는데요. 적어도…….."
"거 봐요. 알고 있군요."
"아이다에게 다이애나가 미망인인지 물어봐요."

테이블 터닝은 재미있게 이어졌다. 라이크로프트 씨는 너그러운 미소를 지었다. 젊은이들은 그들끼리만 통하는 농담거리가 있게 마련이었다. 그는 벽난로의 불빛이 흔들리며 월렛 부인의 얼굴을 비추는 것을 언뜻 보았다. 걱정스럽고 무언가에 마음을 빼앗긴 듯한 얼굴이었다. 생각이 딴 데 가 있는 사람 같았다.

버너비 소령은 눈에 대해 생각했다. 저녁 무렵부터 눈이 다시 내렸다. 이렇게 지독한 겨울은 처음이었다.

듀크 씨는 아주 심각하게 게임을 하고 있었다. 그러나 애석하게도 혼령은 그에게 관심이 없었다. 혼령이 보내는 메시지는 모두 바이올렛과 로널드에게만 집중되는 듯했다.

바이올렛은 이탈리아로 갈 것이며 누군가가 동행한다는 메시지를 받았다. 여자가 아니라 남자와 함께 말이다. 그 남자의 이름은 레너드였다.

사람들은 큰 소리로 웃었다. 테이블은 어느 도시 이름의 철자를 표시했다. 러시아어를 뒤죽박죽 섞은 것 같았다. 조금도 이탈리아 도시 이름답지가 않았다.

언제나처럼 비난이 쏟아졌다.

"이봐요, 바이올렛. 당신이 흔들고 있군요."

로널드는 월렛 양이란 단어를 생략하고 바이올렛이라고 편하게 불렀다.

"아니에요. 보세요, 제가 손을 테이블에서 떼도 똑같이 흔들리잖아요."

"저는 두드리는 편이 좋아요. 혼령에게 두드리라고 부탁해야겠어요. 크게 말이에요."

"두드리는 것도 할 수 있을 거예요."

로널드는 라이크로프트 씨 쪽으로 고개를 돌리며 물었다.

"두드리는 것도 할 수 있지요, 선생님?"

"지금으로서는 그럴 것 같지 않네."

라이크로프트 씨가 심드렁하게 대답했다.

잠시 침묵이 흘렀다. 테이블도 조용했다. 질문을 여러 번 해도 응답이 없었다.

"아이다가 떠나 버렸나요?"

약한 흔들림이 한 번 있었다.

"다른 혼령이 올 건가요?"

무반응이었다. 그러다 갑자기 테이블이 떨리다가 격렬하게 흔들리기 시작했다.

"만세. 당신은 새로운 혼령인가요?"

'예.'

"누군가에게 전해 줄 메시지가 있나요?"

'예.'

"저한테인가요?"

'아니요.'

"바이올렛에게 줄 건가요?"

'아니요.'

"버너비 소령님에게요?"

'예.'

"버너비 소령님이래요. 그걸 철자로 말해 줄래요?"

이제 테이블은 천천히 흔들렸다.

"트리브……가 맞나요? 말이 안 되는데요. 트리브……. 모르겠어요."

"트리벨리언이에요. 트리벨리언 대령님 말이에요."

윌렛 부인이 말했다.

"대령님을 말하는 건가요?"

'예.'

"트리벨리언 대령님에게 줄 메시지가 있나요?"

'아니요.'

"이런, 그럼 무엇인가요?"

테이블은 천천히 율동적으로 흔들리기 시작했다. 철자를 알아내기 쉽도록 속도가 느렸다.

'죽…….'

잠시 쉬었다가 다음 철자가 이어졌다.

'었다.'

'죽었다.'

"누가 죽었나요?"

예 혹은 아니요라는 대답 대신에 테이블은 'T'자 순서에 이를 때까지 흔들렸다.

"'T'라……. 트리벨리언 대령님을 말하는 건가요?"

'예.'

"트리벨리언 대령님이 죽었다는 얘기는 아니죠?"

'맞아요.'

매우 심한 흔들림이 한 번 있었다.

'예.'

누군가가 헉 하고 숨을 들이켰다. 테이블 주위에 앉은 사람들 모두 희미하게 동요했다.

다시 질문을 시작하는 로널드의 목소리는 두려움이 섞인 불편한 음색으로 바뀌었다.

"그러니까…… 트리벨리언 대령님이 죽었다는 말인가요?"

'예.'

아무도 말을 하지 않았다. 다음에 무엇을 물어보아야 할지, 혹은 이 예상치 못한 사태를 어떻게 받아들여야 할지 모르는 듯했다.

조용한 가운데 테이블이 다시 흔들리기 시작했다.

로널드가 박자에 맞춰 천천히 그 철자들을 큰 소리로 따라 읽었다.

"M-U-R-D-E-R(ㅅㅏㄹㅇㅣㄴ)……."

월렛 부인이 외마디 비명을 지르더니 양손을 테이블에서 떼어냈다.

"나는 더 이상 하지 않겠어요. 끔찍하군요. 이런 건 정말 싫어요."

이때 듀크 씨의 목소리가 또렷하고 낭랑하게 울려 퍼졌다. 그는 테이블에 질문을 던졌다.

"트리벨리언 대령님이 살해됐다는 말입니까?"

마지막 말이 끝나기도 전에 대답이 나왔다. 테이블이 얼마나 심하고 단호하게 흔들렸던지 엎어질 정도였다. 딱 한 번 흔들렸다.

'예……'

"이것 봐요. 이건 시시한 장난일 뿐이에요."

로널드의 양손은 이미 테이블에서 떨어져 있었고 목소리는 떨리고 있었다.

"불을 켜세요."

라이크로프트 씨가 말했다.

버너비 소령이 일어나서 불을 켰다. 갑작스레 밝아진 실내에 창백하고 불안한 사람들의 얼굴이 드러났다.

모두가 말없이 서로를 바라보았다. 어찌 된 건지 누구도 할 말을 찾지 못했다.

"모두 엉터리예요."

로널드가 불안한 웃음을 띠며 말했다.

"터무니없어요. 이런 장난을 해서는 안 되죠."

윌렛 부인이 정색을 하며 말했다.

"사람 죽는 일로 장난을 치면 안 되죠. 이건……. 아! 이런 건 정말 싫어요."

바이올렛은 고개를 저으며 말했다.

"제가 흔든 게 아니에요. 맹세코 저는 안 그랬어요."

로널드가 사람들의 말없는 비난이 자기에게 쏠리는 걸 느꼈는지 이렇게 말했다.

"저도 흔들지 않았습니다. 라이크로프트 씨는요?"

듀크 씨가 물었다.

"물론 아니죠."

라이크로프트 씨는 진심 어린 목소리로 말했다.

"제가 그런 시시한 장난을 했다고 생각하는 건 아니겠죠? 터무니없는 몹쓸 취미입니다."

버너비 소령이 투덜거렸다.

"바이올렛 너……."

"안 그랬어요, 어머니. 정말 아니에요. 저는 절대 그런 짓을 하지 않아요."

바이올렛은 울음을 터뜨릴 듯했다.

모두가 당황한 표정이었다. 유쾌한 파티에 별안간 어두운 그림자가 드리운 것이다.

버너비 소령은 의자를 뒤로 밀어내고 일어나 창가로 가서 커튼을 옆으로 걷었다. 그는 사람들을 등진 채 거기 서서 밖을 내다보았다.

"5시 25분이군요."

라이크로프트 씨가 벽시계를 올려다보며 말했다. 그러고는 자기 손목시계와 비교해 보았는데, 다른 사람들에게는 무슨 일인지 그 몸짓이 의미심장해 보였다.

"잠깐만요. 우리 모두 칵테일을 마시는 것이 좋겠어요. 가필드 씨, 벨을 울려 주시겠어요?"

월렛 부인이 분위기를 바꾸려는 듯 명랑한 어조로 말했다.

로널드 가필드가 벨을 울렸다.

칵테일 재료가 준비되자 로널드는 술을 섞기 시작했다. 분위기가 다소 편해졌다.

"자, 건배."

로널드가 잔을 들어 올리며 말했다.

다른 사람들 모두 따라 건배를 했지만 창가에 선 한 사람은 말없이 그대로 있었다.

"버너비 소령님, 칵테일 한잔하세요."

이 말에 버너비 소령은 깜짝 놀라 정신을 차리더니 천천히 돌아섰다.

"고맙습니다만, 월렛 부인, 저는 마시지 않겠습니다."

그는 다시 한 번 어두운 창밖을 내다보고는 천천히 난롯가의 사람들에게로 돌아왔다.

"덕분에 아주 유쾌한 시간을 보냈습니다. 그럼, 안녕히 계십시오."

"지금 가시는 건 아니죠?"

"미안합니다만 가야 할 것 같군요."

"이렇게 빨리 가시면 안 되죠, 이런 밤에."

"미안합니다, 월렛 부인. 하지만 할 일이 있습니다. 전화만 있다면 좋을 텐데."

"전화요?"

"예……. 사실을 말하자면 저는, 음, 트리벨리언이 무사한지 알아보고 싶습니다. 어리석은 미신이지만, 그럴 수밖에 없습니다. 물론 이런 헛소리를 믿는 건 아닙니다만."

"하지만 어디서도 전화를 하실 수 없어요. 시태퍼드에는 전화라곤 없으니까요."

"그게 문제입니다. 전화를 할 수 없으니 가 보는 수밖에요."

"가신다고요? 하지만 자동차를 타고 내려가실 수도 없잖아요! 엘머는 이런 험한 날씨에 차를 끌고 나오려고 하지 않을걸요."

엘머는 이 지역에서 유일하게 자동차를 가진 사람이었다. 그는 낡은 포드차로 익스햄프턴에 가려는 사람들에게서 꽤 비싼 요금을 받고 태워다 주곤 했다.

"아뇨, 아뇨……. 차는 생각도 못 하지요. 내 두 발로 걸어갈 작정입니다, 윌렛 부인."

이 말에 사람들은 입을 모아 반대했다.

"이런, 버너비 소령님, 그건 불가능해요. 눈이 올 거라고 직접 말하셨잖아요."

"한 시간 내에는 안 내릴 겁니다……. 아마 좀 더 있다가 눈이 내릴 수도 있겠죠. 하지만 그전에는 거기 도착할 겁니다. 걱정하지 마세요."

"아, 안 돼요. 그러시도록 놔둘 수 없어요."

윌렛 부인은 정말 걱정되고 불안한 듯했다.

그러나 아무리 말리고 간청해도 버너비 소령은 바위처럼 꿈쩍도 하지 않았다. 그는 고집이 셌다. 무엇이든 한 번 마음먹으면 마음을 돌릴 방법이 없었다.

그는 익스햄프턴까지 걸어가서 오랜 친구가 잘 있는지를 자기 눈으로 직접 보려고 단단히 결심했다는 말을 열 번도 넘게 되풀이할 뿐이었다.

마침내 사람들은 버너비 소령이 정말 그렇게 하리라는 걸 깨달았다. 그는 코트로 몸을 감싸고 강풍 대비용 각등에 불을 켜고는 바깥 어둠 속으로 발을 내디뎠다.

"잠깐 집에 들러서 휴대용 술병을 가져가야겠습니다. 그러고는 곧장 출발할 겁니다. 거기 가면 트리벨리언이 밤을 지내게 해 줄 겁니다. 우스꽝스러운 소동인 건 압니다. 물론 아무 일도 없을 겁니다. 걱정 마세요, 윌렛 부인. 눈이 오건, 안 오건 저는 두어 시간이면 거기 도착할 겁니다. 안녕히 계세요."

성큼성큼 걸어가는 그의 뒷모습이 시야에서 사라지자 다른 사람들은 난롯가로 돌아왔다.

라이크로프트 씨가 하늘을 올려다보더니 듀크 씨를 향해 중얼거렸다.

"정말 눈이 올 것 같은데. 버너비 소령이 익스햄프턴에 도착하기 훨씬 전에 눈이 시작될 것 같군요. 무사히 잘 도착해야 할 텐데."

듀크 씨가 얼굴을 찌푸렸다.

"알아요. 내가 함께 가야 했는데 말입니다. 우리 중 누구라도 그렇게 해야 했어요.”

“너무 걱정되는군요.”

윌렛 부인은 이렇게 중얼거리며 바이올렛을 향해 말했다.

“바이올렛, 다시는 그런 바보 같은 게임을 하지 않을 거야. 불쌍한 버너비 소령님은 눈 더미에 파묻힐 거야. 그렇지 않다 해도 독감과 추위로 죽을 거라고. 그이 나이를 생각해 보라고. 그렇게 가다니 너무 어리석었어. 트리벨리언 대령님은 아무 일도 없을 텐데 말이야.”

모두가 한 목소리로 말했다.

“물론 그렇지요.”

그러나 그들의 마음은 그리 편안해지지 않았다.

만약 트리벨리언 대령에게 정말 무슨 일이 생겼다면…….

만약 그렇다면…….

5시 25분

 2시간 30분 후인 8시 직전에 버너비 소령은 앞이 보이지 않을 정도로 휘날리는 눈을 피하기 위해 머리는 앞으로 수그린 채 강풍용 각등을 손에 들고 트리벨리언 대령이 세 들어 살고 있는 작은 집 '헤이즐무어'의 현관을 향해 비틀거리며 걸어가고 있었다.
 한 시간 전부터 내리기 시작한 눈으로 앞이 보이지 않을 정도였다. 버너비 소령은 완전히 지쳐서 숨을 힘겹게 몰아쉬며 헉헉거리고 있었다. 몸은 추위로 감각이 없었다. 발을 구르며 콧김과 입김을 하얗게 내뿜고 숨을 헐떡이며 꽁꽁 언 손으로 초인종을 눌렀다.
 초인종이 날카롭게 울렸다.
 버너비 소령은 기다렸다. 잠시 기다리다가 안에서 아무 움직임도 없자 다시 초인종을 눌렀다.
 역시 아무런 기척도 없었다. 그는 세 번째로 초인종을 눌렀다. 이번에는 손가락으로 계속 누르고 있었다. 날카로운 소리가 거듭 울려 퍼졌지만 집 안에서는 사람의 기척이라곤 전혀 느껴지지 않았다. 문에는 노크용 쇠고리가 있었다. 버너비 소령은 그걸 잡고 세차게 두드려 천둥 같은 소리를 냈다. 그래도 그 작은 집은 쥐 죽은 듯 조용하기만 했다.

소령은 단념했다. 그리고 잠시 서 있다가 천천히 길을 내려가, 왔던 길을 되밟아 익스햄프턴을 향해 걸어갔다. 90미터쯤 가니 작은 파출소가 나왔다.

버너비 소령은 잠시 머뭇거리다가 마침내 결심을 하고 파출소로 들어갔다.

소령을 잘 아는 그레이브스 순경이 깜짝 놀라 일어났다.

"아니, 소령님, 이런 날씨에 밤 외출을 하시리라고는 생각도 못 했습니다."

"여보게, 대령 집에 계속 초인종을 누르고 문을 두드려 봤네만 아무 대답이 없네."

버너비 소령은 간단하게 자초지종을 이야기했다.

그레이브스 순경은 두 친구의 습관을 아주 잘 알았다.

"이런, 그렇군요. 오늘이 금요일이군요. 하지만 소령님, 이런 험악한 밤에 시태퍼드에서 여기까지 내려왔다고 말하시려는 건 아니지요? 대령님은 분명히 예상도 못 하셨을걸요."

그레이브스의 말에 버너비 소령은 퉁명스럽게 말했다.

"예상했든 않았든 나는 왔네. 그리고 말했다시피 그 집에 들어갈 수가 없었다네. 초인종을 누르고 문을 두드려 보았지만 아무 응답이 없네."

그의 불안감이 부분적으로나마 순경에게 전달된 듯했다.

"그것 이상하군요."

그레이브스는 얼굴을 찌푸리며 말했다.

"이상하고말고."

버너비가 대꾸했다.

"대령님께서는 외출하신 것 같지도 않은데요. 이런 밤에 말이죠."

"당연히 외출했을 리가 없지."

"그것 정말 이상하군요."

그레이브스는 같은 말만 되풀이했다.

소령은 순경이 느릿느릿 대처하자 이내 조바심을 냈다. 그는 몰아세우듯 물었다.

"뭔가 대책을 세워야 하지 않나?"

"무슨 대책이오?"

순경은 잠시 생각에 잠겼다. 다음 순간 그의 얼굴이 밝아졌다.

"병이 나신 건 아닐까요? 제가 전화를 해 보죠."

전화는 그의 팔꿈치 옆에 있었다. 그레이브스는 수화기를 잡고 다이얼을 돌렸다.

그러나 초인종에 묵묵부답이었듯이 전화 소리에도 트리벨리언 대령은 응답하지 않았다.

그레이브스 순경은 수화기를 내려놓으며 말했다.

"편찮으신 모양이에요. 집에 혼자 계신 것 같은데, 워런 선생님을 모시고 가는 게 좋겠어요."

의사인 워런 선생의 집은 파출소 근처에 있었다. 의사는 아내와 함께 식사를 하기 위해 식탁에 막 앉으려던 참이라 그들의 호출을 별로 달가워하지 않았다. 그래도 그는 마지못해 동행하기로 하고 낡은 털외투를 입고 고무장화를 신고 털실로 짠 목도리를 둘렀다.

눈은 여전히 내리고 있었다.

"지독한 밤이군요. 이렇게 불려 나가는 게 헛수고가 아니길 바랄 뿐입니다. 하지만 트리벨리언 대령님은 말처럼 튼튼하단 말이에요. 아무 문제도 없을 거예요."

의사의 투덜거림에 버너비 소령은 아무 말도 하지 않았다.

헤이즐무어에 도착해 초인종을 누르고 문을 두드려 봤지만 아무 대답도 없었다. 의사가 집을 돌아 뒤쪽 창문으로 가 보자고 제안했다.

"문보다는 창문이 강제로 열고 들어가기가 쉽지요."

그레이브스가 동의하자 그들은 뒤로 돌아갔다. 가는 도중에 옆문이 있어 열려고 했지만 그 문도 잠겨 있었다. 그들은 뒤쪽 창문으로 이어지는 눈 덮인 잔디밭에 들어섰다. 갑자기 워런 선생이 크게 소리쳤다.

"서재 창문이 열려 있어요."

정말 서재의 프랑스식 창문(뜰이나 발코니로 나갈 수 있는 곳에 설치된 마루면까지 열리는 창문 형식의 유리문이라고 볼 수 있다—옮긴이)이 조금 열려 있었다. 그들은 서둘러 그곳으로 걸어갔다. 이런 날씨에 제정신으로 창문을 열어 놓을 사람은 없었다. 방에는 불이 켜져 있어 바깥으로 가느다랗고 노란 띠처럼 빛이 흘러나왔다.

세 남자는 동시에 창문으로 다가섰다. 버너비 소령이 맨 처음 방으로 들어갔고 순경이 그 뒤를 따랐다. 두 사람은 방 안에서 얼어붙은 듯 서 있었다. 퇴역 군인 버너비 소령이 먼저 비명을 질렀다. 곧 워런 선생이 들어와 그 광경을 보았다.

트리벨리언 대령은 마루에 얼굴을 아래로 한 채 누워 있었다. 두 팔은 아무렇게나 쭉 뻗어 있었다. 방은 엉망이었다. 책상 서랍들이 뽑혀 있었고 종이가 사방에 흩어져 있었다. 그들 옆에 있는 창문 걸쇠 부근이 부서져 있었다. 트리벨리언 대령 곁에는 짙은 초록색 당구대 천으로 만든, 지름 5센티미터 정도 되는 파이프 모양의 자루가 있었다.

워런 선생은 앞으로 튀어 나가 엎드려 있는 사람 옆에 무릎을 꿇고 앉았다. 1분이면 족했다. 일어서는 그의 얼굴에서 핏기가 가셔 있었다.

"죽었습니까?"

버너비 소령이 물었다.

의사가 고개를 끄덕였다. 그러더니 그레이브스 쪽으로 돌아섰다.

"이제 무슨 일을 해야 하는지 당신이 정해요. 나로서는 시체를 검시하는 일밖에 할 일이 없는데, 아마도 경위가 올 때까지 내가 검시를 안 하는 편이 좋을 수도 있으니 말입니다. 사인은 지금 말해 줄 수 있어요. 두개골 아래쪽이 골절됐습니다. 그리고 무엇에 맞았는지도 짐작되는군요."

그는 초록색 천으로 된 자루를 가리켰다.

"트리벨리언은 외풍을 막으려고 저걸 문 아래쪽에 길게 놓아 두었죠."

이렇게 말하는 버너비 소령의 목소리는 잠겨 있었다.

"그래요. 아주 훌륭한 무기로 사용될 수 있는 모래주머니군요."

순경이 그제야 상황을 이해한 듯했다.

"세상에! 하지만 여기 이건…… 그러니까…… 이게 살인이라는 말이군요."

순경이 전화가 놓인 테이블로 가자 버너비 소령은 의사에게로 다가갔다. 그는 숨을 거칠게 몰아쉬며 물었다.

"죽은 지 얼마나 되는지 알겠습니까?"

"두 시간 가량 되겠네요. 아니면 세 시간일 수도 있고요. 대충 짐작한 겁니다."

버너비 소령은 바싹 마른 입술을 혀로 축이며 물었다.

"그럼 5시 25분에 죽었을 가능성이 있다는 겁니까?"

의사가 그를 이상하다는 듯 바라보았다.

"정확한 시간을 말해야 한다면 그 시각쯤이라고 말할 수 있죠."

"오, 맙소사."

버너비 소령이 깜짝 놀라 이렇게 중얼거리자 워런 선생은 그를 뚫어져라 쳐다보았다.

손으로 더듬어 의자를 찾은 소령은 털썩 주저앉으며 공포심이 역력한 표정으로 혼자 중얼거렸다.
 "5시 25분……. 오, 맙소사, 그럼 그게 정말이었던 거야."

내러콧 경위

그 비극이 있은 다음 날 아침 헤이즐무어의 작은 서재에 두 남자가 서 있었다.

주위를 둘러보던 내러콧 경위의 이마가 살짝 찌푸려졌다.

"그래, 그렇군."

그는 생각에 잠겨 중얼거렸다.

내러콧 경위는 매우 유능한 경찰이었다. 침착하고 집요했으며 논리적 사고력과 세부 사항을 파악하는 날카로운 주의력을 갖고 있어 다른 많은 사람들이 실패한 이 분야에서 성공을 거두고 있었다.

매사에 침착한 그는 키가 컸으며 회색 눈은 꿈꾸는 듯했고 느리고 부드러운 데번 주 억양으로 말했다.

그는 이 사건을 맡으라는 호출을 받고 그날 아침 데번 주의 수도인 엑서터에서 첫 기차로 이곳에 도착했다. 보통 때였다면 전날 밤에 도착할 수도 있었지만 도로에 쌓인 눈 때문에 체인을 감은 차조차 다닐 수 없는 상태여서 기차를 이용해야만 했다. 그는 트리벨리언 대령의 서재를 막 조사한 후 뭔가 골똘히 생각하며 서 있었다. 그와 함께 있는 사람은 익스햄프턴 경찰서의 폴록 경사였다.

"그렇군."

내러콧 경위가 고개를 끄덕이며 말했다.

엷은 겨울 햇살 한 줄기가 창문을 통해 들어왔다. 바깥은 눈에 덮여 있었다. 창문에서 90미터 정도 떨어진 곳에 울타리가 있었고 그 너머에 눈 덮인 언덕으로 올라가는 가파른 비탈이 있었다.

내러콧 경위는 조사를 위해 아직 그대로 놓아둔 시체 위로 한 번 더 몸을 굽혀 이리저리 살펴보았다. 자기가 강건한 체격인지라 그는 운동선수 타입인 피해자의 떡 벌어진 어깨, 날씬한 허리, 잘 발달된 근육을 알아보았다. 작은 머리가 어깨 위에 튼튼하게 이어졌고 뾰족한 해군식 턱수염이 꼼꼼하게 다듬어져 있었다. 트리벨리언 대령의 나이가 60세인 것을 이미 확인했지만 외견상으로는 51세나 52세 정도로밖에 보이지 않았다.

"아!"

폴록 경사가 소리를 내자 경위는 그에게 고개를 돌렸다.

"자네 의견은 어떤가?"

"글쎄요······."

폴록 경사는 머리를 긁적거렸다. 그는 신중한 사람이어서 필요 이상으로 앞서 나가는 걸 내켜하지 않았다.

"제가 보기에는 경위님, 범인은 창문 걸쇠 고리를 부수고 들어와서 방을 샅샅이 뒤진 것 같습니다. 트리벨리언 대령은 위층에 있었던 게 분명하고요. 강도는 집이 비었다고 생각한 게 틀림없습니다……."

"트리벨리언 대령의 침실은 어디인가?"

"위층입니다, 경위님. 이 서재 바로 위이지요."

"이맘때쯤 4시면 어두웠을 텐데. 트리벨리언 대령이 침실에 있었다면 전깃불이 켜져 있었을 테고 강도가 이 창문으로 들어왔다면 그 불빛을 봤을 걸세."

"그자가 기다렸다는 말씀이십니까?"

"제정신이라면 불이 켜져 있는 집을 부수고 들어오지 않았을 걸세. 누군가가 이 창문을 억지로 열고 들어왔다면 집이 비었다고 생각했기 때문일 거야."

폴록 경사가 머리를 긁적거렸다.

"약간 이상하다는 건 인정합니다. 하지만 그렇지 않고서야……."

"그 문제는 잠시 접어 두기로 하고, 계속해 보게."

"대령이 아래층에서 나는 소음을 들었다고 치겠습니다. 그는 무슨 일인가 보려고 내려왔겠죠. 강도가 대령이 내려오는 소리를 듣습니다. 강도는 문에 받쳐 놓은 그 모래주머니를 움켜쥐고 문 뒤에 서 있다가 대령이 서재로 들어오는 순간 뒤쪽에서 내려친 거지요."

내러콧 경위는 고개를 끄덕였다.

"그래, 그럴듯하군. 그는 창문 쪽을 보고 있을 때 얻어맞았어. 하지만 폴록, 그 생각도 마찬가지로 마음에 들지 않는군."

"그러십니까, 경위님?"

"그래. 말했다시피 오후 5시에 집에 강도가 든다는 건 납득이 되질 않아."

"글쎄요, 강도는 오히려 그때가 좋은 기회라고 생각했을지도 모르……."

"기회의 문제가 아니야. 범인은 창문 걸쇠가 풀려 있는 걸 보고 몰래 들어왔던 거라고. 계획적인 주거 침입일세. 여기 엉망이 된 걸 보게나. 강도라면 제일 먼저 어디를 갈 것 같은가? 은 식기가 있는 식품 저장실이지."

"그건 그렇죠."

경사가 수긍한다는 듯 머리를 끄덕였다.

"그리고 이 난장판…… 이 어질러진 서재를 보게. 서랍들이 뽑혀 있고 내용물이 흩어진 걸 보라고. 순전히 주의를 끌기 위한 거야."

"주의를 끌다니요?"

"경사, 창문을 보라고. 창문은 잠겨 있지 않았는데 부수고 열었어! 그냥 닫혀 있었을 뿐인데 억지로 연 것처럼 보이려고 밖에서 부순 거라네."

폴록 경사는 창문 고리를 세밀하게 점검해 보더니 무심코 소리를 질렀다. 그의 목소리에는 존경심이 가득했다.

"경위님 말씀이 맞습니다. 그럼 누가 그렇게 했을까요?"

"우리의 판단을 흐리게 하고 싶었던 누군가겠지. 그런데 성공하지 못했어."

폴록 경사는 경위가 '우리'라는 표현을 하자 고마웠다. 내러콧 경위는 그런 사소한 배려를 잘해 부하들이 좋아했다.

"그럼 강도는 아니네요. 경위님 말씀대로라면 내부에서 저지른 일이군요."

내러콧 경위가 고개를 끄덕였다.

"그래. 그런데 한 가지 이상한 점은 살인자가 실제로 창문으로 들어왔다는 사실이네. 자네와 그레이브스가 보고한 대로 살인자의 장화에 묻은 눈이 녹아 젖은 자국이 아직도 남아 있는 게 보이는군. 이 젖은 자국들은 이 방에만 있단 말이지. 그레이브스 순경은 자기와 워런 선생님이 현관 입구를 지나갔을 때는 그런 자국을 보지 못했다고 단언했네. 그런데 이 방에 있는 자국들은 금방 그의 눈에 띄었다는 걸세. 그렇다면 살인자가 창문으로 들어오는 것을 트리벨리언 대령이 허락했단 말이 되지. 그러니 그자는 대령이 아는 사람이 분명해. 경사는 이 지방 사람이니까 트리벨리언 대령이 원한을 살 만한 사람인지 아닌지 말해 줄 수 있지 않나?"

"아닙니다, 경위님. 그에게 원한을 가진 사람이라곤 단 한 명도 없다고 말할 수 있습니다. 돈에 집착하고 약간 까다로워서 게으름이나 무례함을 못 참긴 했지만, 원한이라니요, 당치 않습니다. 오히려 그런 점 때문에 존경을 받았지요."

"적이 없다?"

내러콧 경위는 생각에 잠겨 말했다.

"적어도 이곳에서는요."

"우리는 대령이 해군에 근무할 때 누구에게 원한을 샀는지 알 수 없네. 경사, 내 경험으로는 한 곳에서 적을 만드는 사람은 다른 곳에서도 적을 만들게 마련이지. 우리는 그 가능성을 완전히 배제할 수 없다고 생각하네. 다음으로 따져 볼 수 있는 건 범행 동기야. 이득이 있느냐는 문제는 모든 범죄 사건에서 가장 흔한 동기니까. 따져 봐야 해. 트리벨리언 대령은 부자였다지?"

"어느 모로 보나 아주 유복했지요. 그러나 인색했어요. 기부금을 편하게 부탁할 만한 사람은 아니었습니다."

내러콧 경위가 생각에 잠겼다.

"범인에겐 안됐지만 눈이 많이 와서 그 때문에 발자국이 남아 우리는 뭔가를 추리해 볼 수 있게 됐군요."

"집에 딴 사람은 없었나?"

경위가 물었다.

"없었습니다. 지난 5년 동안 트리벨리언 대령은 하인 한 명만 두고 있었지요. 에번스라는 해군 출신입니다. 저 위쪽 시태퍼드 하우스에서는 여자 한 명이 매일 오기는 했지만 에번스가 요리도 하면서 주인을 시중들었지요. 한 달쯤 전에 에번스가 결혼을 했는데 대령이 상당히 언짢아 했답니다. 제 생각으로는 그 때문에 대령이 남아프리카 공화국에서 온 부인에게 시태퍼드 하우스를 세준 것 같아요. 대령은 여자가 집 안에 얼씬거리는 걸 싫어 했거든요. 에번스는 바로 여기 모퉁이를 돌면 있는 포어 가에서 아내와 함께 살면서 매일 이곳에 일하러 오지요. 경위님이 만나 보시도록 그를 이곳으로 불렀습니다. 그는 어제 오후 2시 30분에 이 집을 떠났다고 진술했습니다. 대령이 더 할일이 없으니 가라고 했다는군요."

"그래, 내가 그 사람을 만나 보지. 그가 우리에게 뭔가 단서가 될 말을 해 줄지도 모르겠군."

폴록 경사는 상관을 호기심 가득 찬 시선으로 바라보았다. 경위의 어조에 뭔가 심상찮은 빛이 있었기 때문이다.

"경위님 생각은……."

그는 의도적으로 말끝을 흐렸다.

내러콧 경위는 신중하게 말을 골랐다.

"내 생각은 이 사건에는 눈에 보이는 것보다 훨씬 많은 것들이 숨어 있다는 걸세."

"어떤 점에서요, 경위님?"

그러나 경위는 폴록 경사의 말에 대답하지 않았다.

"이 남자, 에번스라고 했나, 그가 지금 이곳에 있다고 했나?"

"식당에서 기다리고 있습니다."

"좋아, 지금 당장 그를 만나겠네. 어떤 사람이지?"

폴록 경사는 정확하게 묘사하는 일보다 사실을 보고하는 일에 더 능숙했다.

"은퇴한 해군입니다. 아마 싸움에 잘 휘말려 들기는 할 겁니다."

"술은 마시나?"

"제가 알기로는 술 때문에 행동이 더 거칠어진 적은 없습니다."

"그의 아내는 어떤가? 대령이 좋아하거나, 뭐 그런 종류의 일은 없었나?"

"이런! 아니요, 경위님. 트리벨리언 대령은 그런 사람이 아닙니다. 절대 그런 사람이 아닙니다. 대령은 어느 편인가 하면 여자를 혐오하는 사람으로 알려져 있습니다."

"에번스는 주인에게 헌신적이었나?"

"일반적으로 그렇게 생각했지요. 그리고 만약 그렇지 않다면 소문이 났겠죠. 익스햄프턴은 좁은 곳입니다."

내러콧 경위는 고개를 끄덕인 후 말했다.

"그럼, 여기선 더 볼 것이 없겠군. 에번스를 면담하고 나머지 방들을 둘러본 다음에 함께 스리 크라운스 여관으로 가서 버너비란 사람을 만나 보도록 하지. 그가 사망 시간을 말한 사실이 이상하단 말이야. 5시 25분이라고, 응? 무언가를 알고 있는데 말을 하지 않은 것이 분명해. 아니라면 어떻게 범행 시간을 그렇게 정확히 말할 수 있겠나?"

두 사람은 문 쪽을 향해 걸어갔다.

폴록 경사는 어질러진 바닥을 이리저리 둘러보며 말했다.

"기묘한 사건이군요. 강도가 든 것처럼 꾸민 꼴이라니!"

그러자 내러콧 경위가 말했다.

"내가 이상하다고 생각한 건 그 점이 아니라네. 사정이 그랬으니 당연히 그렇게 꾸며야 했겠지. 그건 아냐. 내가 이상하다고 보는 건 저 창문이야."

"창문이라고요, 경위님?"

"그렇다네. 왜 그 살인자는 창문으로 갔을까? 트리벨리언이 아는 사람이었고 아무 의심 없이 들어오게 했다면 왜 현관으로 들어오지 않았을까? 어젯밤처럼 험악한 날씨에 도로에서 이쪽 창문으로 돌아서 들어온다는 건 눈이 많이 쌓인 상태에선 힘들고 귀찮았을 텐데 말이지. 분명 무슨 이유가 있었을 거야."

"아마도 그자는 이 집으로 들어오는 걸 길에서 보지 못하기를 바랐는지도 모르죠."

폴록 경사의 추측이었다.

"어제 오후에는 그가 눈에 띌 만큼 길에 사람이 많지 않았어. 도와줄 만한 사람은 모두 자기 집에 틀어박혀 있었다고. 아니야……. 뭔가 다른 이유가 있을 거야. 어쨌든 때가 되면 밝혀지겠지."

에번스

그들이 들어서자 식당에서 기다리고 있던 에번스가 공손하게 일어섰다.

그는 땅딸막한 남자였다. 팔이 아주 길었고 양손을 반쯤 주먹 쥔 채 서 있는 게 습관이 된 듯했다. 말끔하게 면도를 한 얼굴에 눈은 돼지같이 조그마했지만 유쾌하고 능력 있어 보이는 표정이 불도그 같은 인상을 살려 주고 있었다.

'지적이다. 날카롭고 유능하다. 놀란 듯하다.'

내러콧 경위는 그의 이런 인상을 마음속으로 기록했다. 그러고 나서 경위는 말을 꺼냈다.

"당신이 에번스입니까?"

"그렇습니다."

"세례명은?"

"로버트 헨리입니다."

"그렇군요. 이 사건에 대해 무얼 알고 있습니까?"

"아무것도 모릅니다, 경위님. 저는 정말 깜짝 놀랐습니다. 대령님께 이런 일이 생기다니요!"

"대령님을 마지막으로 본 게 언제죠?"

"아마 2시였을 겁니다, 경위님. 저는 점심 식사한 것을 설거지하고 여기 이 식탁에 저녁 식사 준비를 해 놓았습니다. 대령님이 저녁에 다시 올 필요가 없다고 말씀하셨거든요."

"에번스 씨는 평소에 무슨 일을 합니까?"

"보통 7시에 다시 와서 두어 시간 일을 합니다. 늘 그런 건 아니죠……. 대령님께서 다시 오지 않아도 된다고 하실 때가 더러 있었으니까요."

"그러면 어제 대령님이 다시 오지 않아도 된다고 했을 때 놀라지 않았겠군요."

"예, 경위님. 그런 말씀을 하시지 않았어도 어제 저녁에는 다시 오지 않았을 겁니다. 날씨가 험악해서요. 대령님은 일을 게을리하지 않는 한 아주 이해심이 많은 분이었습니다. 저는 그분의 성격과 일 처리 방법을 아주 잘 알고 있습니다."

"대령님이 정확히 뭐라고 말했죠?"

"글쎄요, 대령님은 바깥을 내다보시면서 '오늘 버너비가 오기는 틀렸군. 시태퍼드 도로가 완전히 끊기지 않았다 해도 그 친구가 오기는 힘들겠어. 이렇게 혹심한 겨울은 어릴 때 이후론 처음이야.'라고 하셨죠. 대령님이 말씀하신 사람은 시태퍼드에 사는 친구분인 버너비 소령님입니다. 금요일마다 이 집에 오셔서 대령님이랑 체스나 첫 글자 맞추기 놀이를 하십니다. 그리고 화요일에는 대령님이 버너비 소령님 집으로 가시죠. 대령님은 아주 규칙적으로 생활하셨습니다. 그 후 대령님은 저한테 '자네는 이제 가도 돼. 그리고 내일 아침까지 다시 올 필요 없어.'라고 말씀하셨습니다."

"대령님이 버너비 소령에 대해 말한 것 말고 그날 오후 누군가 방문할 거라는 말은 하지 않았습니까?"

"아니요, 경위님. 아무 말씀도 없으셨습니다."

"그의 태도에 이상한 점이나 평소와 다른 점은 없었나요?"

"아니요, 제가 보기에는 없었습니다."

"그렇군요. 에번스, 최근에 결혼했다면서요?"

"그렇습니다, 경위님. 스리 크라운스 여관을 하는 벨링 부인의 조카딸과 결혼했습니다. 두 달 전 일이죠, 경위님."

"그런데 트리벨리언 대령님이 그 일을 별로 달가워하지 않았다면서요."

에번스의 얼굴에 아주 희미한 웃음이 잠깐 나타났다가 사라졌다.

"대령님은 그 일로 화를 내셨죠. 제 아내 레베카는 좋은 여자입니다. 그리고 훌륭한 요리사이기도 하고요. 우리 부부가 함께 대령님을 위해 일하기를 바랐습니다만 대령님은…… 대령님은 들으려고도 하지 않으셨지요. 하녀들이 집에 얼씬거리게 놔두지 않겠다고 하셨죠. 사실, 남아프리카 공화국에서 왔다는 부인이 시태퍼드 하우스를 겨울 동안 빌리고 싶다고 해서 일이 꼬여 버렸지요. 대령님은 이 집을 빌리셨고 저는 매일 이곳으로 일하러 왔습니다. 이 겨울이 끝날 무렵이면 대령님도 생각이 바뀔 거라고 기대했습니다. 그래서 저와 레베카가 대령님과 함께 시태퍼드로 돌아가길 바랐지요. 아무튼 대령님은 레베카가 집 안에 있다는 것조차 모르실 테니까요. 아내는 부엌에만 있으면서 대령님과 계단에서 마주치지 않도록 조심할 테니까요."

"트리벨리언 대령님이 여자를 그렇게 싫어하는 이유를 알고 있습니까?"

"이유 같은 건 없을 겁니다, 경위님. 그냥 습관이지요. 그게 전부입니다. 그런 신사분들을 전에 많이 보았습니다. 이유를 저한테 물으신다면 그건 수줍어서라고 하겠습니다. 젊은 시절 아가씨에게서 한두 번 퇴짜를 맞는 바람에 그게 일종의 습관이 된 거죠."

"트리벨리언 대령님은 결혼하지 않았나요?"

"예, 그렇습니다. 경위님."

"친척들은 어떻게 되죠? 알고 있습니까?"

"엑서터에 여동생 한 분이 살고 계신 것 같습니다. 그리고 조카 한두 명에 대해 얘기하신 적이 있고요."

"그들 중에 이곳을 방문한 사람은 없었습니까?"

"없습니다, 경위님. 제 생각으로는 엑서터에 있는 여동생분과 말다툼을 하신 것 같더군요."

"그 여동생 이름을 압니까?"

"확실하진 않지만 가드너일 겁니다."

"주소는 없고요?"

"없습니다, 경위님."

"어쨌든 트리벨리언 대령의 서류들을 검토해 보면 그 정도는 알게 되겠죠. 그럼 에번스, 어제 오후 4시 이후에 어디서 뭘 하고 있었습니까?"

"집에 있었습니다, 경위님."

"집이 어디죠?"

"바로 길 모퉁이입니다, 경위님. 포어 가 85번지이지요."

"외출은 하지 않았습니까?"

"천만에요. 눈이 그렇게나 많이 왔는데요."

"그래요, 그래. 당신 진술을 뒷받침해 줄 사람이 있습니까?"

"경위님, 무슨 말씀이신지?"

"그 시간에 당신이 집에 있었다는 사실을 알고 있는 사람이 있습니까?"

"제 아내입니다."

"집에 둘밖에 없었고요?"

"예, 경위님."

"좋아요, 아무 문제가 없다는 것을 믿겠습니다. 당분간은 이걸로 충분합니다, 에번스."

해군 출신인 에번스는 무게 중심을 이쪽 발에서 저쪽 발로 옮겨가며 머뭇거렸다.

"제가 여기서 할 일은 없을까요? 정리를 한다든가…….."
"없습니다. 전부 지금 있는 그대로 두어야 합니다."
"알겠습니다."
"그래도 내가 한번 둘러볼 때까지 기다리면 좋겠군요. 물어보고 싶은 일이 있을지도 모르니까."
"잘 알겠습니다, 경위님."

내러콧 경위는 에번스에게서 시선을 돌려 방 안 전체를 둘러보았다.

에번스를 면담했던 방은 식당이었다. 식탁에는 차가워진 혓바닥 고기, 피클, 스틸턴산 고급 치즈, 비스킷 등 저녁 식사가 차려져 있었다. 화로 곁 가스풍로에 수프가 담긴 냄비가 올려진 상태였다. 찬장 위에는 열쇠로 여는 술병 장식대와 탄산수 병, 맥주 두 병이 있었다. 또 멋진 은제 컵들이 진열돼 있었고 그 옆에는 어울리지 않게도 새것처럼 보이는 소설책 세 권이 놓여 있었다.

내러콧 경위는 은제 컵 한두 개를 살펴보다가 그 위에 새겨진 글을 읽었다.

"트리벨리언 대령님은 대단한 스포츠맨이었군요."
"그렇습니다, 경위님. 항상 운동을 즐기셨지요."

에번스의 얘기를 들으며 내러콧 경위는 소설 제목을 살펴보았다.
"『사랑은 닫힌 문을 연다』, 『링컨의 즐거운 남자들』, 『사랑의 포로』. 흠, 대령의 문학 취향으로는 약간 어울리지 않는데."

그의 말에 에번스는 살짝 웃음을 보이더니 이렇게 말했다.

"아! 그거요. 그건 읽으시던 게 아닙니다. 철도 그림 이름 퀴즈 대회에서 대령님이 우승해서 상으로 받으신 겁니다. 대령님은 각각 다른 이름으로 해답 엽서를 열 장 보내셨지요. 제 이름도 포함됐는데 대령님은 포어 가 85번지가 당첨이 될 것 같은 주소이기 때문이라고 말씀하셨죠. 이름이나 주소가 평범한 것일수록 당첨될 가능성이 크다고 생각하셨던 것 같습니다. 그래서 정말 제 이름이 당첨됐는데 상금 2000파운드가 아니라 겨우 소설책 세 권을 상으로 탔지요. 제 생각으로는 서점에서 돈을 주고는 사지 않을 그런 소설 같더군요."

내러콧 경위는 싱긋 웃으며 에번스에게 잠시 기다리라고 하더니 계속 조사를 진행했다. 식당 한구석에는 커다란 벽장이 있었다. 벽장 자체가 조그만 방만큼 컸다. 그 안에는 스키 두 벌과 배 젓는 노 한 쌍, 열두어 개쯤 되는 하마 엄니, 낚싯대와 낚싯줄 등 여러 가지 낚시 도구와 곤충에 관한 책 한 권, 골프 가방, 테니스 라켓 하나, 박제된 코끼리 발 하나, 그리고 호랑이 가죽 등이 아무렇게나 쌓여 있었다. 트리벨리언 대령이 시태퍼드 하우스를 가구가 딸린 채 임대하면서 여자들이 건드릴까 봐 자신이 가장 아끼는 수집품을 이 집으로 옮겨 온 것이 분명해 보였다.

경위는 이해하기 힘들다는 듯이 말했다.

"별난 성격이군……. 이 모든 걸 가져왔다니. 그 집은 겨우 몇 달 빌려 줄 작정 아니었습니까?"

"맞습니다, 경위님."

"이 물건들은 시태퍼드 하우스에 그대로 두고 문을 잠가 버리면 됐을 텐데 말이죠."

에번스는 면담을 하는 중 두 번째로 히죽 웃었다.

"그렇게 하는 게 훨씬 쉬웠겠죠. 그렇다고 시태퍼드 하우스에 벽장이 많다는 뜻은 아닙니다. 건축가와 대령님은 그 집 설계를 함께 하셨는데, 여자가 없었으니 벽장이 중요하다는 걸 모르셨지요. 그래도 경위님 말씀처럼 그곳에 물건들을 두고 오는 게 상식적인 행동이지요. 물건들을 이곳까지 운반해 오는 일은 힘들었습니다. 큰 일거리였지요! 하지만 대령님은 자기 물건을 남들이 뒤적거리는 걸 대단히 싫어하셨습니다. 그리고 물건을 넣고 잠가 버리면 여자들은 무슨 수를 써서라도 그걸 열 방법을 찾아낸다고 하셨지요. 호기심이란 그런 것이라고요. 여자들이 물건 만지는 게 싫다면 차라리 잠그지 않은 채 두는 편이 낫다고 말씀하시기도 했고요. 하지만 가장 좋은 방법은 물건들을 옮겨 오는 것이죠. 안전해지는 거니까요. 그래서 우리는 물건을 다 옮겨 왔지요. 제가 말했다시피 대단히 힘든 일이었답니다. 또 돈도 많이 들었고요. 그렇지만 저 물건들은 대령님이 자식처럼 아꼈던 것입니다."

에번스는 숨이 차서 잠시 말을 멈췄다.

내러콧 경위는 생각에 잠겨 고개를 끄덕였다. 그가 알고 싶은 것은 다른 것이었는데 지금이 바로 그것을 자연스럽게 거론할 수 있는 기회였다.

내러콧 경위는 문득 생각났다는 듯 물었다.

"윌렛 부인이라는 사람 말입니다. 그 부인은 대령님의 옛 친구이거나 알던 사람이었습니까?"

"아, 아닙니다. 처음 보는 사람이었죠."

"확실한가요?"

경위가 낯선 목소리로 물었다. 그러자 에번스는 당황한 듯 대답했다.

"글쎄요……. 대령님이 실제로 그렇게 말씀하신 건 아닙니다. 하지만…… 아, 그래요, 확실합니다."

"그 이유를 묻는 것은 이런 계절에 세를 얻는다는 게 아주 이상하기 때문입니다. 반면에 윌렛 부인이 트리벨리언 대령님과 아는 사이였고 그 집을 알고 있었다면 그녀가 직접 대령님에게 편지를 써서 집을 빌려 달라고 했을 수도 있었을 겁니다."

이 말에 에번스는 고개를 저었다.

"편지를 쓴 사람은 부동산 중개업자인 윌리엄슨이었죠. 어떤 부인으로부터 그런 제의를 받았다는 내용이었습니다."

내러콧 경위는 얼굴을 찌푸렸다. 그에게는 시태퍼드 하우스를 임대한 일이 확실히 이상해 보였다.

"트리벨리언 대령님과 윌렛 부인은 만난 적이 있겠지요?"

"물론이지요. 부인이 집을 보러 왔을 때 대령님이 직접 안내해 주셨지요."

"그런데 그들이 전에 만난 적이 없다고 확신합니까?"

"예, 사실입니다. 경위님."

"그들은…… 그러니까…….."

경위는 자연스럽게 질문하려고 애쓰면서 뜸을 들였다.

"둘이 서로 잘 지냈습니까? 서로 친했나요?"

이 말에 에번스는 희미하게 미소 지었다.

"부인 쪽은 그랬어요. 말하자면 부인이 대령님께 호감을 가졌다고 할 수 있습니다. 집을 마음에 들어 하면서 대령님이 직접 설계를 했느냐고 물어보기도 했지요. 전반적으로 좀 지나칠 정도로 칭찬을 늘어놓았습니다."

"대령님은 어땠나요?"

에번스는 이번에도 싱긋 웃었다.

"대령님은 그렇게 수다스러운 여자에게서는 아무런 매력도 못 느꼈을 겁니다. 대령님은 부인을 예의 바르게 대하긴 했지만 그 이상은 아니었어요. 그리고 부인의 초대도 다 거절했지요."

"초대라고요?"

"예, 윌렛 부인은 대령님께 시태퍼드 하우스를 언제나 내 집처럼 여기고 들리시라고 말했죠. 부인의 표현대로라면 '잠깐 들리라'고 말이죠. 그런데 10킬로미터나 떨어진 곳에 잠깐 들릴 사람이 어디 있겠어요?"

"그 부인이 대령님에게서 뭔가를……. 그러니까 뭔가를 알아내려고 애쓰는 것처럼 보였습니까?"

내러콧 경위는 뭔가 미심쩍어 하고 있었다. 그것 때문에 집을 얻은 것일까? 트리벨리언 대령과 친분을 만들기 위한 디딤돌이었을까? 그것이 진정한 목표였을까? 그녀는 대령이 멀리 익스햄프턴까지 가서 살 거라고는 생각지 못했을 가능성도 있다. 어쩌면 그녀는 그가 버너비 소령 집을 함께 쏜다거나 하는 식으로 작은 방갈로로 가리라고 계산했을지도 모른다.

그러나 에번스의 대답은 그다지 도움이 되지 않았다.

"부인은 모든 면에서 정말 친절하셨어요. 매일 누군가를 점심이나 저녁에 초대했답니다."

내러콧 경위는 고개를 끄덕였다. 이제 이곳에서 더 알아낼 것은 없었다. 하지만 윌렛 부인과는 되도록 빨리 만나 보기로 결심했다. 그녀가 갑작스럽게 이곳으로 이사 온 이유는 조사해 볼 만했다.

"이리 오게, 폴록, 이제 위층으로 가자고."

그들은 에번스를 식당에 있도록 하고 위층으로 올라갔다.

"믿을 만한데요. 어떻게 생각하세요?"

경사가 어깨 너머로 고갯짓을 하면서 닫혀 있는 식당 문 쪽을 가리키며 낮은 목소리로 물었다.

"그런 것 같네. 그러나 모르는 일이지. 어떤 사람인지는 몰라도 바보는 아니야."

"그렇죠, 영리한 친구예요."

"그가 한 얘기는 전부 사실인 것 같아. 분명하게 있는 그대로를 말한 듯 싶군. 하지만 말했다시피 사람 일이란 모르는 거지."

경위는 그만의 조심스럽고 의심 많은 성격을 보여 주는 말을 남긴 뒤 2층에 있는 방들을 조사해 나갔다.

2층에는 침실 세 개와 욕실 하나가 있었다. 침실 두 개는 비어 있었고 몇 주 동안 아무도 드나든 흔적이 없었다. 세 번째 방인 트리벨리언 대령의 침실은 질서정연하고 훌륭하게 정리된 모습이었다. 내러콧 경위는 그 방으로 들어가 서랍들과 벽장을 열어 보았다. 모든 물건이 제자리에 놓여 있었다. 거의 광적으로 깔끔하고 정돈을 잘하는 버릇이 있는 남자의 방이었다. 내러콧 경위는 방을 다 조사한 후 침실에 연결돼 있는 욕실을 힐끗 보았다. 그곳 역시 말끔하게 정리 정돈이 됐다. 그는 마지막으로 침대를 보았는데 말끔하게 개켜진 이불 위에 잠옷을 단정하게 준비해 두었다.

  경위는 고개를 저었다.

"여긴 특별한 점이 없군."

"그렇군요. 모든 게 완벽하게 정돈돼 있습니다."

"서재 책상 위에 보면 서류들이 있는데 폴록 경사 자네가 가서 조사해 보게. 에번스에게는 가도 된다고 말하게. 내가 나중에 그의 집에 들를지도 모른다고 전해 주게."

"잘 알겠습니다, 경위님."

"시체는 치워도 되네. 그건 그렇고, 워런을 만나고 싶은데. 이 근처에 사는 것 맞나?"

"그렇습니다, 경위님."

"스리 크라운스 여관과 같은 쪽인가, 반대쪽인가?"

"반대쪽입니다."

"그럼 스리 크라운스를 먼저 들러야겠군. 자, 계속하게, 폴록."

폴록 경사는 에번스를 보내기 위해 식당으로 갔고 경위는 현관을 나와 빠른 걸음으로 스리 크라운스를 향해 걸어갔다.

스리 크라운스 여관에서

 스리 크라운스 여관의 정식 소유자인 벨링 부인이 면담을 질질 끄는 바람에 내러콧 경위가 버너비 소령을 만나는 시간이 지체됐다. 그녀는 뚱뚱하고 흥분을 잘하는 성격이었으며 워낙 달변이어서 대화 거리가 떨어지는 순간까지 경위는 참을성 있게 들어주는 수밖에 없었다.
 "이때까지 그렇게 험악한 밤은 없었어요. 그 불쌍한 신사분에게 무슨 일이 일어나고 있었는지 우리는 까맣게 몰랐답니다. 비열한 부랑자들……. 한 번 더 말하면 열 번도 넘게 말하는 거지만, 저는 그런 나쁜 놈들을 도저히 참아 줄 수가 없어요. 그놈들은 누구라도 죽일 거예요. 대령님은 자기를 보호해 줄 개도 안 키우셨어요. 개라도 한 마리 있었으면 부랑자들이 그렇게 못 했을 텐데. 아, 이런, 코 앞에서 무슨 일이 일어나는지도 모르고 있었다니……."

그녀는 이렇게 말하고 나서야 경위의 질문에 대답했다.

"예, 그래요, 내러콧 경위님. 소령님은 지금 아침 식사중이세요. 간이식당에 가면 만나실 수 있어요. 편한 옷으로 갈아입지도 않고 아무것도 없이 어젯밤을 어떻게 지내셨는지 모르겠어요. 저 같은 과부가 어떻게 도와드릴 수도 없고요. 괜찮다고는 하셨지만 당황하고 정신이 딴 데 가 있는 것 같았어요. 제일 친한 친구가 살해된 마당에 그리 놀랄 일도 아니지만요. 그 두 분은 아주 멋진 신사분들이었지만 트리벨리언 대령님은 돈을 밝힌다는 평이 있었지요. 저는 외떨어진 시태퍼드에 사는 게 위험하다고 생각했어요. 그런데 대령님은 생각지도 않았던 여기 익스햄프턴에서 죽었으니 말이에요. 사람들은 예상치 못한 곳에서 일을 당하는 법이죠. 안 그래요, 경위님?"

경위는 확실히 그렇다고 대답하고 나서 궁금하다는 듯 물었다.

"벨링 부인, 어제 여기 묵은 사람은 누구입니까? 낯선 사람은 없었나요?"

"생각해 볼게요. 모레스비 씨와 존스 씨가 묵었죠. 사업을 하는 분들이죠. 그리고 런던에서 온 젊은 신사분이 있었고요. 다른 사람은 없었어요. 이맘때쯤엔 손님이 별로 없거든요. 이곳은 겨울에 아주 한산해요. 아, 젊은 사람이 한 명 더 있었어요. 마지막 기차 편으로 도착했어요. 오지랖 넓은 젊은이더군요. 아직까지 일어나지도 않았어요."

"마지막 기차라고요? 그렇다면 그 기차는 10시에 도착했죠? 그 사람은 신경 쓸 필요 없겠군요. 다른 사람은 어떤가요? 런던에서 온 그 사람은요? 아는 사람입니까?"

"전에 한 번도 본 적이 없는 사람이에요. 사업을 하는 사람처럼 보이진 않았어요. 예, 아니에요……. 그런 일을 할 사람은 아니었어요. 지금은 그 사람 이름이 기억나지 않네요. 하지만 경위님이 숙박부를 보면 아실 거예요. 오늘 아침에 엑서터로 가는 첫 기차를 타고 떠났죠. 6시 10분에요. 좀 이상했죠. 여기 뭐하러 왔는지 모르겠더군요. 그게 궁금하긴 했어요."

"무슨 일을 하는지 말하지 않던가요?"

"한마디도 하지 않았어요."

"외출한 적이 있습니까?"

"점심 때 도착해서 4시 30분쯤 외출했다가 6시 20분쯤 돌아왔어요."

"어디에 다녀왔는지 압니까?"

"모르겠어요. 그냥 산책을 했는지도 모르죠. 눈이 오기 전이었지만 산책하기에 좋은 날씨는 아니었어요."

"4시 30분쯤 외출했다가 6시 20분쯤 돌아왔다고요."

경위는 잠시 생각에 잠겨 있다가 말했다.

"그것 좀 이상하군요. 트리벨리언 대령에 대해서는 말하지 않습니까?"

벨링 부인은 단호하게 고개를 저었다.

"아니요, 내러콧 씨. 어떤 사람에 대해서도 얘기하지 않았어요. 자기 생각에만 빠져 있었죠. 잘생긴 젊은이였는데……. 하지만 걱정거리가 있는 표정이었어요."

경위는 고개를 끄덕이고는 숙박부를 살펴보려고 걸음을 옮겼다.

"제임스 피어슨, 런던. 글쎄……. 별로 도움이 될 만한 게 없군요. 제임스 피어슨 씨에 대해서는 나중에 몇 가지 더 여쭙겠습니다."

그러고는 버너비 소령을 찾으러 간이식당으로 성큼성큼 걸어갔다.

간이식당에는 소령 혼자뿐이었다. 그는 《타임스》를 펼쳐놓은 채 진흙같이 우중충해 보이는 커피를 마시고 있었다.

"버너비 소령님이십니까?"

"그렇소만."

"저는 엑서터에서 온 내러콧 경위입니다."

"안녕하시오, 경위. 수사에 진전이 있습니까?"

"그렇습니다. 약간 진전을 본 것 같습니다. 그렇게 말해도 될 것 같군요."

"반가운 소식이군요."

소령은 무미건조하게 말했다. 그의 태도에는 체념 섞인 불신이 떠올라 있었다.

"알고 싶은 것이 한두 가지 있습니다, 버너비 소령님. 그리고 제가 알고 싶은 것을 소령님께서 말해 주실 수 있을 듯합니다."

"능력껏 돕겠소."

"트리벨리언 대령님이 원한을 샀을 만한 사람이 있나요?"

"이 세상에 적이라곤 한 명도 없었소."

소령은 딱 부러지게 말했다.

"이 사람, 에번스를…… 소령님은 믿을 만한 사람이라고 보십니까?"

"그렇게 생각할 수밖에요. 트리벨리언은 그를 믿었소. 나는 알아요."

"에번스의 결혼에 대해 나쁜 감정은 없었습니까?"

"나쁜 감정은 없었소. 그건 아니오. 트리벨리언은 다만 귀찮았을 뿐이지……. 자기 습관이 흐트러지는 걸 좋아하지 않았으니까. 늙은 독신자였으니 말이오."

"독신이란 말이 나왔으니 말인데, 다른 얘기를 해볼까요. 트리벨리언 대령님은 결혼하지 않으셨다고 들었습니다. 대령님이 유언장을 작성했는지에 대해 알고 계십니까? 만약 유언장이 없는 경우 누가 그의 토지를 상속받게 되는지 아십니까?"

"트리벨리언은 유언장을 작성했소."

버너비 소령은 즉각 대답했다.

"아……, 알고 계시군요."

"그렇소. 나를 유언 집행인으로 정했으니까요. 그가 그렇다고 말해 주었소."

"돈을 어떻게 남겼는지 알고 계십니까?"

"그건 말할 수 없소."

"대령님은 아주 유복했던 것 같던데요?"

"트리벨리언은 부자였소. 이 주변에서는 누구보다도 잘살았다고 할 수 있을 거요."

"친척 관계는 어떤지 알고 계시나요?"

"여동생이 하나 있고 조카들이 있다고 알고 있소. 그들에 대해선 별로 말을 하지 않았지만 다투지는 않았던 것 같소."

"유언장 말인데요, 그걸 어디 두었는지 아십니까?"

"월터즈 앤드 커크우드 사에 있소……. 익스햄프턴의 사무 변호사들이죠. 그들이 유언장을 작성해 주었소."

"그러면 버너비 소령님이 유언 집행인이니까 저와 함께 지금 월터즈 앤드 커크우드 사에 가실 수 있는지요? 그 유언 내용을 될 수 있는 대로 빨리 알고 싶군요."

소령은 방심하지 않고 그를 쳐다보며 물었다.

"유언장이 이 사건과 무슨 상관이 있다고 생각하는 거요?"

내러콧 경위는 자기 속셈을 빨리 드러내지 않으면서 대답했다.

"이 사건은 우리가 생각했던 것처럼 간단하고 쉬운 일이 아닌 것 같습니다. 그런데 말이 나온 김에 여쭙고 싶은 게 하나 더 있습니다. 버너비 소령님께서는 워런 선생님께 사망 시간이 5시 25분인지 물으셨다고 하던데요?"

"그렇소."

소령은 무뚝뚝하게 대답했다.

"그처럼 정확한 시각을 말한 이유가 뭔지 알고 싶습니다, 소령님."

"그러면 안 될 이유라도 있소?"

"글쎄요……. 그 시각을 생각하게 된 이유가 있을 텐데요."

버너비 소령이 한참 뜸을 들이자 내러콧 경위의 호기심은 더욱 커졌다. 소령은 무언가 분명히 감추고 싶은 것이 있었다. 침묵을 지키고 있는 그의 모습을 보고 있자니 우스꽝스러울 정도였다.

"내가 5시 25분이라고 말하면 안 되는 거요?"

소령은 다시 한 번 신랄하게 물었다.

"또는 6시 25분이라고 했든, 4시 25분이라고 했든 그게 뭐가 중요하오?"

"그건 그렇습니다."

경위가 소령을 달래듯 말했다.

이 시점에서 소령의 반감을 사고 싶지 않았다. 그는 날이 저물기 전에 그 이유를 알아내리라고 마음먹었다.

"제가 이상하다고 생각하는 점이 하나 있습니다, 소령님."

경위가 말을 이었다.

"뭡니까?"

"시태퍼드 하우스를 임대한 일 말입니다. 소령님은 어떻게 여기실지 모르겠습니다만 제게는 이상하게 생각됩니다."

"내 의견을 묻는 거라면 그 일은 정말 이상했다고 할 수 있소."

"소령님도 그렇게 생각하십니까?"

"모두가 그렇게 생각하오."

"시태퍼드에 있는 사람들이요?"

"시태퍼드와 익스햄프턴에 사는 사람 모두요. 그 여자는 제정신이 아닌 게 틀림없소."

"글쎄요, 사람들의 취향은 저마다 다르니까요."

"그렇다면 그 여자는 꽤나 이상한 취향을 갖고 있는 게 틀림없소."

"그 부인을 아십니까?"

"알지요. 그런데 내가 그 부인의 집에 있을 때……."

"그때 무슨 일이 있었나요?"

소령이 갑작스럽게 말을 멈추자 내러콧 경위가 물었다.

"아무것도 아니오."

경위는 소령을 날카롭게 바라보았다. 그가 알고 싶어 하는 무언가를 소령이 감추고 있는 듯했다. 그는 소령의 혼란스럽고 당황한 모습을 놓치지 않았다. 소령은 무슨 말을 하려고 했던 걸까?

'때가 되면 알게 되겠지. 지금 소령을 짜증스럽게 해서 좋을 건 없어.'

내러콧 경위는 짐짓 모르는 체하면서 물었다.

"소령님은 시태퍼드 하우스에 가신 적이 있다고 하셨는데, 그 부인이 그 집에 산 지 얼마나 됩니까?"

"두어 달 됐소."

소령은 자신이 엉겁결에 내뱉은 말을 무마하려고 열심이었다. 그래서 평소보다 수다스러워졌다.

"딸 한 명을 둔 미망인이라고요?"

"그렇소."

"부인이 집을 빌린 이유를 말하던가요?"

소령은 자기 코를 만지며 애매하게 답했다.

"음, 그 부인은 말을 많이 합니다, 그런 사람이지. 타고난 미모에 다소 세상과 동떨어지고……. 그런 편이오. 하지만……."

그는 어떻게 표현할지 몰라 말을 멈추었다. 그러자 내러콧 경위가 도와주려고 거들었다.

"뭔가 자연스럽지 않다는 말씀이지요?"

"글쎄, 그런 것 같소. 그 부인은 상류 사회의 부인처럼 보이오. 제일 좋은 정장을 차려 입고 딸도 똑똑하고 예쁜 아가씨요. 리츠나 클라리지 같은 고급 호텔이나 다른 큰 호텔에 묵는 편이 자연스러운 사람들이오. 그런 사람들 있잖소."

이 말에 내러콧 경위는 고개를 끄덕이며 물었다.

"그들이 남들과도 잘 어울린다는 말씀이시죠? 그러니까 소령님은 그들이 숨어 지내는 건 아니라고 생각하시는군요?"

버너비 소령이 그렇다는 듯 고개를 끄덕였다.

"물론 아니오. 그런 건 아닌 것 같소. 그들은 매우 사교적이오……. 지나치게 사교적이랄까. 내 말은 시태퍼드 같은 곳에선 전에 잘 알던 사이도 아닌데 집으로 자주 초대한다는 건 약간 거북한 일이지. 대단히 친절하고 사람들을 환대하지만 영국인의 사고방식으로 봐서는 지나친 감이 있다고나 할까."

"식민지에서 생활한 탓이겠지요."

"그렇소, 나도 그렇게 생각하오."

"그들이 오래 전부터 트리벨리언 대령님과 알던 사이처럼 보이진 않았습니까?"

"그건 분명 아니었소."

"아주 자신 있게 말씀하시는군요."

"그랬다면 트리벨리언이 내게 말해 줬을 거요."

"그럼 소령님은 그들이 트리벨리언 대령님과 사귀려고 일부러 이사 온 게 아니라는 말씀인가요?"

소령은 그렇게 생각해 본 적이 없었다. 그는 잠시 그 말을 곰곰이 생각해 본 다음 섬나라의 고지식한 퇴역 군인답게 덧붙였다.

"글쎄요, 그렇게 생각해 본 적은 한 번도 없소. 그들은 분명 트리벨리언과 친하게 지내려고 시도를 많이 했소. 그런데 트리벨리언은 꿈쩍도 하지 않았소. 하지만 아닐 거요. 그건 평소 태도일 거라고 생각하오. 지나치게 친절한 것 말이오. 식민지 사람이 그렇듯이 말이오."

"알겠습니다. 이제 그 집 자체에 대한 것인데, 트리벨리언 대령님이 그 집을 지은 거라고 하던데요?"

"그렇소."

"그리고 다른 사람은 아무도 그 집에 살지 않았죠? 그러니까 전에는 임대한 적이 없었나요?"

"그런 적은 없었소."

"그러면 집 자체가 특별하게 매력을 끈 것으로는 보이지 않는군요. 그것 참 수수께끼군요. 그 일은 이 사건과 십중팔구 상관없을 테지만 기막힌 우연의 일치로 보여서요. 트리벨리언 대령님이 세든 집인 헤이즐무어는 누가 주인입니까?"

"라펜트 양의 집이오. 중년 여자이고 겨울에는 첼튼엄에 있는 하숙집에 가곤 한다오. 매년 그러지요. 보통은 집을 잠가 놓고 가는데 기회가 닿으면 세를 주곤 했소. 하지만 자주 있는 일은 아니었소."

거기선 별로 건질 만한 것이 없는 것 같았다. 경위는 실망한 듯 고개를 흔들었다.

"윌리엄슨은 부동산 중개업자 맞나요?"

"그렇소."

"사무실이 익스햄프턴에 있나요?"

"월터즈 앤드 커크우드 사 옆에 있소."

"그럼 소령님만 괜찮으시다면 가는 길에 들렀다 갈 수 있을까요?"

"그럽시다. 어쨌든 10시 전에는 커크우드를 사무실에서 보기는 힘들 거요. 변호사들이 원래 그렇잖소."

"그럼 가실까요?"

조금 전에 아침 식사를 마친 소령은 알았다는 듯 고개를 끄덕이고 일어섰다.

유언장

윌리엄슨 씨의 사무실에서는 민첩해 보이는 젊은이가 일어나 그들을 맞이했다.

"안녕하세요, 버너비 소령님."

"잘 있었나."

"끔찍한 사건이에요, 이건. 익스햄프턴에서는 몇 년 동안 이런 사건이 없었는데."

그 젊은이는 격의 없이 말했다.

그의 활기찬 말에 소령은 얼굴을 찡그리며 내러콧 경위를 소개했다.

"이분은 내러콧 경위님이라네."

"아, 그러시군요."

젊은이는 신이 난 듯 말했다.

"제가 알고 싶은 걸 말해 주실 것 같군요. 시태퍼드 하우스 임대일을 이곳에서 맡아 진행했다고 알고 있습니다."

"윌렛 부인에게 임대한 일 말인가요? 예, 우리 사무실에서 했습니다."

"그 일이 어떻게 진행됐는지 상세하게 말해 줄 수 있나요? 부인이 직접 신청했나요, 아니면 편지로 신청했나요?"

"편지를 보내왔어요. 직접 쓴 편지요, 어디 서류가 있을 덴데……."

그는 서랍을 열더니 서류철 하나를 꺼냈다.

"예, 런던의 칼턴 호텔에서 보냈군요."

"시태퍼드 하우스를 직접 거론했나요?"

"아닙니다. 그저 겨울 동안 집을 빌리고 싶다고 말했고 다트무어에 있는 집이면 좋겠으며 적어도 침실이 여덟 개는 돼야 한다고 했지요. 기차역이나 시내 가까이 있느냐 하는 건 중요하지 않다고 했습니다."

"시태퍼드 하우스가 임대할 집 목록에 들어 있었습니까?"

"아니요, 그렇지 않습니다. 그러나 사실 부인의 요구를 맞춰 줄 수 있는 집이라곤 이 주변에 그 집밖에 없었죠. 부인은 편지에서 12기니씩을 내겠다고 했고 저는 그만하면 트리벨리언 대령님에게 편지를 보내 임대할 의향이 있는지 물어볼 만하다고 생각했지요. 그리고 대령님이 임대하겠다고 답을 보내와서 저희가 일을 주선한 겁니다."

"윌렛 부인은 이 집을 보지도 않고 계약했나요?"

"집을 보지 않고 계약하기로 동의했고 계약서에 서명을 했습니다. 그러더니 어느 날 이곳에 와서는 시태퍼드까지 차를 몰고 가서 트리벨리언 대령님을 만나 식기류나 식탁보, 커튼 따위 일을 매듭 짓고 집을 둘러보았죠."

"부인이 마음에 들어 했나요?"

"아주 만족한다고 했습니다."

"당신 생각은 어땠습니까?"

내러콧 경위는 젊은이를 날카롭게 바라보며 물었다.

젊은이는 어깨를 으쓱하며 대답했다.

"부동산 사업을 하다 보면 어떤 일에든 잘 놀라지 않게 되지요."

이 철학적인 말을 듣고 나서 경위는 젊은이의 협조에 고마움을 표시한 후 그 자리를 떠날 준비를 했다.

"아무것도 아닙니다. 오히려 제가 즐거웠습니다."

젊은이는 그들을 문까지 정중하게 배웅했다.

월터즈 앤드 커크우드 사의 사무실은 버너비 소령의 말대로 부동산 중개소 바로 옆 건물이었다. 그곳에 도착하자마자 그들은 커크우드 씨가 금방 도착했다는 말을 듣고 그의 방으로 안내를 받았다.

커크우드 씨는 인자하게 생긴 나이 든 남자였다. 익스햄프턴 토박이였으며 할아버지와 아버지의 대를 이어 그 회사를 운영하고 있었다. 그는 애도하는 표정으로 일어서서 소령과 악수를 했다.

"안녕하시오, 버너비 소령. 너무 충격적인 일이오. 정말 너무 충격적이오. 가엾은 트리벨리언."

그가 옆에 있는 사람이 누구냐는 듯 바라보자 버너비 소령은 몇 마디 간략한 말로 경위의 존재를 설명했다.

"경위님이 이 사건의 책임을 맡고 있습니까?"

"그렇습니다, 커크우드 씨. 수사를 진행하면서 선생님께 특별한 정보에 대해 여쭤볼 것이 있어서요."

"제가 대답할 만한 것이라면 무엇이든 기꺼이 알려 드리겠습니다."

"고 트리벨리언 대령님의 유언장에 관한 겁니다. 그 유언장이 이 사무실에 있다고 들었습니다."

"그렇습니다."

"오래 전에 만들어진 건가요?"

"5~6년 전이죠. 지금은 정확한 작성 시기가 기억나지 않는군요."

"커크우드 씨, 저는 될 수 있는 대로 빨리 유언장의 내용을 보고 싶습니다. 이 사건과 중요한 관계가 있을지도 모릅니다."

"정말인가요? 저는 거기까진 생각지 못했습니다. 과연 경위님은 수사 일에는 전문가이군요. 그렇다면……."

그는 이렇게 말하며 버너비 소령 쪽을 힐끗 바라보았다.

"버너비 소령과 제가 그 유언장의 공동 집행인입니다. 소령이 반대하지 않는다면……."

"반대 없소."

"그러면 경위님의 부탁을 들어드리지 않을 이유가 없군요."

그는 자기 책상 위에 있는 전화 수화기를 집어 들고 몇 마디 했다. 2~3분 만에 서기 한 명이 방으로 들어와 변호사 앞에 봉해진 봉투를 놓아두었다. 서기가 방을 나가자 커크우드 씨는 종이칼로 봉투를 자르고 나서 커다랗고 중요해 보이는 서류 한 장을 꺼내 헛기침을 하고 나서 내용을 읽어 나갔다.

'나, 데번 주 시태퍼드, 시태퍼드 하우스의 조지프 아서 트리벨리언은 이것이 본인의 마지막 유언이며 1926년 8월 13일에 작성한 유언장임을 선언하는 바이다.

(1) 나는 시태퍼드 1번 방갈로의 존 에드워드 버너비와 익스햄프턴의 프레더릭 커크우드를 나의 유언장에 대한 집행자이자 수탁자로 지명한다.

(2) 나에게 오랫동안 충직하게 봉사해 온 로버트 헨리 에번스에게 내가 죽을 당시에도 나에게 봉사하고 있으며 사직서를 내거나 사직 권유를 받지 않은 상태라는 조건으로 증여세를 면제한 100파운드를 준다.

(3) 전술한 존 에드워드 버너비에게 우리의 우정과 나의 애정과 존중을 기념하여 내 모든 트로피들과 사냥에서 잡은 큰 짐승 머리 박제품들과 가죽 수집품, 그리고 여러 운동 종목에서 받은 우승컵들, 상패들, 그리고 내 소유의 사냥 수집품들을 준다.

(4) 내 소유로 된 모든 부동산과 동산 중 이 유언장, 또는 이 일에 관한 법률적 유언 보충서에 의해 처리되지 않은 것들은 수탁인들에게 주어서 매각하거나 담보를 회수해서 현금화하게 한다.

(5) 수탁인들은 그 매각과 담보 회수, 그리고 현금화해서 나온 돈을 장례 비용과 유언 집행 비용, 부채 등을 상환하는 데 지불하며 이 유언장이나 이에 관한 법률적 유언 보충서에 의해 주어지는 유산과

모든 유산 상속세 등의 비용을 지불한다.

(6) 수탁인들은 그 돈의 잔여분이나 출자금을 당분간 보관하면서 4등분으로 균등하게 배분한다.

(7) 앞에 말한 대로 균등하게 배분한 것에 대해 수탁인들은 그 4분의 1을 여동생 제니퍼 가드너가 전적으로 개인 용도로 사용하도록 지불한다.

그리고 수탁인들은 남은 4분의 3의 재산은 세상을 뜬 여동생 메리 피어슨의 세 자녀들의 복지를 위하여 각자에게 4분의 1씩 공평하게 분배한다.

본인 조지프 아서 트리벨리언은 전기한 연도, 날짜에 증인의 입회하에서 위의 내용에 관해 서명한다.

두 명의 수탁자가 동시에 입회한 가운데 마지막 유언으로서 전기한 유언자의 이름이 서명됐으며 유언자의 요청에 의해 그 앞에서 두 명의 이름도 증인으로서 서명하는 바이다.'

커크우드 씨는 그 서류를 내러콧 경위에게 건네주었다.
"이 사무실에 있는 서기 두 명이 입회했습니다."
경위는 유언장을 꼼꼼하게 살폈다.
"세상을 떠난 메리 피어슨이라……. 커크우드 씨, 피어슨 부인에 대해 말씀해 주시겠습니까?"
"말해 줄 게 거의 없습니다. 10년쯤 전에 죽은 것으로 알고 있어요. 부인의 남편은 주식 중개인이었는데 부인보다 먼저 죽었죠. 내가 아는 한 피어슨 부인이 트리벨리언 대령을 방문했던 적은 한 번도 없습니다."

"피어슨이라……. 하나 더요. 트리벨리언 대령님의 사유지 크기가 언급되지 않았습니다. 합계가 얼마나 된다고 생각하십니까?"

커크우드 씨는 변호사들이 그렇듯 간단한 질문을 어려운 걸로 만드는 것을 즐기면서 대답했다.

"정확히 말하기는 힘듭니다. 그건 부동산이나 사유지에 대한 질문이죠. 시태퍼드 하우스 외에도 트리벨리언 대령은 플리머스 인근에 부동산을 소유하고 있고 때때로 여기저기 투자했기 때문에 재산이 시세에 따라 변동합니다."

"저는 대략 얼마나 되는지만 알고 싶을 뿐입니다."

"내가 직접 말하고 싶지는 않은데……."

"그냥 참고할 수 있게 대충만 짚어 주시면 됩니다. 예를 들어 2만 파운드 정도라고 하면 엉뚱할까요?"

"2만 파운드라고요, 세상에. 트리벨리언 대령의 사유지는 적어도 그보다 네 배는 될 겁니다. 8만 파운드, 아니면 9만 파운드 정도일 겁니다."

"트리벨리언은 부자라고 내가 이미 말하지 않았소."

버너비 소령도 거들고 나섰다.

내러콧 경위는 자리에서 일어서며 말했다.

"여러 가지를 알려 주셔서 감사합니다, 커크우드 씨."

"도움이 되었습니까?"

변호사는 호기심이 가득한 표정으로 바라보았지만 내러콧 경위는 지금 그 호기심을 채워 줄 마음이 없었다.

"이런 사건에서 우리는 모든 것을 고려해야 합니다."

경위는 애매하게 대답하더니 다시 질문을 던졌다.

"그건 그렇고 제니퍼 가드너와 피어슨 가족의 주소와 이름을 알고 계신가요?"

"나는 피어슨 가족에 대해선 아무것도 모릅니다. 가드너 부인의 주소는 엑서터 시, 월던 가, 로렐스입니다."

경위는 그 주소를 수첩에 받아 적었다.

"일을 진행하는 데 도움이 되겠군요. 고 피어슨 부인의 자녀가 몇 명인지 아십니까?"

"아마 세 명일걸요. 딸 둘에 아들 하나…… 아니면 아들 둘에 딸 하나인지도 모르겠습니다. 확실하게 기억이 나지 않습니다."

경위는 고개를 끄덕이고는 수첩을 챙기고 나서 변호사에게 한 번 더 감사를 표한 후 사무실을 나섰다. 길에 나온 경위는 갑자기 돌아서서 동행자인 버너비 소령의 얼굴을 바라보았다.

"소령님, 이제 5시 25분이 뭘 뜻하는지 알아야겠습니다."

버너비 소령은 난처한 나머지 얼굴이 붉게 달아올랐다.

"이미 말했는데……."

"그걸로는 납득을 못 하겠습니다. 버너비 소령님은 지금 정보를 숨기시는 겁니다. 워런 선생님에게 그 특정한 시각을 말하신 이유가 분명히 있으실 텐데……. 그 이유가 무엇인지 알 듯도 하군요."

"알고 있다면 왜 나한테 묻는 거요?"

소령은 계속된 질문에 투덜거렸다.

"그 시간대에 누군가가 트리벨리언 대령님과 모처에서 만날 약속이 있었다는 걸 소령님이 알고 계셨다고 생각됩니다. 아닌가요?"

버너비 소령은 경위를 노려보았다. 소령은 화가 난 듯 말을 내뱉었다.

"그런 게 아니오. 그런 게 아니란 말이오."

"버너비 소령님, 잘 생각해 보십시오. 제임스 피어슨 씨가 아닙니까?"

"제임스 피어슨? 제임스 피어슨이 누구요? 트리벨리언의 조카를 말하는 거요?"

"저는 그 누군가가 대령의 조카일 거라고 추측합니다. 제임스라고 불리는 조카가 있지요, 아닌가요?"

"전혀 모르는 일이오. 트리벨리언에게 조카가 몇 명 있다는 건 알지만 이름까지는 모르오."

"지금 말하는 청년이 어젯밤 스리 크라운스 여관에서 묵었다고 합니다. 소령님이 그곳에서 그를 알아봤을지도 모르죠."

"그게 누구든 안면 있는 사람은 못 봤소."

소령은 또다시 투덜거렸다.

"누구였든 몰라봤을 거요……. 트리벨리언의 조카들을 지금까지 만난 적이 없으니까."

"하지만 어제 오후 대령이 조카의 방문을 기다리고 있었다는 건

유언장 83

아셨지요?"

"아니란 말이오."

소령은 이제 큰 소리로 호통을 쳤다.

길 가던 몇몇 사람들이 고개를 돌려 그들을 바라보았다.

"젠장, 내 말을 그대로 믿으시오! 약속인지 뭔지 나는 전혀 모른 단 말이오. 내가 아는 건 단지 트리벨리언의 조카들이 멀리 떨어진 곳에 산다는 것뿐이오."

내러콧 경위는 약간 당황했다. 소령이 격렬하게 부정하는 태도는 속임수라고 하기에는 너무 진실했다.

"그럼 왜 5시 25분이란 말을 하셨죠?"

소령은 난처한 듯 헛기침을 했다.

"아, 이런……. 말하는 게 더 나을 거 같소. 하지만 이게 워낙 바보스러운 일이라서 말이오. 엉터리 게임이었소, 경위. 생각 있는 사람이라면 그런 헛소리 따위는 믿지 않을 거요!"

이 말에 내러콧 경위는 더욱 놀란 표정이 되었다. 버너비 소령은 시간이 갈수록 자기 자신이 부끄러운 듯했다.

"그게 어떤 건지 알잖소, 경위. 한 부인의 기분을 맞춰 주기 위해 할 수 없이 그런 일에 끼어들 수밖에 없었소. 물론 나는 그런 일에 무슨 의미가 있을 거라고는 꿈에도 생각지 않았소."

"그런 일이라니요, 버너비 소령님?"

"테이블 터닝 말이오."

"테이블 터닝이라고요?"

내러콧 경위가 어떤 것들을 예상하고 있었든 간에 이것은 전혀 뜻밖의 일이었다. 소령이 설명을 계속했다. 그는 머뭇거리며 자기가 그걸 믿은 것은 아니었다고 여러 번 부인해 가며 전날 오후에 있었던 일과 그 메시지가 전달됐던 자초지종을 설명했다.

"버너비 소령님, 테이블이 트리벨리언이라는 철자를 뱉어내면서 그가 죽었다는……, 살해당했다는 사실을 알려 주었다는 말씀입니까?"

버너비 소령은 이마의 땀을 훔치며 대답했다. 그는 그 일에 대해 부끄러워하는 것 같았다.

"그렇소, 그게 어제 있었던 일이오. 나는 그걸 믿지 않았소. 믿지 않았다고요. 어쨌든……. 금요일이었으니 내가 트리벨리언의 집에 가서 별일이 없는지 살펴보고 확인해야 한다고 생각했소."

경위는 비너비 소령이 극구 부인하고 있지만 앞으로 폭설이 더 올 거라는 걸 알면서도, 눈이 산처럼 쌓인 길을 10킬로미터나 걸어가야 한다는 사실을 알면서도 대령을 찾아간 걸 보면 그가 혼령의 메시지에 깊은 인상을 받았음이 분명하다는 걸 깨달았다. 내러콧 경위는 속으로 생각했다.

'기묘한 일이 일어났군……. 아주 기묘한 일이야. 아무리 설명해도 이해하기 힘든 일이라고.'

혼령 어쩌고 하는 이 현상에는 무언가가 있음에 틀림없었다. 심령 현상이 진짜로 입증된 사례를 내러콧 경위는 처음으로 맞닥뜨리게 된 것이다.

너무 괴상한 일이었지만 그가 이해하는 한 그 일이 버너비 소령의 행동을 설명해 주기는 했어도 자기에게는 아무런 실제적 수확이 없었다. 내러콧 경위는 심령 현상이 아니라 실제로 일어난 사실을 다루어야 했다.

살인자를 추적하는 게 그의 임무였다. 그 일을 하기 위해 영적 세계의 안내를 받을 필요는 없었다.

찰스 엔더비

내러콧 경위는 손목시계를 힐끗 보며 서두르기만 하면 엑서터로 가는 기차를 가까스로 잡을 수 있겠다고 생각했다. 그는 트리벨리언 대령의 여동생을 될 수 있는 대로 빨리 면담해서 다른 친척들의 주소를 알아내고 싶어 안달이었다. 그래서 버너비 소령에게 급히 작별 인사를 하고 기차역을 향해 달려갔다. 소령은 스리 크라운스 여관으로 돌아갔다.

그가 문턱을 넘어서기도 전에 아주 밝은 색 머리카락에 소년처럼 얼굴이 둥근 쾌활한 젊은이가 아는 척을 했다.

"버너비 소령님이신가요?"

그 젊은이가 물었다.

"그렇소."

"시태퍼드 1번 방갈로에 사시는?"

"그렇다오."

젊은이는 자신을 소개했다.

"저는 《데일리 와이어》에서 나온 기자입니다. 그리고 저는……."

그는 더 이상 말을 잇지 못했다. 소령이 보수적인 군대식으로 분통을 터뜨렸기 때문이다.

"그만하면 됐소. 당신네들이 어떤 사람인지 잘 알고 있소. 예의도 없고 삼가는 법도 없지. 시체를 둘러싼 독수리 떼처럼 살인 사건에 모여들지. 젊은이, 분명히 말하는데 내게서는 아무런 정보도 못 얻어 낼 거요, 단 한 마디도. 그 빌어먹을 신문에 아무 이야기도 안 할 거요. 무언가를 알고 싶다면 경찰서에 가서 물어보고 죽은 자의 친구들은 가만히 내버려두는 예의를 지키도록 하시오."

그러나 젊은이는 눈 하나 깜짝하지 않았다. 오히려 달래려는 듯 싱긋 웃기까지 했다.

"소령님께서 뭔가 잔뜩 오해하고 있는 것 같다고 말씀드려야겠군요. 저는 살인 사건에 대해서는 전혀 모릅니다."

솔직히 말하면 이 말은 사실이 아니었다. 익스햄프턴에 있는 사람치고 조용한 황무지 도시를 속속들이 뒤흔들어 버린 이 사건을 모르는 사람은 아마 없을 것이다.

"저는 《데일리 와이어》의 권한을 위임받아 저희 신문의 축구 퀴즈 대회에서 유일한 당첨자로 선정됐다는 소식을 알려 드리고 5000파운드짜리 수표를 소령님께 전해 드리려고 왔습니다."

젊은이의 말에 버너비 소령은 어안이 벙벙했다.

"소령님께서 어제 아침 이 희소식을 알리는 저희의 편지를 받으셨을 거라고 봅니다."

버너비 소령은 어이없다는 듯 말했다.

"편지라고? 알고 있소, 젊은이? 시태퍼드가 3미터나 되는 눈에 덮여 있다는 걸? 지난 며칠간 편지가 정기적으로 배달됐으리라고 생각하오?"

"하지만 오늘 아침 《데일리 와이어》에 소령님의 성함이 당첨자로 발표된 건 확실히 보셨겠지요?"

"못 봤소. 오늘 아침엔 신문이라곤 쳐다보지도 않았소."

버너비 소령이 목소리를 낮춰 대답했다.

"아, 그러셨군요. 참 애석한 일입니다. 살해된 남자가 소령님의 친구분이라고 알고 있습니다."

"제일 친한 친구요."

"참 안타까운 일입니다."

젊은이는 재치 있게 눈길을 돌렸다. 그러더니 주머니에서 작게 접혀진 엷은 자주색 종이를 꺼내 버너비 소령에게 고개 숙여 인사하며 건네주었다.

"《데일리 와이어》에서 증정하는 겁니다."

버너비 소령은 그것을 받고는 이 상황에 어울리는 유일한 말을 했다.

"한잔하겠소? 이름이······."

"엔더비입니다. 찰스 엔더비가 제 이름입니다. 어젯밤에 여기 왔지요. 시태퍼드로 가는 길을 물었답니다. 저희는 당첨자에게 수표를 직접 전해 주는 걸 중요하게 생각하거든요. 그리고 짤막한 인터뷰를 신문에 싣지요. 독자들이 재미있게 읽어요. 그런데 시태퍼드로 간다고 하자 모두들 안 된다고 말리더군요……. 눈까지 내리고 있어 도무지 갈 상황이 아니라고 했습니다. 헌데 운이 엄청나게 좋았는지 소령님이 이곳 스리 크라운스 여관에 묵고 계신다는 걸 알았지 뭡니까. 소령님을 알아보는 건 어렵지 않았습니다. 이곳 사람들은 모두가 서로를 잘 알고 있는 것 같더군요."

그는 싱긋 웃었다.

"뭘 마시겠소?"

"저는 맥주를 마시겠습니다."

소령은 맥주 두 잔을 주문했다.

"이곳은 살인 사건 때문에 정신이 나간 것 같더군요. 듣자 하니 좀 수수께끼 같은 구석이 있는 모양이에요."

소령은 불만에 차서 투덜거렸다. 그는 난처했다. 언론인에 대한 나쁜 감정은 그대로였지만 방금 자기 손에 5000파운드짜리 수표를 건네준 사람에게는 대접이 달라질 수밖에 없었다. 그런 사람에게 꺼지라고 말하기는 힘들었다.

"대령이 원한을 살 만한 사람은 없었나요?"

젊은이는 궁금한 걸 묻기 시작했다.

"없었소."

"하지만 경찰은 그게 강도 짓이 아니라고 생각하던데요."

"그걸 어떻게 아오?"

엔더비는 어디서 들은 정보인지 밝히지 않았다.

"시체를 처음으로 발견했던 사람이 바로 소령님이라고 들었습니다."

"맞소."

"큰 충격을 받으셨을 거라 생각합니다."

대화가 계속 이어졌다. 버너비 소령은 아무런 정보를 주고 싶지 않았지만 엔더비의 능란한 솜씨를 당해 낼 수가 없었다. 그는 소령이 긍정, 혹은 부정할 수밖에 없는 쪽으로 대화를 끌고 가면서 원하는 정보를 얻어 냈다. 그러나 엔더비가 워낙 유쾌하게 분위기를 이끌고 갔기 때문에 소령은 그리 힘들다고 느끼지 않았으며 그 천진난만한 젊은이가 마음에 들기까지 했다.

잠시 후 자리에서 일어난 엔더비는 우체국에 가야 한다고 말했다.

"그 수표를 받으셨다는 영수증만 주시면 됩니다, 소령님."

소령은 책상으로 가서 영수증을 쓴 다음 건네주었다.

"멋지군요."

젊은이는 이렇게 말하고 주머니에 영수증을 집어넣었다.

"오늘 런던으로 돌아가는 거요?"

"아, 아닙니다. 저는 시태퍼드에 있는 소령님의 방갈로 사진을 몇 장 찍고 싶습니다. 소령님이 돼지를 먹이는 모습이라든가 괭이로 민들레를 파내는 모습, 아니면 뭔가 소령님이 좋아하시는 특별한 일을 하는 모습을 담고 싶습니다. 저희 독자들은 그런 종류의 기사를 아주 좋아하거든요. 그런 다음에 소령님께 '5000파운드로 무엇을 하려는가.' 하는 몇 마디 대답을 듣고 싶습니다. 함축적이고 멋진 말을요. 그런 내용이 없으면 우리 독자들이 얼마나 실망할지 소령님은 모르실 겁니다."

"그렇군요. 하지만 이봐요, 이런 날씨에 시태퍼드에 가는 건 불가능한 일이오. 보기 드문 폭설이 내리고 있소. 사흘 동안 시태퍼드로 아무 차량도 뚫고 가지 못했소. 눈이 적당히 녹으려면 사흘은 더 기다려야 할 거요."

"알겠습니다. 정말 난처하군요. 익스햄프턴에서 죽치고 있으면서 돌아다닐 수밖에 없겠군요. 스리 크라운스에서는 대접을 잘해 주더라고요. 안녕히 계십시오, 소령님. 나중에 뵙겠습니다."

엔더비는 익스햄프턴 중심가로 나와 우체국으로 가서 엄청난 행운을 얻어 익스햄프턴 살인 사건에 대한 흥미로운 독점 기사를 보낼 수 있게 됐다고 신문사에 전보를 쳤다.

그는 다음에 무엇을 할지에 대해 생각해 보고 죽은 트리벨리언 대령의 하인인 에번스를 만나 이야기를 들어 보기로 했다. 버너비 소령이 대화하던 중 무심결에 그 이름을 입 밖에 냈던 것이다.

길을 몇 번 물어 가며 그는 포어 가 85번지에 이르렀다. 살해된 사람의 하인은 이제 유명인사가 돼 있었다. 사람들 모두 그가 사는 곳을 기꺼이, 열심히 가르쳐 주었다.

엔더비는 문을 세게 두드렸다. 문을 열어 준 남자는 전형적인 해군 출신처럼 보여 그가 누군지 금방 알 수 있었다.

"에번스 씨 아닙니까? 방금 전까지 버너비 소령님과 함께 있다 오는 길입니다."

엔더비는 쾌활하게 말을 건넸다.

"아……, 들어오시죠."

에번스는 잠시 머뭇거리다 말했다.

엔더비는 집 안으로 들어섰다. 검은 머리에 뺨이 붉고 토실토실한 예쁜 젊은 여자가 뒤에서 서성거렸다. 엔더비는 그 여자가 갓 결혼한 에번스의 부인일 거라고 판단했다.

"모시던 분에게 나쁜 일이 생겨 유감입니다."

엔더비가 먼저 말을 꺼냈다.

"충격적입니다. 그 말밖에는 할 말이 없습니다."

"누가 했다고 생각하세요?"

엔더비는 자신이 정보를 찾고 있다는 사실을 숨기지 않고 물었다.

"천한 부랑자들 중에 한 명이겠죠."

"이런! 아니라고 이미 밝혀졌는데요."

"뭐라고요?"

"사람들의 눈을 속이기 위해 그렇게 보이도록 꾸민 거랍니다. 경찰이 금방 알아냈다고 하더군요."

"그걸 누구에게 들었습니까, 선생님?"

엔더비는 정보를 스리 크라운스의 하녀에게서 들었지만 대답은 다르게 했다. 하녀의 언니가 그레이브스 순경의 배우자였던 것이다.

"경찰서에서 귀띔을 받았습니다. 강도짓이라고 보이도록 완전히 꾸며 낸 일이라고 들었는데요."

"그럼 경찰은 누구 짓이라고 생각하나요?"

에번스 부인이 앞으로 나서며 물었다. 그녀의 눈은 겁에 질린 채 간절한 빛을 띠고 있었다.

"이런, 레베카, 너무 흥분하지 마."

남편이 끼어들었다.

"경찰들은 잔인하고 바보 같아요. 잡아둘 수만 있다면 그 사람이 누구든 신경 안 쓰죠."

에번스 부인은 이렇게 말하고 엔더비를 힐끗 쳐다보았다.

"경찰서에서 일하시나요?"

"저요? 아, 아닙니다. 저는 신문사에서 왔습니다.《데일리 와이어》에서요. 버너비 소령님을 만나러 내려왔지요. 우리 신문사의 축구 퀴즈에 당첨돼서 상금 5000파운드를 받게 됐거든요."

"뭐라고요? 이런 빌어먹을! 그럼 결국 그 일은 정직하게 진행되는 거였군."

에번스는 놀랍다는 듯 소리쳤다.

"그렇지 않다고 생각했던 겁니까?"

엔더비가 궁금하다는 듯 물었다.

에번스는 요령 없이 자기 감정을 드러냈다고 느끼며 약간 당황했다.

"어쨌든 험악한 세상 아닙니까, 선생님. 그 일에 속임수가 많다고 들어서요. 돌아가신 대령님은 좋은 주소는 당첨되는 법이 없다고 늘 말씀하셨지요. 그래서 제 집 주소를 여러 번 쓰곤 하셨죠."

에번스는 어느 정도 순진한 태도로 대령이 소설책 세 권을 탔던 일을 설명했다.

　엔더비는 그가 말을 계속하도록 부추겼다. 에번스의 이야기는 아주 흥미로운 기사감이 될 수 있다. 충성스러운 하인에다가 옛 해군의 취향까지 가미한 이야기였다. 그는 에번스 부인이 왜 그렇게 불안해 보이는지 궁금했지만 그냥 그녀의 무지로 인한 의심 때문이리라고 결론을 내렸다.

　"그 일을 저지른 놈들을 찾아내겠죠. 사람들은 범인을 찾는 데 신문이 큰 역할을 할 거라고 말하던데요."

　에번스가 말하는 도중 아내가 끼어들었다.

　"그건 강도 짓이에요. 그게 맞아요."

　이번에는 에번스가 말했다.

　"물론 그건 강도 짓일 거야. 하여튼 익스햄프턴에 사는 사람들 중에는 대령님을 해칠 만한 사람은 없다고."

　이때 엔더비가 일어섰다.

　"그럼, 이만 가 봐야겠습니다. 괜찮다면 이따금 들러 잡담이나 하지요. 만약 대령님이《데일리 와이어》가 낸 퀴즈에서 소설책 세 권을 타셨다면 우리 신문은 대령님을 살해한 사람을 찾아내는 데 지금보다 더 관심을 기울였을 겁니다."

　"정말 고마운 말씀입니다. 그보다 더 좋은 말은 없을 겁니다."

　그들에게 유쾌하고 좋은 날이 되라고 인사한 후 찰스 엔더비는 그 집을 떠났다.

　엔더비는 혼잣말을 중얼거렸다.

"누가 그 사람을 죽였을까? 이 에번스라는 친구는 아닌 것 같아. 정말 강도 짓인지도 모르지! 그렇다면 아주 실망인걸. 이 사건에는 여자가 관련되지 않은 것 같은데 그것도 유감이군. 뭔가 세상을 놀라게 할 만한 충격적인 일이 벌어지지 않는다면 이 사건은 대수롭지 않은 일로 묻혀 버릴 거야. 그렇다면 재수가 없는 거지. 내가 이런 종류의 사건이 벌어진 현장에 있어 본 건 처음인데 좋은 기사를 찾아내야만 해. 성공해야 한다고, 찰스. 일생일대의 기회가 온 거야. 최대한 활용하도록 해. 이 군인 친구는 내가 존경심을 표현하고 '선생님'이란 소리를 자주 붙여 주면 머지않아 내가 하라는 대로 할 거야. 그가 인도 폭동(1857~1859년 벵골의 세포이 항쟁으로 1857년 5월 북인도·중앙인도에서 영국 동인도회사의 지배에 대항하여 일어났다—옮긴이)에 참전했는지 궁금하군. 아니야, 그럴 리가 없어. 그 정도로 늙어 보이지는 않았어. 남아프리카 전쟁(보어 전쟁이라고도 한다. 19세기 말 영국이 남아프리카의 보어인이 세운 트란스발 공화국을 합병하기 위해 일으킨 전쟁—옮긴이)에는 참전했겠군. 남아프리카 전쟁에 대해 물어보면 분명 유순해질 거야."

이런 생각을 곱씹으며 엔더비는 스리 크라운스로 어슬렁어슬렁 걸어갔다.

로렐스

익스햄프턴에서 기차로 엑서터로 가는 데 대략 30분이 걸린다. 내러콧 경위는 11시 55분에 로렐스의 현관 초인종을 누르고 있었다.

로렐스는 약간 낡은 집으로 페인트칠을 새로 해야 할 것 같았다. 집 주위의 정원은 손질을 하지 않아 잡초가 우거져 있었고 대문은 돌쩌귀 위에 비스듬히 어긋나 있었다.

"여긴 부유하지는 않은 모양이군. 분명히 돈에 쪼들리는 집일 거야."

내러콧 경위는 혼잣말을 했다.

그는 매우 공정한 사람이었지만 조사 결과, 대령이 원한을 가진 사람에게 살해당했을 가능성은 거의 없는 듯했다. 다른 한편으로 그가 알아본 바에 따르면 대령의 죽음으로 인해 네 사람이 상당한 이익을 볼 것 같았다. 이 네 사람의 행동을 각각 조사해 봐야 했다. 호텔 숙박부에 적힌 이름은 참고가 되겠지만 피어슨이란 이름은 아주 흔했다. 내러콧 경위는 무슨 결론이든 너무 성급하게 내리지 않도록 신경을 썼다. 또한 예비 단계에서 신속하게 조사하는 동안에는 판단을 보류하기 위해 애썼다.

단정치 못한 차림인 하녀가 초인종 소리를 듣고 문을 열어 주었다.
"안녕하십니까. 가드너 부인을 뵙고 싶습니다. 부인의 오빠인 익스햄프턴의 트리벨리언 대령님과 관련된 일입니다."

그는 의도적으로 하녀에게 신분증을 보여 주지 않았다. 그가 경찰관이라는 사실만으로도 하녀가 당황하고 말문이 막히리라는 것을 경험으로 알고 있었기 때문이었다.
"부인은 오빠가 사망했다는 소식을 들었습니까?"

하녀가 뒷걸음치며 현관으로 들어오게 하자 경위는 지나가듯 물었다.
"예, 전보를 받아 알고 계세요. 변호사로부터요. 커크우드 씨라고."
"그렇군요."

하녀는 그를 응접실로 안내했다. 응접실은 집 외부와 마찬가지로 돈을 들여 손봐야 할 형편이었지만 그래도 아직 매력적인 분위기가 남아 있었다. 그것이 무엇인지는 꼭 집어 말할 수가 없었다.
"부인이 충격을 받으셨겠군요."

경위는 하녀가 그 문제에 대해 잘 모른다고 생각했다.
"부인은 그분을 자주 뵙지 않았어요."
"문을 닫고 이리 와요."

경위는 기습적인 질문으로 하녀를 깜짝 놀라게 했다.

"전보에 살인이라고 적혀 있었습니까?"

공포와 격렬한 호기심이 뒤섞여 그녀의 눈은 둥그레졌다.

"살인이라고요! 대령님이 살해됐나요?"

"아! 소식을 듣지 못했을 거라 생각했습니다. 커크우드 씨는 부인에게 너무 갑작스럽게 소식을 전하길 원치 않았죠. 하지만, 저, 아가씨……. 그런데 이름이 뭐죠?"

"비어트리스입니다."

"그렇군요, 비어트리스. 그 소식이 오늘 석간신문에 실릴 겁니다."

"이런, 저는 전혀, 살해당했다니요, 끔찍하지 않아요? 범인들이 대령님의 머리를 세게 때리거나 총을 쏘았나요? 아니면 다른 방법인가요?"

경위는 자세한 설명으로 하녀의 호기심을 풀어 준 다음 무심한 듯 덧붙여 말했다.

"어제 오후 부인이 익스햄프턴에 가려고 했을 것 같군요. 하지만 날씨가 너무 나빴겠죠."

"아무것도 들은 바가 없는데요, 선생님. 아마 잘못 아신 걸 거예요. 부인은 오후에 쇼핑을 하고 나서 영화를 보신다고 나가셨어요."

"언제 집에 돌아왔죠?"

"6시 정도에요."

그렇다면 가드너 부인은 범인이 아니었다.

"이 가족에 대해 아는 게 별로 없어서 그러는데 가드너 부인은 미망인입니까?"

그는 스스럼없는 어조로 물었다.
"아, 아니에요. 주인어른이 계세요."
"무슨 일을 하시죠?"
"아무 일도 안 하세요. 일을 하실 수가 없거든요. 환자세요."
비어트리스가 뚫어지게 쳐다보며 말했다.
"환자라고요? 아, 미안합니다. 몰랐어요."
"걷지 못하세요. 하루 종일 침대에 누워만 계시죠. 그래서 집에 간호사가 한 명 상주한답니다. 아무 하녀나 병원 간호사와 함께 있는 건 아니죠. 늘 음식과 찻주전자를 날라다 줘야해요."
그러자 경위가 위로하듯 말했다.
"참 힘들겠군요. 이제 부인에게 가서 말해 주겠습니까? 익스햄프턴의 커크우드 씨가 보낸 사람이 왔다고 말입니다."
비어트리스가 물러가고 몇 분이 지나자 문이 열리더니 키가 크고 약간 위엄 있어 보이는 여자가 방으로 들어섰다. 눈썹 주위는 넓고 관자놀이 부근이 하얗게 센 검은 머리를 이마에서부터 뒤로 빗어 넘긴 독특한 생김새의 여자였다. 그녀는 경위를 미심쩍은 눈으로 바라보았다.
"익스햄프턴의 커크우드 씨 사무실에서 오셨나요?"
"실은 그렇지 않습니다, 가드너 부인. 하녀에게는 그렇게 말했지요. 부인의 오빠이신 트리벨리언 대령님이 어제 오후 살해당했습니다. 그리고 저는 이 사건을 맡은 내러콧 경위입니다."
가드너 부인은 다른 것은 몰라도 담력이 대단한 사람임에 틀림없다. 그녀는 눈이 가늘어지더니 숨을 날카롭게 들이마셨다. 그러고는 경위에게 의자에 앉으라는 손짓을 하고는 자신의 의자에 앉은 후 말했다.

"살해당했다고요! 너무 이상하군요! 세상에 누가 조 오빠를 죽이고 싶었을까요?"

"그것이 바로 제가 알아내려고 노심초사하고 있는 문제입니다, 가드너 부인."

"그러시겠죠. 어떤 식으로든 제가 도와드렸으면 좋겠지만 도움이 될지 모르겠네요. 오빠와 저는 지난 10년간 만난 적이 거의 없거든요. 그래서 오빠의 친구라거나 인간관계에 대해 알지 못해요."

"가드너 부인, 죄송합니다만 두 분이 서로 말다툼을 하셨던가요?"

"아니요……. 싸우지 않았어요. 우리 사이가 소원했다고 표현하는 게 더 좋을 것 같군요. 가족간의 세세한 이야기를 늘어놓고 싶지 않지만 오빠는 제 결혼에 대해 분개한 것 같아요. 여동생의 선택을 존중하는 오빠들은 드물잖아요. 하지만 제 오빠처럼 대놓고 싫어하는 경우는 많지 않을 거예요. 아실지 모르겠는데, 오빠는 한 친척 아주머니로부터 큰 재산을 물려받았죠. 동생과 저는 가난한 남자와 결혼했고요. 남편이 전쟁 후에 신경증에 걸려 군대에서 제대했을 때 조금이나마 경제적 도움이 있었다면 큰 힘이 됐을 거예요……. 그랬다면 비용이 많이 드는 치료를 받을 수 있었을 텐데, 돈이 없어 받지 못했죠. 오빠에게 돈을 빌려 달라고 했지만 거절당했어요. 물론 오빠는 그럴 권리가 있지요. 그러나 그 후부터 우리는 만나는 일이 극히 드물었고 연락도 거의 하지 않았죠."

 분명하고도 간단명료한 대답이었다.

 경위는 가드너 부인이 흥미로운 인물이라고 생각했다. 어찌 된 일인지 그녀를 제대로 파악할 수가 없었다. 그녀는 부자연스러울 정도로 침착했고 이야기하는 태도도 준비된 듯 보였다. 또한 그렇게 놀랐으면서도 자기 오빠의 죽음에 대해 상세하게 묻지 않았다. 내러콧 경위는 그 점이 유별나다고 느꼈다.

 "정확히 무슨 일이 일어났는지 알고 싶지 않으신가 봅니다. 익스햄프턴에서요."

 경위가 말을 꺼내자 그녀는 얼굴을 찌푸렸다.

 "그걸 꼭 들어야 하나요? 오빠는 살해되었고……. 저는 고통이 없었기만 바랄 뿐이에요."

 "고통은 없었을 거라고 말씀드리지요."

 "그럼 몸서리쳐질 세세한 이야기는 하지 말아 주세요."

 '부자연스러워, 분명히 자연스러운 반응이 아니야.'

 경위는 속으로 생각했다.

 그녀는 마치 그 마음을 읽은 듯 경위가 속으로 생각했던 단어들을 사용해 말했다.

 "경위님은 제가 아주 부자연스럽다고 생각하시는 것 같군요. 저는 소름 끼치는 이야기를 아주 많이 들었답니다. 제 남편이 아주 심하게 발작했을 때 종종 말해 주었어요……."

 그녀는 이 말을 하며 몸을 떨었다.

"경위님이 제 상황을 안다면 이해하실 거라 믿어요."

"아, 그렇습니다. 정말 그렇습니다, 가드너 부인. 제가 온 진짜 목적은 부인에게서 가족들에 관한 이야기를 듣고 싶어서였습니다."

"뭐라고요?"

"부인을 제외하고 대령님의 친척들이 몇 명이나 되는지 아십니까?"

"가까운 친척은 피어슨 가족뿐이에요. 동생 메리의 아이들이죠."

"그럼 누구누구이지요?"

"제임스, 실비아, 브라이언이에요."

"제임스라고요?"

"그 애가 맏이예요. 보험회사에서 일하죠."

"나이가 어떻게 되지요?"

"스물여덟요."

"결혼했나요?"

"아뇨, 하지만 약혼했지요. 아주 괜찮은 아가씨인 것 같아요. 아직 그 아가씨를 만나 보지는 못했어요."

"제임스의 주소는요?"

"남서 3구, 크롬웰 가 21번지예요."

경위는 수첩에 주소를 적었다.

"됐습니다, 가드너 부인."

"그리고 실비아가 있지요. 마틴 더링과 결혼했어요. 그가 쓴 책을 경위님도 읽었는지 모르겠네요. 더링은 꽤 성공한 작가예요."

"감사합니다, 주소는요?"

"윔블던, 서리 가 누크예요."

"그리고요?"

"그리고 막내 브라이언이 있지요. 하지만 호주에 있어요. 주소는 모르겠네요. 아마 형이나 누나가 알겠죠."

"감사합니다, 가드너 부인. 그냥 형식적인 건데요, 어제 오후 무슨 일을 하셨는지 여쭤봐도 되겠습니까?"

이 질문에 가드너 부인은 놀란 듯했다.

"어디 봅시다. 쇼핑을 좀 했고요……. 맞아요. 그러고는 영화관에 갔어요. 6시쯤 집에 와서 저녁 식사 때까지 침대에 누워 있었지요. 영화를 본 후에 두통이 좀 있었거든요."

"감사합니다, 가드너 부인."

"다른 질문은 없나요?"

"없습니다. 부인께 더 이상 여쭤볼 건 없을 것 같군요. 저는 이제 부인의 조카분들과 대화를 해봐야겠습니다. 커크우드 씨가 사실을 알렸는지 모르겠습니다만 부인과 피어슨 가의 젊은이들은 트리벨리언 대령님의 돈을 물려받을 공동 상속인입니다."

이 말에 그녀의 얼굴은 서서히 붉어졌다.

"그것 참 멋진 일이군요. 그동안 너무 어려웠어요. 끔찍하게 쪼들렸죠. 언제나 구두쇠 노릇을 하고 절약하면서 소망이 이루어지기만을 바라고 살았죠."

가드너 부인은 조용한 목소리로 말했다.

이때 불평 섞인 남자의 목소리가 계단을 통해 들려왔다.

"제니퍼, 제니퍼, 이리 와 봐."

그녀는 자리에서 벌떡 일어섰다.

"실례합니다."

문을 열자 그 목소리는 더욱 크고 긴박하게 들려왔다.

"제니퍼, 어디 있어? 이리 와 봐, 제니퍼."

경위도 가드너 부인을 따라 문으로 갔다. 그녀가 계단을 달려올라 가자 그는 현관에 서서 그 뒷모습을 바라보았다.

"여보, 지금 가요."

그녀는 계단을 오르며 다급하게 소리쳤다.

계단을 내려오던 병원 간호사가 부인이 지나가도록 몸을 비켜 주었다.

"가드너 씨에게 가 보세요. 매우 흥분하신 상태예요. 그분을 진정시킬 사람은 부인밖에 없어요."

간호사가 계단을 다 내려오자 내러콧 경위는 일부러 그녀 앞에 섰다.

"잠시 이야기를 나눌 수 있을까요? 가드너 부인과 대화하다가 끊겨서요."

경위의 말에 간호사는 응접실로 향했다.

간호사는 빳빳하게 풀을 먹인 소맷부리를 매만지면서 설명했다.

"살인 사건 소식을 듣고 환자가 흥분했어요. 바보 같은 비어트리스가 올라와서는 그 이야기를 불쑥 꺼냈거든요."

"미안합니다. 제 잘못이네요."

"아, 아니에요. 그럴 줄 모르셨겠지요."

"가드너 씨는 위독한가요?"

경위가 조심스럽게 물었다.

"가엾은 경우지요. 그에게는 아무 일도 없어요. 정신적 충격 때문에 팔다리를 쓸 수 없게 되었을 뿐이에요. 겉보기에는 멀쩡하답니다."

"어제 오후 더 긴장하거나 충격을 받지는 않았나요?"

"제가 아는 한 그런 일은 없었어요."

이 질문에 간호사는 약간 놀란 것 같았다.

"오후 내내 환자와 함께 있었습니까?"

"그러려고 했지만, 실은 가드너 대령님이 도서관에서 책 두 권을 바꿔 오라고 제게 성화를 부리셨어요. 부인이 나가기 전에 부탁하는 걸 잊어버리셨다면서요. 그래서 책 두 권을 챙겨 나가는데 가드너 씨가 자그마한 물건 한두 개를 사 달라고 부탁하시더군요, 부인에게 선물할 거라면서요. 그런 부분은 꼼꼼하게 챙기시거든요. 그리고 저더러 자기 돈으로 부츠 찻집에서 차를 마시라고 하셨어요. 간호사들은 차 마시는 걸 절대 놓치고 싶어 하지 않는 법이라고 하시면서요. 이건 그분의 사소한 농담이죠. 저는 4시가 돼서 외출했는데 크리스마스 직전이라 가게들이 사람들로 붐볐던 데다가 이것저것 일이 많아서 6시 이후에 집에 돌아왔어요. 하지만 그 가엾은 분은 편안하게 계셨던 모양이에요. 사실, 그동안 대부분 주무셨다더군요."

"가드너 부인은 그때 돌아오셨나요?"

"예, 부인은 누워 계셨던 것 같아요."

"부인이 남편에게 매우 헌신적이군요. 그렇죠?"

"부인은 남편을 우러러 받드시죠. 아마 남편을 위해서라면 무슨 일이라도 하실 거예요. 참 감동적이에요. 제가 간호했던 다른 환자들의 경우와는 많이 달라요. 어쨌든 지난달만 해도……."

내러콧 경위는 간호사가 지난달에 있었던 이야기를 꺼내는 것을 노련한 솜씨로 비켜 갔다. 그는 손목시계를 힐끗 보고는 큰 소리로 외쳤다.

"이런! 기차를 놓치겠군. 기차역이 여기서 멀지 않죠?"

"세인트 데이비드 역은 3분만 걸어가면 될 거예요, 세인트 데이비드 역에 가시려는 거면요. 혹시 퀸 스트리트 역을 말하신 건가요?"

"달려가야겠군요. 가드너 부인에게 인사도 못 하고 가서 미안하다고 전해 주십시오. 간호사분과 얘기를 나누게 돼서 아주 즐거웠습니다."

간호사는 살짝 고개를 치켜올렸다.

그녀는 경위가 나가고 현관문이 닫히자 혼잣말을 했다.

"꽤 잘생겼어. 정말로 잘생겼단 말이야. 저렇게 호감 가는 태도라니 멋지네."

그리고 가볍게 한숨을 쉬고 환자가 있는 위층으로 향했다.

피어슨 가족

 내러콧 경위는 상관인 맥스웰 경정에게 지금까지 조사한 내용을 보고했다. 경정은 보고를 흥미롭게 듣고 있었다.
 "이거 큰 사건이 되겠는걸. 신문들마다 이 사건을 대서특필하겠군." 경정은 진지한 표정으로 말했다.
 "그럴 것 같습니다, 경정님."
 "신중하게 처리해야 하네. 실수를 해서는 안 돼. 하지만 지금까지는 잘하고 있는 것 같군. 될 수 있는 대로 빨리 이 제임스 피어슨이라는 자의 뒤를 캐 보게……. 어제 오후에 어디 있었는지 알아보고. 자네가 말했다시피 흔한 이름이긴 해. 세례명일 수도 있고. 그가 숙박부에 자기 이름을 거리낌 없이 적은 걸 보면 계획 같은 건 없었던 것 같은데. 그렇지 않다면 그런 바보 같은 짓을 하지 않았을 걸세. 내가 보기엔 말다툼 끝에 갑작스럽게 폭력을 가한 것 같아. 만약 그가 범인이라면 어젯밤에 외삼촌의 사망 소식을 분명히 들었을 거야. 그런데 왜 아무 말 없이 아침 6시 기차로 몰래 빠져나갔을까? 아니야, 모양새가 좋지 않아. 모든 일이 우연의 일치가 아니라고 생각하고, 왜 그랬는지 되는 대로 빨리 알아내게."

"저도 그 점을 생각했습니다, 경정님. 1시 45분 기차를 타고 런던으로 가 봐야겠습니다. 조만간 트리벨리언 대령의 집에 세 든 윌렛이란 여자와도 이야기해 보고 싶습니다. 뭔가 수상쩍은 데가 있어서요. 하지만 지금은 시태퍼드에 갈 수가 없습니다. 도로에 눈이 쌓여 통행을 할 수가 없거든요. 게다가 어쨌든 그 여자가 이 사건에 직접 개입했을 가능성도 없고요. 그 여자와 딸은 사실 범행이 일어났던 시간에…… 저…… 테이블 터닝을 하고 있었습니다. 말이 났으니 말인데 상당히 괴상한 일이 벌어졌습니다……."

경위는 버너비 소령에게서 들은 이야기를 보고했다.

"그것 참 괴상한 일이군."

경정이 깜짝 놀라 소리쳤다. 그는 이내 감정을 수습했다.

"그 늙은 친구가 사실을 말한 것 같은가? 유령이나, 뭐 그따위 것들을 믿는 사람들이 날조해 낸 그렇고 그런 이야기일 거야."

내러콧 경위가 씩 웃었다.

"저는 사실이라는 생각이 듭니다. 소령에게서 그 말을 끄집어내기 위해 무진 애를 썼거든요. 소령은 그런 걸 믿지 않았지요, 오히려 반대였습니다. 늙은 군인의 그 터무니없이 가식적인 태도라니……."

경정은 이해된다는 듯 고개를 끄덕이며 결론을 내렸다.

"이상한 일이긴 하지만 우리에게는 도움이 되지 않아."

"그럼 저는 1시 45분 기차로 런던에 가겠습니다."

경위의 말에 경정은 고개만 끄덕였다.

런던에 도착한 내러콧 경위는 곧장 크롬웰 가 21번지로 향했다. 거기서 그는 피어슨 씨는 지금 사무실에 있으며 7시쯤에 돌아올 거라는 말을 들었다.

경위는 별로 중요하지 않다는 듯 대수롭지 않게 고개를 끄덕였다.

"가능하면 다시 들리죠. 중요한 일은 아니니까요."

이렇게 말하고 그는 이름도 알리지 않고 재빨리 떠났다.

그는 피어슨의 사무실인 보험 회사에는 가지 않기로 하고 대신 윔블던을 방문해 처녀 적 이름이 실비아 피어슨인 더링 부인을 만나 면담하기로 했다.

더링의 집 누크는 초라한 느낌이라곤 전혀 찾아볼 수가 없었다.

'새집이지만 날림으로 지었군.'

내러콧 경위의 소감이었다.

더링 부인은 집에 있었다. 라일락 색 옷을 입은 당돌해 보이는 하녀가 그를 가구가 가득 찬 응접실로 안내했다. 그는 부인에게 전해 달라면서 명함을 건네주었다.

더링 부인은 손에 명함을 쥔 채 금방 나타났다.

"가엾은 조지프 외삼촌 일로 오신 모양이네요. 저는 깜짝 놀랐어요……. 정말 충격이었죠! 저는 강도를 너무 무서워하거든요. 지난주에는 뒷문에 자물쇠를 두 개 더 달았고 창문마다 특허품 걸쇠를 달았답니다."

경위는 가드너 부인에게서 실비아 더링이 스물다섯 살밖에 안됐다고 들었는데 그녀는 서른도 넘어 보였다. 몸집이 작고 금발이었으며 빈혈이 있는 듯 창백한 얼굴은 근심에 차 있고 뭔가에 시달리는 듯한 표정이 어려 있었다. 귀에 거슬리는 목소리에는 불평하는 빛이 어렴풋이 깔려 있었다. 그녀는 경위에게 말할 틈조차 주지 않으면서 계속 말했다.

"어떤 식으로든 경위님을 도와드릴 방법이 있다면 다행이겠지만 저는 조지프 외삼촌을 거의 만난 적이 없답니다. 그리 친절한 분도 아니었지요. 그럴 수가 없으셨을 거라 생각해요. 골치 아픈 문제에 휘말리실 분도 아니었고 언제나 트집을 잡고 비난만 하셨죠. 문학이 무엇을 의미하는지 전혀 모르는 부류셨죠. 성공은……. 진정한 성공은 돈으로만 판단하는 게 아니잖아요, 경위님."

이쯤에서 말을 멈추었고 그녀의 말에서 사정을 짐작하게 된 경위는 드디어 말할 기회를 얻었다.

"비극적인 소식을 아주 빨리 들으셨군요, 더링 부인."

"제니퍼 이모가 제게 전화를 하셨거든요."

"그렇군요."

"하지만 석간신문에 그 소식이 실릴 듯해요. 끔찍하지 않아요?"

"지난 몇 년간 외삼촌을 만나시지 않은 것 같습니다만."

"결혼하고 나서는 두 번밖에 뵙지 못했어요. 두 번째 만났을 때는 마틴에게 너무 무례하셨죠. 그분은 모든 면에서 속물이었어요. 운동만 즐기고요. 금방 얘기했듯이 문학의 진가를 모르셨어요."

'남편이 돈을 빌리려고 했다가 거절당했던 모양이군.'

내러콧 경위는 속으로 그렇게 생각했다.

"형식적인 질문입니다만, 더링 부인, 어제 오후 행적을 말씀해 주시겠습니까?"

"저의 행적을 말하라고요? 아주 별난 표현이군요, 경위님. 오후 내내 브리지 게임을 했고 친구가 찾아와서 저녁 시간을 함께 보냈죠. 남편은 외출 중이었고요."

"남편분이 외출하셨던가요? 하루 종일 집에 안 계셨단 말이군요?"

그러자 더링 부인은 뽐내듯 설명했다.

"문학인들의 만찬 모임이 있었어요. 남편은 미국 출판업자와 점심을 같이한 후 저녁에 이 만찬에 참석했어요."

"알겠습니다."

거짓말은 아닌 것 같았다. 경위는 계속 질문했다.

"남동생이 호주에 사신다고요, 더링 부인?"

"그래요."

"동생의 주소를 아십니까?"

"예, 알아요. 원하신다면 찾아볼 수 있어요. 좀 독특한 이름이었는데……. 잠깐 잊어버렸네요. 뉴사우스웨일스 어디였는데."

"그럼 더링 부인의 오빠는요?"

"제임스를 말씀하시는 건가요?"

"예, 그분과도 만나 봐야겠습니다."

더링 부인은 서둘러 주소를 알려 주었다. 가드너 부인이 그에게 알려 준 주소와 같았다.

경위는 더 이상 할 말이 없어 면담을 짧게 끝냈다.

그는 손목시계를 보며 지금 런던으로 돌아가면 7시가 되겠다고 생각했다. 바람대로 제임스 피어슨이 집에 들어왔을 만한 시간이었다.

아까 문을 열어 주었던 시건방진 표정의 중년 여인이 21번지 피어슨 가의 문을 다시 열어 주며 피어슨 씨는 집에 돌아와 있으며 위층에 올라가면 만날 수 있을 거라고 말했다.

앞장서 가던 그녀는 문을 두드리고 나서 변명하듯 속삭이는 소리로 말했다.

"그 신사분이 오셨습니다."

그러고는 뒤로 물러서서 경위가 들어가도록 했다.

정장 차림의 젊은이가 방 가운데 서 있었다. 입매가 허약하고 눈이 우유부단해 보이게 처진 것을 제외한다면 잘생긴 편이었고 대단한 미남이었다. 초췌하고 근심 어린 표정이었는데 잠을 설친 듯했다.

그는 경위가 들어서자 미심쩍은 시선으로 바라보았다.

"형사과 경위 내러콧이라고 합니다."

경위는 자신을 소개했지만 다음 말을 할 수가 없었다.

그 젊은이가 쉰 목소리로 비명을 지르더니 의자에 털썩 주저앉아 앞에 있는 탁자에 두 팔을 쭉 뻗고 머리를 수그리며 중얼거렸던 탓이었다.

"오! 세상에! 올 것이 왔구나."

잠시 후 그는 머리를 들고 말했다.

"계속 말해 보시지요."

내러콧 경위는 영문을 모르겠다는 표정이었다.

"지금 피어슨 씨의 외삼촌인 조지프 트리벨리언 대령님의 죽음을 조사하고 있습니다. 내게 할 말이 있는지 먼저 물어봐도 되겠습니까?"

젊은이는 천천히 일어서서 낮고 긴장된 목소리로 말했다.

"저를…… 체포하실 겁니까?"

"아니요, 그렇지 않습니다. 만약 당신을 체포할 거라면 먼저 관례적으로 경고했을 거예요. 나는 그저 어제 오후 행적에 대해 물어보려는 것뿐입니다. 내 질문에 대답하고 않고는 당신 마음이죠."

"그런데 질문에 대답하지 않으면 저한테 불리하게 작용하겠군요. 아, 그래요, 저는 당신들의 쩨쩨한 수작을 알아요. 그럼 제가 어제 그곳에 내려갔다는 사실도 알아냈겠군요?"

"호텔 숙박부에 이름을 적지 않았습니까, 피어슨 씨."

"아, 그걸 부인해 봤자 아무 소용없겠군요. 그곳에 갔습니다. 그런데 가지 말았어야 할 이유라도 있습니까?"

"왜 갔죠?"

경위가 부드럽게 물었다.

"외삼촌을 뵈러 갔습니다."

"약속을 했나요?"

"약속이라니 무슨 뜻입니까?"

"대령님은 당신이 오는 걸 알았습니까?"

"저는…… 아니요. 그분은 몰랐을 겁니다. 그, 그건 갑작스러운 충동 때문이었으니까요."

"아무 이유도 없이요?"

"이유요? 예. 없어요, 이유가 꼭 있어야 하나요? 저는, 저는 그냥 외삼촌이 보고 싶었을 뿐입니다."

"그렇군요. 그런데 외삼촌을 만났습니까?"

침묵이 흘렀다. 아주 긴 침묵이었다. 젊은이의 얼굴에는 이러지도 저러지도 못하는 심정이 적나라하게 드러났다. 내러콧 경위는 그를 바라보면서 연민 비슷한 걸 느꼈다. 손에 잡힐 듯 보이는 자기의 우유부단함이 사실을 인정하는 것과 마찬가지라는 점을 이 젊은이는 모른단 말인가.

마침내 제임스 피어슨이 숨을 깊이 들이마시더니 말했다.

"제가, 제가 모조리 털어놓는 편이 좋겠다는 생각이 드는군요. 예, 외삼촌을 만났습니다. 역에서 시태퍼드로 들어가는 길을 알아보았지요. 사람들이 말도 안 된다고 하더군요. 도로가 눈 때문에 막혀 어떤 차로든 갈 수 없다고 했어요. 전 급한 일이라고 했지요."

"급했다고요?"

경위가 중얼거렸다.

"저는, 저는 외삼촌이 아주 많이 보고 싶었습니다."

"그랬던 것 같군요."

"짐꾼은 계속 고개를 저으면서 불가능하다고 말했죠. 제가 외삼촌의 이름을 말했더니 그 사람은 얼굴을 활짝 펴더니 외삼촌이 사실은 익스햄프턴에 계시다고 말하면서 외삼촌이 세 들어 사는 집으로 가는 길을 상세히 알려 주었습니다."

"그게 몇 시였나요?"

"1시 정도였던 것 같습니다. 저는 스리 크라운스라는 여관에 가서 방을 예약하고 거기서 점심을 먹었습니다. 그리고 나서 저는……저는 외삼촌을 뵈러 갔지요."

"바로 갔습니까?"

"아니요, 바로 가지는 않았습니다."

"몇 시였습니까?"

"글쎄요, 정확히 모르겠는데요."

"3시 30분? 4시 30분? 5시 30분?"

"저는……, 저는……."

그는 아까보다 말을 심하게 더듬었다.

"그렇게 늦은 시간은 아니었다고 생각합니다."

"여관 주인인 벨링 부인은 당신이 4시 30분에 나갔다고 말했습니다."

"제가요? 그, 그 여자가 잘못 알았나 봅니다. 그렇게 늦었을 리가 없어요."

"그 다음엔 어떻게 됐습니까?"

"외삼촌 집을 찾아가 대화를 나눴고 여관으로 돌아왔습니다."

"외삼촌 집에 어떻게 들어갔지요?"

"초인종을 눌렀더니 외삼촌이 직접 문을 열어 주시던데요."

"당신을 보고 외삼촌이 놀라지는 않았습니까?"

"예······. 그랬어요. 약간 놀라셨죠."

"외삼촌과 함께 있은 시간이 어느 정도 되는지 기억하십니까, 피어슨 씨?"

"15분에서 20분 정도요. 하지만 이것 보세요. 제가 떠날 때까지만 해도 외삼촌은 아주 멀쩡하셨다고요. 완벽하게 건강하셨어요. 맹세합니다."

"외삼촌과 헤어졌을 때가 몇 시였습니까?"

젊은이는 눈을 내리깔았다. 그의 어조에는 다시 머뭇거리는 기색이 완연했다.

"정확하게 모르겠습니다."

"알고 있을 겁니다, 피어슨 씨."

경위의 안심시키는 어조가 효과를 발휘했다. 젊은이는 낮은 목소리로 대답했다.

"5시 15분이었습니다."

"스리 크라운스에는 5시 45분에 돌아왔다고 하더군요. 외삼촌 집에서 여관까지는 기껏해야 7~8분 정도 걸렸을 텐데 말이죠."

"곧바로 돌아가지는 않았습니다. 시내를 그냥 걸어 다녔죠."

"그렇게 추운 날씨에 눈이 내리는데 말입니까!"

"사실 그때는 눈이 내리지 않았습니다. 나중에 눈이 많이 왔지요."

"알겠습니다. 외삼촌과는 무슨 이야기를 나누었죠?"

"아, 특별한 건 없었습니다. 그냥 외삼촌과 이야기하고 쳐다보고, 뭐 그런 거죠."

'어설픈 거짓말쟁이군. 나 같으면 이것보다는 잘 지어 내겠어.'

내러콧 경위는 속으로 생각했다.

잠시 후 그는 소리 내어 말했다.

"잘 알겠습니다. 이제 왜 외삼촌이 살해당했다는 소식을 듣고도 외삼촌과의 관계를 밝히지 않고 익스햄프턴을 떠났는지 이유를 말해 봐요."

젊은이는 솔직하게 말했다.

"겁이 났어요. 제가 떠날 무렵 외삼촌이 살해당했다는 말을 들었거든요. 제기랄, 누구라도 겁먹었을 겁니다, 그렇지 않나요? 저는 깜짝 놀라서 기차역에서 제일 먼저 탈 수 있는 기차를 타고 떠났습니다. 그렇게 허둥댔다니 저는 바보였어요. 하지만 사람들이 당황하면 어떤지 아시잖아요. 누구라도 그런 상황이면 정신이 없었을 겁니다."

"더 말할 것은 없고요?"

"예, 예, 그럼요."

"그럼 나와 같이 가서 이 진술을 문서로 작성한 다음 당신이 읽어 보고 서명하는 데 반대하지 않겠군요."

"그, 그게 전부입니까?"

"피어슨 씨, 심문을 마칠 때까지 당신을 유치장에 구류시킬 수도 있습니다."

"오! 맙소사. 아무도 절 도울 수 없다는 건가요?"

그 순간 문이 열리더니 젊은 여자가 방으로 들어왔다.

관찰력이 뛰어난 내러콧 경위는 그 젊은 여자가 보통내기가 아님을 단번에 알아봤다. 눈에 띄게 아름답지는 않았지만 그녀는 매력적이고 독특했으며 한 번 보면 절대 잊을 수 없는 그런 얼굴을 가졌다. 그녀는 교양과 재치, 꺾이지 않는 의지력을 갖춘 사람이라는 분위기를 풍겼고 남의 흥미를 끄는 매력도 지니고 있었다.

"이런! 제임스, 무슨 일이야?"

그녀는 분위기를 눈치 채고 다그쳐 물었다.

"다 끝났어, 에밀리. 저 사람들은 내가 외삼촌을 죽였다고 생각해."

"누가 그렇게 생각해?"

에밀리가 따지듯 말하자 젊은이는 몸짓으로 손님 쪽을 가리켰다.

"이분은 내러콧 경위님이셔."

그리고 침울한 목소리로 다시 소개했다.

"이쪽은 에밀리 트레퍼시스 양입니다."

"아!"

에밀리 트레퍼시스가 아는 체를 했다.

그녀는 내러콧 경위를 예리한 담갈색 눈으로 꼼꼼히 살펴보았다.

"제임스는 지독한 멍청이예요. 하지만 사람을 죽이지는 않아요."

경위는 그녀의 말에 대꾸하지 않았다.

에밀리는 제임스 쪽으로 돌아서며 말했다.

"나는 네가, 네가 대단히 경솔한 말을 했다고 생각해. 신문을 조금만 더 잘 읽었다면 유능한 변호사가 곁에 앉아서 말끝마다 검토하게 하지 않고서는 절대로 경찰에게 말해서는 안 된다는 걸 알았을 거야. 무슨 일이 있었어? 내러콧 경위님, 제임스를 체포하시는 건가요?"

내러콧 경위는 자기가 무엇을 하고 있었는지 분명하고 정확하게 설명했다.

"에밀리, 넌 내가 하지 않았다는 걸 믿지? 앞으로도 결코 내가 그런 짓을 하지 않았다고 믿을 거지, 그렇지?"

그러자 에밀리는 상냥하게 말하고는 깊은 생각에 빠진 듯한 어조로 덧붙였다.

"믿어, 물론 믿고말고. 당신은 그런 일을 할 배짱이 없어."

"이 세상에 친구라곤 하나도 없는 것 같아."

제임스가 불평 섞인 말을 하자 에밀리가 위로했다.

"아니야, 있어. 내가 있잖아. 힘내, 제임스. 내 왼손 셋째손가락에서 반짝이는 다이아몬드 반지를 봐. 여기 충실한 약혼자가 있잖아. 모든 걸 나한테 맡기고 경위님과 함께 가."

제임스 피어슨은 여전히 멍한 표정을 한 채 일어섰다. 그러고는 의자 위에 놓여 있는 코트를 입었다. 내러콧 경위는 자기 옆쪽 책상 위에 있던 모자를 집어 그에게 건넸다. 그들은 문 쪽으로 걸어갔다. 경위는 문을 나서기 전 정중하게 인사했다.

"안녕히 계십시오, 트레퍼시스 양."

"오 르브와르(다시 봐요), 경위님."

에밀리는 상냥하게 말했다.
경위가 트레퍼시스 양에 대해 좀 더 알았다면 이 두 마디 말이 도전장을 내민 거라는 사실을 눈치챘을 것이다.

에밀리, 행동을 개시하다

　월요일 아침 트리벨리언 대령의 시체에 대한 검시가 있었다. 검시가 일주일 연기됐다가 열렸기 때문에 이야깃거리라는 관점에서는 재미없는 일이라 실망한 사람이 많았다. 토요일과 월요일 사이에 익스햄프턴은 갑작스럽게 유명해졌다. 그동안에 이 사건은 신문의 뒤 페이지에 몇 줄 실렸을 뿐이었지만 죽은 남자의 조카가 살인과 관련되어 구류됐다는 사실이 알려지자 신문 1면에 커다란 제목으로 뽑혀 나왔다. 월요일에는 엄청난 수의 기자들이 익스햄프턴에 진을 쳤다. 찰스 엔더비는 순전히 우연한 기회에 축구 퀴즈 당첨자를 찾아왔다가 유리한 고지를 차지하게 되었다는 사실을 또 한 번 자축했다.
　버너비 소령에게 거머리처럼 착 달라붙어 그의 방갈로를 촬영한다는 그럴싸한 핑계로 시태퍼드 거주자들의 인적 사항과 죽은 남자와의 관계에 대한 독점적 정보를 얻은 것은 기자로서 계획적인 행동이었다.

점심시간에 문 가까이 작은 식탁에 매우 매력적인 아가씨가 앉아 있는 것이 엔더비의 눈에 띄었다. 엔더비는 그녀가 익스햄프턴에서 무엇을 하고 있는지 궁금했다. 그녀는 품위 있으면서도 도발적인 옷차림으로 맵시가 있었다. 죽은 사람과는 관련이 없어 보였지만 한가한 구경꾼과는 다른 분위기를 풍기고 있었다.

'저 여자가 얼마나 더 머물지 궁금하군. 오늘 오후에 시태퍼드로 가야 한다는 게 유감이야. 재수 한 번 되게 없군. 어쨌든 두 마리 토끼를 한 번에 잡을 순 없는 거니까, 할 수 없지.'

엔더비는 속으로 이렇게 생각하며 애석해했다.

그러나 점심 식사 직후 엔더비는 기분 좋은 뜻밖의 접근을 받았다. 그는 스리 크라운스 여관의 계단에 서서 빠른 속도로 녹는 눈을 바라보며 활기 없는 겨울 햇살을 즐기고 있다가 자기를 부르는 아주 매력적인 목소리를 들었다.

"죄송합니다만 익스햄프턴에서 구경할 곳이 있는지 말씀해 주시겠어요?"

엔더비는 즉시 기회를 잡았다.

"성이 하나 있을 거예요. 대단한 건 아니지만 있기는 하죠. 그리로 가는 길을 알려 드릴 수도 있어요."

"정말 친절하시군요. 바쁘지 않다면……."

매력적인 아가씨가 대답했다.

엔더비는 즉시 바쁘지 않다고 말했고 그들은 함께 길을 나섰다.

"엔더비 씨지요?"

"그렇습니다. 어떻게 아시죠?"

"벨링 부인이 알려 주었어요."

"아, 그렇군요."

"제 이름은 에밀리 트레퍼시스예요. 엔더비 씨……. 저를 좀 도와 주셨으면 좋겠어요."

"아가씨를 도운다고요? 물론이죠. 하지만……."

"저기요, 저는 제임스 피어슨과 약혼한 사이예요."

"아!"

엔더비는 즉시 기삿감이 될 수 있다는 판단을 내렸다.

"그런데 경찰이 그를 체포하려고 해요. 그럴 거라고 짐작은 했어요. 엔더비 씨, 제임스가 그 일을 저지르지 않았다는 걸 저는 알아요. 그가 한 짓이 아니라는 걸 입증하려고 이곳에 왔어요. 하지만 도와줄 사람이 필요해요. 남자가 끼지 않으면 일이 잘 풀리지 않아요. 남자들은 많은 걸 알고, 또 여자들은 결코 접근할 수 없는 여러 가지 방법으로 정보를 얻어 내더군요."

"글쎄요. 저는…… 예, 그럴 수도 있겠군요."

엔더비는 흐뭇해하며 말했다.

"저는 아침에 여기 있는 기자들을 모두 살펴봤어요."

에밀리는 잠시 뜸을 들였다.

"멍청한 기자들이 많더군요. 제가 보기에 당신이 기자들 중에서 제일 똑똑해 보여 찍었어요."

"천만에! 그렇지 않을 텐데요."

엔더비는 만족스러워하며 겸손하게 말했다.

"저는 일종의 협력관계를 원해요. 양쪽이 다 얻는 것이 있으리라고 봐요. 제가 조사하고 싶은 것, 알아내고 싶은 어떤 것이 있어요. 기자시니까 저를 도와주실 수 있을 거예요. 제가 원하는 건……."

에밀리는 거기서 말을 멈췄다. 그녀가 정말 원했던 것은 엔더비를 자기의 개인 탐정으로 고용하는 것이었다. 그녀가 가라는 곳에 가고, 그녀가 묻고 싶은 질문을 하는 등 일종의 노예 같은 존재가 되기를 원했던 것이다. 그러나 그녀는 이런 제안을 하면서 동시에 비위를 맞춰 가며 그가 기꺼이 응하도록 표현해야 할 필요성이 있다는 것을 알았다. 진짜 요점은 자기가 우두머리가 되는 것이었지만 이 일은 요령 있게 처리할 필요가 있었다.

"저는 엔더비 씨에게 의지해도 되는지 그걸 알고 싶은 거예요."

그녀의 목소리는 매끄럽고 매혹적이었으며 사랑스러웠다. 그녀가 마지막 단어를 발음한 순간 엔더비의 가슴속에는 이 사랑스럽고 의지할 곳 없는 아가씨에게 언제까지라도 의지가 되어 주고 싶다는 마음이 솟아올랐다.

엔더비는 그녀의 손을 열정적으로 잡고 기자다운 태도로 말했다.

"정말 끔찍하겠군요. 하지만 알다시피 제 시간은 온전히 저만의 것이 아니랍니다. 그러니까 저는 위에서 지시하는 대로 가야 한다거나 하는 등등의 일이 있단 말이죠."

"예, 저도 그 생각을 했어요. 그 부분에서 제가 할 역할이 있죠. 제가 당신들이 말하는 '특종'이 분명하지요, 그렇죠? 엔더비 씨는 매일 저를 인터뷰하실 수 있고 독자들이 좋아하는 말을 무엇이든 제게 말하도록 할 수 있어요. '제임스 피어슨의 약혼자. 그의 무죄를 강력하게 믿고 있는 아가씨. 약혼녀가 말하는 피어슨의 어린 시절.' 같은 것들을요. 사실 그의 어린 시절은 잘 모르지만요. 그런 건 중요하지 않겠죠."

"대단한 아가씨군요. 정말 놀라워요."

엔더비는 정말 감탄했다.

이에 힘을 얻은 에밀리는 자기의 유리한 점을 말했다.

"저는 제임스를 아는 사람들에게 쉽게 접근할 수 있어요. 엔더비 씨를 제 친구라고 하고 그들 집으로 데려갈 수도 있고요. 당신 혼자라면 문도 열어 주지 않을 곳에 접근할 수 있다는 말이죠."

"그걸 몰랐군요."

엔더비는 과거에 퇴짜를 맞았던 기억들을 떠올리며 감동해서 말했다.

멋진 앞날이 펼쳐졌다. 이 사건과 관련된 일들은 전부가 행운의 연속이었다. 처음엔 축구 퀴즈 건으로 이곳에 오게 되었고 지금 이 일도 그랬다.

"그렇게 하죠."

그가 열의에 차서 말하자 에밀리는 활기를 띠고 사무적으로 말했다.

"좋아요. 이제 무슨 일부터 할까요?"

"저는 오후에 시태퍼드로 갈 겁니다."

그는 버너비 소령과 관련해서 자신이 유리한 위치를 차지하게 된 운 좋은 상황을 설명했다.

"소령은 신문쟁이들을 아주 싫어하는 구식 노인이죠. 하지만 금방 자기에게 5000파운드를 쥐어 준 사람을 마다할 수는 없지요."

"난처하겠군요. 어쨌든 엔더비 씨가 시태퍼드로 가신다면 저도 같이 가겠어요."

"잘됐군요. 하지만 그곳에 묵을 만한 곳이 있는지 모르겠어요. 거기엔 시태퍼드 하우스와 버너비 소령 같은 사람들이 사는 방갈로 몇 채가 있다는 것만 압니다."

"뭔가 찾을 수 있겠지요. 저는 언제나 방법을 찾아내요."

엔더비는 그 말을 믿을 수 있었다. 에밀리는 모든 장해물을 극복하고 의기양양하게 솟아오를 수 있는 강인한 성품을 가졌다.

그들은 무너진 성에 도착했지만 구경할 생각은 하지도 않고 빈약한 겨울 햇빛이 내리쬐는 부서진 성벽 더미 위에 앉아 있었다. 에밀리는 생각을 거듭하면서 계속 살을 붙여 나갔다.

"엔더비 씨, 저는 이 일을 전적으로 이성적이고 사무적인 방식으로 대하고 있어요. 그러니 제임스가 살인을 저지르지 않았다는 사실을 믿고 제 방법을 따라 주세요. 제가 단지 그를 사랑한다는 이유나, 그의 선한 성품을 믿는다는 등 그런 이유 때문에 말하는 게 아니에요. 그건 그냥, 그러니까…… 그냥 아는 거예요. 저는 열여섯 살부터 저 혼자 독립적으로 살아왔어요. 저는 다른 여자들과 많이 사귀어 보지 못해서 여자들에 대해서는 잘 모르지만 남자들에 대해서는 잘 알아요. 여자가 남자를 아주 정확하게 파악하지 못한다면, 그리고 자기가 무슨 일을 하려는 건지를 잘 모른다면 절대로 그 여자는 성공하지 못해요. 저는 성공했어요. 저는 루시스 여성복점에서 패션모델로 일해요, 엔더비 씨, 그 자리에 선다는 건 대단한 일이랍니다. 어쨌든 저는 남자를 아주 정확하게 파악할 수 있어요. 반면에 제임스는 여러 면에서 유약한 성격이지요. 저는 잘 모르겠어요."

에밀리는 강한 남자를 숭배하는 자신의 역할을 잠시 잊어버리고 말했다.

"제가 그를 좋아하는 것은 그런 점 때문이 아니에요. 제가 그를 관리해서 출세시킬 수 있다는 느낌이 들기 때문이지요. 어떤 일을 하도록 제가 격려한다면 그는 많은 일을 할 거예요. 그러니까……심지어 범죄 행위까지도 하리라고 생각해요……. 하지만 살인은 못해요. 그는 모래주머니를 들고 노인의 목 뒤를 후려치는 일을 할 위인이 도저히 못 돼요. 만약 그가 그러려고 했더라도 헛치거나 엉뚱한 데를 쳤을 거예요. 그는…… 그는 유순한 사람이에요, 엔더비 씨. 말벌도 못 죽여요. 벌이 방에 날아들어 오면 벌이 다치지 않게 창문으로 내보내려고 애쓰고 그러다가 늘 벌에 쏘이곤 하죠. 그렇지만 제가 이런 얘기를 늘어놓는 건 좋을 게 없겠군요. 엔더비 씨는 제 말을 믿고 제임스가 결백하다는 전제에서 시작하셔야 해요."

"누군가가 그에게 의도적으로 죄를 뒤집어씌우려 한다고 생각합니까?"

찰스 엔더비는 기자 티를 완연히 보이며 물었다.

"그렇지는 않아요. 제임스가 외삼촌을 만나러 이곳에 왔다는 사실을 아무도 모르잖아요. 물론 확실한 건 아니지만 저는 그게 단순한 우연의 일치이자 운이 나빴기 때문이라고 생각해요. 우리는 트리벨리언 대령님을 살해할 동기가 있는 누군가를 찾아내야 해요. 경찰은 이 사건이 소위 '외부인의 소행', 그러니까 강도의 짓이 아니라는 걸 확신하고 있어요. 창문을 부서뜨린 건 위장이래요."

"경찰이 이 모든 걸 말해 줬나요?"

"그런 거나 다름없어요."

"그런 거나 다름없다니요?"

"객실 담당 하녀가 말해 주더군요. 자기 언니의 남편이 그레이브스 순경이라네요. 그러니 당연히 그녀는 경찰의 생각을 다 알고 있을 수밖에요."

"잘 알았어요. 외부인의 소행이 아니라 내부인의 소행이었다고요."

"바로 그래요. 경찰⋯⋯ 즉 내러콧 경위님은 제가 보기에는 상당히 사리분별이 있는 사람처럼 보여요. 그가 트리벨리언 대령님의 죽음으로 이익을 보게 될 사람을 조사하고 나선 모양이에요. 그리고 제임스가 수사선상에 그럴듯하게 걸려드니까, 말하자면 그들은 다른 방향으로 수사를 계속할 필요가 없다고 생각하고 있을 거예요. 그 일이 바로 우리가 할 일이에요."

"당신과 제가 진짜 살인자를 밝혀 낸다면 굉장한 특종감이 되겠죠. 저는 《데일리 와이어》의 범죄 전문기자라고 불리게 되겠죠. 하지만 그렇게까지 되리라곤 믿어지지 않는군요."

힘차게 이야기하던 엔더비는 이윽고 실망 섞인 소리로 덧붙였다.

"그런 일은 책에서나 일어나겠지요."

"쓸데없는 소리……. 저와 함께 하면 이루어져요."

"당신은 정말 대단하군요."

엔더비가 놀란 표정으로 말했다.

이때 에밀리는 작은 수첩을 꺼냈다.

"이제 일을 조리 있게 적어 보자고요. 제임스와 그의 형제들, 그리고 제니퍼 이모님은 트리벨리언 대령님의 사망으로 동등하게 유산을 받게 됐어요. 물론 제임스의 여동생인 실비아는 파리 한 마리 못 죽일 여자이지만 그 남편을 빼뜨릴 수는 없어요. 짐승같이 비열한 남자거든요. 예술가랍시고 여자들이랑 추문이나 일으키는 그렇고 그런 사람이에요. 경제적으로 쪼들리고 있을 가능성도 있고요. 대령님의 돈은 사실 실비아에게 주는 거지만 그는 아랑곳하지 않을 거예요. 실비아에게서 어떻게든 돈을 빼낼 거라고요."

"상당히 기분 나쁜 사람 같군요."

엔더비가 끼어들었다.

"아! 그럼요. 선이 굵고 잘생기긴 했죠. 여자들이나 구석에서 그와 함께 음담패설을 나누지. 진짜 남자들은 그를 싫어해요."

엔더비 역시 작은 수첩에 메모하며 말했다.

"그럼, 그 사람을 1번 용의자로 합시다. 그의 금요일 행적을 조사하지요. 범죄와 관련된 유명한 소설가와의 인터뷰로 위장하면 손쉽게 접근할 수 있을 거예요. 그러면 되겠죠?"

"멋져요. 그 다음엔 브라이언이에요. 제임스의 남동생이죠. 그는 호주에 있다고 알고 있지만 돌아왔을 가능성도 있어요. 사람들은 굳이 남들에게 알리지 않고도 뭔가를 하니까요."

"그에게 해외 전보를 칠 수도 있어요."

"그렇게 하기로 해요. 제니퍼 이모님은 혐의가 없는 것 같아요. 듣기로는 상당히 괜찮은 사람인가 봐요. 인품도 좋고요. 그래도 완전히 배제할 수는 없지요. 가까운 엑서터에 사니까요. 오빠를 보러 들렀을지도 모르고 대령님이 그녀가 받드는 남편에 대해 불쾌한 말을 했을지도 모르는 일이에요. 그래서 순간적으로 모래주머니를 들어 올려 대령님을 후려갈겼는지도 모르죠."

"정말 그렇게 생각하시는 건가요?"

엔더비는 미심쩍다는 듯 물었다.

"아뇨, 그렇게 생각지는 않아요. 하지만 누구도 모르는 일이에요. 그 다음엔 그 하인이 있어요. 그는 유언장에 따르면 100파운드밖에 못 받으니 별 문제 없어 보여요. 그렇지만 그것 역시 아무도 모르는 일이죠. 그 하인의 아내는 벨링 부인의 조카딸이거든요. 스리 크라운스를 운영하는 벨링 부인 아시죠? 돌아가면 그 부인의 어깨에 기대어 울어 볼 생각이에요. 모성이 가득하고 낭만적인 사람처럼 보이거든요. 약혼자가 감옥에 갈지도 모른다는 것 때문에 저를 아주 가엾게 여겨 뭔가 쓸모 있는 정보를 무심코 흘릴지도 몰라요. 그리고 그 다음엔 물론 시태퍼드 하우스에 가야죠. 제가 지금 이상하다고 생각한 게 뭔지 알아요?"

"아뇨, 뭔데요?"

"이 사람들, 윌렛 부인과 그 딸 말이에요. 이 한겨울에 트리벨리언 대령님의 집을 빌렸잖아요. 아주 이상하단 말이죠."

엔더비도 이 말에 동의했다.

"예, 이상해요. 거기엔 뭔가 숨은 뜻이 있을 것 같은데……. 트리벨리언 대령님의 과거와 관련된 무언가요. 강령술이란 것도 별나더군요. 신문에 그걸 써 볼까 생각 중이예요. 올리버 로지 경(영국의 물리학자로 심령 현상에도 관심을 가졌다―옮긴이)과 아서 코난 도일 경(『셜록 홈즈』로 유명한 추리소설가로 마찬가지로 심령 현상에 관심이 많았다―옮긴이)을 비롯해서 배우들 몇 명에게도 그것에 대한 의견을 들어 보고 말이죠."

"강령술이라뇨?"

에밀리의 질문에 엔더비는 신이 나서 세세하게 설명했다. 그는 살인과 관련된 거라면 무엇이든 귀를 기울여 정보를 모아 두었던 것이다.

"좀 이상하지 않나요? 그 일에 뭔가가 있는 것처럼 이상한 생각을 하게 된단 말이죠. 그런 일이 진짜로 판명된 건 처음인가 봅니다."

에밀리는 살짝 몸을 떨었다.

"저는 초자연적인 것들을 싫어해요. 말씀하신 대로 이번 일엔 정말 뭔가 있는 것처럼 보이네요. 하지만 너무…… 너무 으스스해요!"

"이 강령술은 그리 현실적인 것 같지는 않아요. 만약 대령님의 혼령이 나타나 자기가 죽었다는 걸 말할 수 있었다면 누가 자기를 죽였는지 왜 말하지 않았을까요? 아주 간단한 일이었을 텐데요."

"시태퍼드에 단서가 있을지도 모른다는 느낌이 들어요."

에밀리는 생각에 잠겨 말했다.

"맞아요. 그곳을 철저하게 조사해야 해요. 차를 한 대 빌려 놓았고 30분 안에 그곳으로 갈 생각이니, 저랑 같이 가는 편이 좋겠습니다."

"그럴게요. 그런데 버너비 소령님은 어떡하지요?"

"소령님은 걸어가고 있을 걸요. 검시가 끝나자마자 즉시 떠났어요. 제가 같이 가는 걸 꺼렸겠죠. 눈이 녹아 진창이 된 길을 힘들게 걸어가고 싶은 사람은 아무도 없을 텐데도 말이죠."

"차로 무사히 갈 수 있을까요?"

"아! 그럼요. 오늘에야 차가 거기까지 갈 수 있게 되긴 했지만요."

"그럼, 이제 스리 크라운스로 돌아갈 때가 됐네요. 저는 짐을 꾸린 후에 벨링 부인의 어깨에 기대어 잠시 울어야겠어요."

"걱정 말아요. 이젠 제게 다 맡겨요."

엔더비는 약간 얼이 빠져 말했다.

"저도 그럴 참이에요. 진정으로 의지할 수 있는 사람이 있다는 건 정말 멋진 일이에요."

에밀리는 새빨간 거짓말을 했다.

그녀는 확실히 노련한 아가씨였다.

체포

스리 크라운스에 돌아온 에밀리는 복도에 서 있던 벨링 부인과 운 좋게도 금방 마주쳤다.

"아! 벨링 부인. 저는 오늘 오후에 떠날 거예요."

에밀리는 탄성을 지르며 말했다.

"그렇군요, 아가씨. 4시 기차로 엑서터에 갈 거죠?"

"아뇨, 저는 시태퍼드로 갈 거예요."

"시태퍼드에?"

벨링 부인의 표정에는 호기심이 생생하게 떠올랐다.

"예, 그래서 그곳에 제가 머무를 곳이 있는지 여쭤보고 싶어요."

"거기서 묵는다고요?"

벨링 부인의 호기심이 더욱 커졌다.

"예, 그게…… 아! 벨링 부인, 잠시 둘이서만 얘기할 곳이 있을까요?"

벨링 부인은 재빠르게 에밀리를 자기 방으로 데리고 갔다. 커다란 난로에 불이 타오르고 있는 작고 아늑한 방이었다.

"아무에게도 말하지 않으실 거죠?"

에밀리가 먼저 말을 꺼냈다. 이렇게 서두를 꺼내는 것이야말로 흥미와 동정을 끌어낼 수 있는 가장 확실한 방법이라는 걸 그녀는 잘 알고 있었다.

"그럼요, 날 믿어요, 아가씨. 아무에게도 말 안 해요."

벨링 부인의 검은 눈동자는 호기심으로 반짝이고 있었다.

"있잖아요, 피어슨 씨를 아시죠……?"

"금요일에 이곳에 묵었던 젊은 신사분 말이죠? 경찰에 체포된 그 사람?"

"체포됐나요? 정말 체포됐다는 말씀인가요?"

"그래요, 아가씨. 30분도 안 지났어요."

에밀리의 얼굴이 아주 창백해졌다.

"그게…… 그게 확실한가요?"

"물론이죠, 아가씨. 우리 에이미가 경사에게서 들었대요."

"너무 무서워요."

에밀리로서는 예상했던 일이지만 그렇다고 좋은 일은 결코 아니었다.

"있잖아요, 벨링 부인, 저는…… 저는 그 사람과 약혼한 사이예요. 게다가 그 사람은 범인이 아니에요. 오, 맙소사, 너무 무서운 일이에요!"

그쯤에서 에밀리는 울기 시작했다. 아까 찰스 엔더비에게 울어

볼 작정이라고 말하기는 했지만 눈물이 그렇게 쉽게 나오자 스스로도 놀랐다. 마음먹은 대로 아무 때나 울기란 쉬운 일이 아니었다. 이 눈물에는 너무도 생생한 무엇이 있었다. 그녀 스스로도 흠칫 놀랐다. 절대로 눈물에 무너질 수는 없었다. 마음이 약해져서 제임스에게 좋을 일은 없다. 단호한 의지와 논리적이고 명민한 태도……. 이것이야말로 이 일에 필요한 자질이었다. 감상적으로 울어 대는 일은 아무에게도 도움이 되지 않는다.

그러나 눈물은 자제력을 허물어뜨리면서 위안이 되기도 했다. 어쨌든 그녀는 정말 울려고 했던 터였다. 벨링 부인의 동정과 도움을 얻어 내는 데 울음은 더할 나위 없이 좋은 수단이었다. 그러니 울음이 터지려는 차에 그것을 참을 이유가 어디 있겠는가? 한바탕 실컷 울고 나면 그녀의 모든 고민들, 의혹들, 그리고 알 수 없는 공포들이 밖으로 터지면서 씻겨 나갈지도 모른다.

"자, 자, 아가씨, 너무 슬퍼하지 말아요."

벨링 부인이 에밀리를 달랬다.

그녀는 커다랗고 자애로운 팔을 에밀리의 어깨에 두르고 위로하듯 토닥거렸다.

"나는 처음부터 그 사람이 한 짓이 아니라고 말했어요. 단정하고 멋진 젊은 신사였죠. 경찰들 중에는 멍청이가 많아요. 내가 전에 말했죠. 도둑질이나 일삼는 부랑자의 짓일 거예요. 자, 그만 애태워요. 만사가 잘 될 거예요. 안 그런지 두고 보라고요."

"저는 그 사람을 정말 좋아해요."

에밀리는 이제 거의 울부짖었다.

사랑스러운 제임스, 사랑스럽고 친절하고 순진하고 의지할 곳 없고 세상 물정에 어두운 제임스. 엉뚱한 때 엉뚱한 일에 운 나쁘게 휘말려 든 제임스. 끈기 있고 단호한 내러콧 경위에게서 그가 빠져나올 가망이 있을까?

"그 사람을 구해 내야만 해요."

에밀리는 구슬픈 목소리로 말했다.

"물론이지, 그럴 거예요. 물론 그렇고말고."

벨링 부인은 다시 한 번 어깨를 토닥이며 그녀를 달랬다.

에밀리는 두 눈을 세게 문지르고 나서 마지막으로 코를 훌쩍거리고 눈물을 억눌렀다. 그러고는 고개를 들고 당차게 물었다.

"시태퍼드에서는 어디에 묵으면 될까요?"

"시태퍼드에서? 정말 거기 가려는 거예요, 아가씨?"

"예."

에밀리는 고개를 열심히 끄덕였다.

벨링 부인은 그 문제에 대해 곰곰이 생각했다.

"어디 보자, 거기 묵을 곳은 한 군데밖에 없어요. 시태퍼드에는 이렇다 할 장소가 별로 없거든요. 트리벨리언 대령님이 지은 시태퍼드 하우스라는 큰 집이 하나 있는데 지금은 남아프리카 공화국에서 온 여자가 세 들어 있지요. 그리고 대령님이 지은 방갈로가 여섯 채 있는데 그중에 5번 방갈로는 시태퍼드 하우스 정원사였던 커티스 부부가 살고 있어요. 커티스 부인은 여름에 방을 세놓고 있는데 대령님이 그렇게 하도록 허락했지요. 거기 말고 다른 데는 묵을 곳이 없어요. 틀림없어요. 철공소와 우체국이 있지만 메리 히버트는 아이가 여섯 명에다가 시누이까지 함께 살고 있거든요. 그리고 철공소 집 부인은 곧 여덟 번째 아기를 낳을 참이라 집에 자리가 없을 거예요. 그나저나 시태퍼드까지 어떻게 올라가려고 그래요? 차를 빌렸나요?"

"엔더비 씨가 빌린 차를 같이 타고 갈 거예요."

"아, 그렇군요. 그런데 그분은 어디에서 묵으실 건지 궁금하네요."

"그 사람도 커티스 부인 집에 묵어야겠지요. 우리 두 사람에게 줄 방이 있을까요?"

"젊은 아가씨가 남자랑 같이 묵는 게 좋아 보일지 모르겠네요."

"그 사람은 제 사촌이에요."

에밀리는 생각나는 대로 말했다.

벨링 부인이 예법에 어긋난다는 생각을 갖게 해서 자기에게 불리하게 작용해서는 안 된다고 판단했기 때문이었다.

그 말에 여관 주인은 찌푸린 표정을 폈다.

"그럼, 아무 문제없겠군요. 커티스 부인 집이 지내기 불편하면 큰 집에 묵게 할 거예요."

"바보처럼 굴어 죄송해요."

에밀리는 한 번 더 눈가를 닦으며 말했다.

"자연스러운 일을 가지고 뭘 그래요. 이제 기분이 나아졌어요?"

"예, 기분이 한결 좋아졌어요."

에밀리는 진심으로 말했다.

"실컷 울고 차 한 잔 마시는 것보다 더 좋은 건 없어요. 추운 날씨에 길을 나서기 전에 맛있는 차를 금방 가져다줄게요, 아가씨."

"아, 고맙습니다, 하지만 정말 마시고 싶지……."

"마시고 싶고 않고는 상관없어요, 마셔야 해요."

벨링 부인은 그렇게 말하고 단호한 몸짓으로 일어나 문 쪽으로 걸어갔다.

"그리고 커티스 부인에게 내가 아가씨를 잘 보살피고 음식을 잘 먹는지 슬픔에 잠겨 있지 않은지 잘 챙기라고 하더라고 전해요."

"정말 친절하시군요."

벨링 부인은 자기만의 낭만적인 기분에 취해 계속 말했다.

"그리고 나는 여기서 눈과 귀를 모두 열고 동정을 살펴줄게요. 나는 경찰도 모르는 사소한 일에 대한 얘기를 듣곤 하지요. 내가 무슨 얘기를 듣든 아가씨에게 전해 줄게요."

"정말 그래 주시겠어요?"

"그럼요, 걱정하지 말아요. 우리는 머지않아 아가씨의 젊은 신사를 골칫거리에서 해방시킬 거예요."

"가서 짐을 꾸려야겠어요."

에밀리가 일어서자 벨링 부인이 말했다.

"방으로 차를 올려 보낼게요."

에밀리는 위층으로 올라가 몇 안 되는 소지품을 가방에 챙겨 넣은 다음 찬물에 적신 스펀지로 눈가를 닦고 분을 듬뿍 발랐다.

"그대, 참으로 볼 만했겠도다."

그녀는 거울을 보며 연설조로 말했다. 그러고는 분을 더 바르고 립스틱으로 마무리했다.

"이상하군, 기분이 훨씬 좋아졌단 말이야. 눈이 통통 부은 보람이 있어."

그녀는 벨을 울렸다. 그레이브스 순경의 처제인 객실 담당 하녀가 즉시 들어왔다. 에밀리는 1파운드짜리 지폐를 팁으로 주며 경찰 주변에서 간접적으로 얻은 정보를 부디 자기에게 전해 달라고 진심으로 부탁했다. 동정심 많은 그 아가씨는 흔쾌히 그러겠다고 약속했다.

"시태퍼드의 커티스 부인에게 가는 거죠? 나 역시 어떤 일이라도 할 거예요, 정말이에요. 우리는 아가씨 기분을 알아요. 말은 안 해도요. 나는 늘 마음속으로 말하지요. '그게 너와 프레드에게 생긴 일이라고 생각해 보라고.' 그리고 '나는 괴로울 거야.'라고 답하죠. …… 그럴게요. 아무리 작은 일이라도 들은 말이 있으면 빠짐없이 아가씨에게 전해 줄게요."

"아가씬 천사예요."

"며칠 전에 울워스에서 산 싸구려 책이 있는데 '라일락 살인 사건'이라는 제목이었어요. 그 소설에서 진짜 살인자를 찾아내도록 한 게 무언지 아세요? 흔한 봉함용 밀랍이었다고요. 아가씨의 신사분은 잘생기셨어요. 신문에 실린 사진과는 아주 달라요. 내가 할 수 있는 일은 무엇이든 할게요, 아가씨를 위해서, 그분을 위해서."

그래서 벨링 부인이 만들어 준 차를 적당히 마신 후 에밀리는 여자들의 낭만적인 관심에 휩싸인 채 스리 크라운스를 떠났다.

낡은 포드 차가 달리자 에밀리가 말했다.

"그런데 지금부터 엔더비 씨는 제 사촌이에요. 절대 잊지 마세요."

"왜요?"

"시골 사람들은 마음이 순수해요. 그렇게 하는 편이 더 나을 것 같아요."

"좋아, 그렇다면 나도 아가씨를 에밀리라고 부르는 게 낫겠군."

엔더비는 기회를 놓치지 않고 말했다.

"좋아, 사촌……. 이름이 뭐야?"

"찰스."

"좋아, 찰스."

차는 시태퍼드로 가는 오르막길을 달렸다.

시태퍼드

에밀리는 시태퍼드의 첫인상에 꽤 마음을 빼앗겼다. 그들이 탄 차는 익스햄프턴에서 3킬로미터 정도 달린 후 대로에서 벗어나 거친 길을 올라가다가 황무지 가장자리에 있는 마을에 도착했다. 그 마을에는 철공소와 과자 가게 겸 우체국이 있었다. 거기서부터 좁은 길을 따라 가니 화강암으로 된 작은 신축 방갈로가 늘어서 있었다. 운전사는 그중 두 번째 방갈로 앞에 차를 멈추면서 그곳이 커티스 부인의 집이라고 알려 주었다.

커티스 부인은 작고 가녀린 몸매에 머리카락이 반백이 된 여자였는데 원기왕성하고 잔소리가 심했다. 그녀는 그날 아침에야 시태퍼드에 들려온 살인 사건 소식을 듣고 몹시 흥분해 있었다.

"그래요, 당연하죠. 이 집에 묵어요, 아가씨. 그리고 아가씨 사촌도요. 몇 가지 소지품을 옮길 동안만 기다리세요. 우리 가족과 함께 식사해도 괜찮겠죠? 그렇죠? 그건 그렇고, 누가 믿겠어요! 트리벨리언 대령님이 살해당한 데다가 검시까지 마쳤다니요! 우리는 금요일 아침부터 바깥세상 소식을 몰랐다가 오늘 아침 그 소식을 듣고 누가 살짝만 건드려도 쓰러질 정도로 놀랐어요. '대령님이 돌아가셨대요.'라고 남편에게 말했죠. '요새 세상에는 사악함이 판치고 있어요.'라고요. 그런데 문간에서 계속 말을 하고 있었네요, 아가씨. 들어오세요, 신사분도 함께요. 주전자를 불 위에 올려놓았으니 곧 차를 대접할 수 있을 거예요. 여기까지 차를 타고 오느라 많이 지쳤겠군요. 그래도 오늘은 이전보다 많이 따뜻해졌어요. 이 부근에 눈이 2~3미터씩 쌓였답니다."

폭포수처럼 쏟아지는 말에 묻혀 에밀리와 찰스 엔더비는 자기들이 지내게 될 방을 안내받았다. 에밀리는 작은 정사각형 방을 배정받았는데 깨끗하게 정리돼 있었고 시태퍼드 산의 비탈이 내다보였다. 엔더비는 집 앞쪽과 골목길이 바라다보이는 작고 길쭉한 방을 배정받았는데 침대 하나와 아주 작은 옷장과 세면대가 있었다.

그는 타고 온 차의 운전사가 옷가방을 방까지 운반해 주자 팁을 적당히 지불하고 고맙다는 인사말을 했다.

'우리가 여기 왔다는 건 대단한 일이야. 15분 안에 시태퍼드에 사는 사람들 모두에 대해 알아내지 못한다면 내 목을 내놓지.'

10분 후에 두 사람은 아래층의 안락한 부엌에 앉아 약간 무뚝뚝해 보이는 반백의 노인인 커티스를 소개받은 후에 진한 차와 버터 바른 빵, 데번 주의 크림과 삶은 달걀을 대접받았다. 그들은 먹고 마시면서 이야기를 들었다. 30분 안에 두 사람은 이 작은 동네에 사는 사람들에 대해 모든 것을 알게 됐다.

먼저 4번 방갈로에 사는 퍼스하우스 양은 커티스 부인에 따르면 성격이나 나이를 알 수 없는 노처녀로 6년 전 이곳에 죽으려고 왔다고 했다.

"하지만 믿거나 말거나 시태퍼드의 공기가 좋아서 도착한 그날부터 건강이 회복됐다는 거 아녜요. 공기가 폐에 아주 좋거든요. 퍼스하우스 양에게 가끔 다니러 오는 조카가 한 명 있는데 마침 그 집에서 함께 지낸답니다. 돈이 가족에게서 새어 나가지 않도록 지키는 일을 하고 있지요. 이런 계절에 젊은이가 하기에는 아주 따분한 일이죠. 하지만 재미있는 일도 더러 있어요. 그가 온 것이 시태퍼드 하우스에 사는 젊은 아가씨에게는 하늘이 도운 거나 마찬가지예요. 가련하고 젊은 그 아가씨를 이 겨울에 그 큰 집에 데리고 오다니……. 이기적인 어머니도 있는 법이죠. 아주 예쁜 아가씨예요. 로널드 가필드 씨는 퍼스하우스 양에게 소홀하지 않을 정도로만 시중을 들고 틈만 나면 그 집에 올라가고 있어요."

찰스 엔더비와 에밀리는 서로 눈짓을 주고받았다. 엔더비는 로널드 가필드가 테이블 터닝을 했던 파티에 참석했다는 말을 들었다.

"우리 집과 같은 쪽에 있는 방갈로는 6번이에요."

커티스 부인이 계속해서 말했다.

"사람이 들어온 지 얼마 되지 않았어요. 듀크라는 이름의 신사분이죠. 그 사람을 신사라고 부른다면 말이죠. 물론 그럴 수도 있고 아닐 수도 있지요. 알 수 없는 사람이에요. 요새는 사람들이 예전처럼 까다롭지 않으니까요. 집을 아주 마음대로 어질러 놓고 쓰고 있어요. 숫기가 없는 편이에요……. 겉으로 보기에는 군인 출신인 것 같은데 어쩐 일인지 예의가 없어요. 버너비 소령님하고 달라요. 그분은 눈만 마주쳐도 군인 출신이라는 걸 단번에 알 수 있을걸요.

3번 방갈로에는 라이크로프트 씨라고 약간 나이 든 신사분이 사세요. 사람들 말로 그분은 영국 박물관을 위해 벽지까지 쫓아다니며 새들을 연구한다고 하더군요. 사람들은 그를 동물학자라고 불러요. 날씨만 좋으면 언제나 밖에 나가서 황무지를 돌아다니곤 해요. 그리고 책을 아주 많이 가지고 있어요. 집이 책장으로 가득 차 있지요.

2번 방갈로는 와이엇 대령님이라고 몸이 편찮은 분이 인도에서 온 하인과 함께 살고 있어요. 가련하게도 추위를 많이 탄답니다. 정말로요. 대령님이 아니라 그 하인 말이에요. 따뜻한 나라에서 왔으니 놀랄 일도 아니죠. 집을 얼마나 덥게 해 놓고 사는지 아마 가 보면 깜짝 놀랄 거예요. 오븐 속으로 걸어들어 가는 것 같다니까요.

1번 방갈로는 버너비 소령님 집이에요. 그분 혼자서 사는데 내가 아침마다 가서 집안일을 해 드리죠. 아주 깔끔한 신사분인데 까다로우시죠. 그분과 트리벨리언 대령님은 아주 친한 사이였어요. 평생 친구였죠. 두 분 모두 같은 종류의 기이한 짐승 머리 박제를 벽에 붙여 놓으셨지요.

윌렛 부인과 윌렛 양에 대해서는 잘 아는 사람이 없어요. 돈이 아주 많아요. 익스햄프턴에 있는 아모스 파커와 거래하는데 매주 3~4킬로그램의 책이 온다고 하더군요. 그 집에 달걀은 또 얼마나 많이 들어간다고요! 엑서터에서 일할 사람들을 데리고 왔지만 하녀들이 그곳을 싫어해 떠나고 싶어 한다는군요. 하지만 그들을 탓할 수도 없죠. 그래서 윌렛 부인은 하녀들을 일주일에 두 번씩 자기 차에 태워 엑서터로 보내 줘요. 그렇게 나들이도 시켜 주고 살기가 편하니까 하녀들도 일을 계속하기로 했나 봐요. 하지만 그런 세련된 부인이 이런 시골에 틀어박혀 산다는 게 이상해요. 어쨌든 나는 이제 설거지를 해야겠군요."

커티스 부인은 숨을 몰아쉬었고 에밀리와 엔더비도 한숨을 길게 쉬었다. 정보들이 술술 쏟아져 나오자 그들도 압도당했던 것이다.

엔더비가 용기를 내서 질문을 했다.

"버너비 소령님은 아직 돌아오시지 않았나요?"

커티스 부인은 손에 쟁반을 든 채로 일손을 멈추고 대답해 주었다.

"당신들이 도착하기 30분쯤 전에 언제나처럼 터벅터벅 걸어서 오셨죠. 내가 놀라서 소리를 질렀죠. '이런, 소령님, 설마 익스햄프턴에서부터 걸어오신 건 아니죠?'라고요. 그랬더니 소령님은 굳은 표정으로 '안 될 것 없죠. 두 다리만 있으면 네 바퀴 달린 건 필요 없는 법입니다. 내가 매주 한 번은 거기까지 걸어 다닌다는 걸 알잖습니까, 커티스 부인.'이라고 하시더군요. 그래서 내가 말했죠. '아, 그렇지요, 소령님. 하지만 지금은 다르죠. 대령님이 살해당하고 검시까지 마친 마당에 충격을 받으셨을 텐데도 그럴 힘이 있으셨나요.' 이 말에 소령님은 툴툴거리더니 그냥 가 버리셨죠. 그래도 표정은 엉망이었어요. 그분이 금요일 밤에 하셨던 일은 기적이에요. 그 연세치고 용감하셨죠. 눈보라가 몰아치는 와중에 5킬로미터(앞서 시태퍼드 저택과 익스햄프턴 사이의 거리는 10킬로미터로 언급되었는데, 이곳에서는 5킬로미터라고 묘사되었다. 애거서 크리스티의 착각인 듯 하다―옮긴이)나 걸어가셨으니까요. 두 분은 찬성하지 않을지 몰라도 요새 젊은이들은 나이 든 분들과 비교하면 어림도 없어요. 로널드 가필드 씨는 절대로 그 일을 못 했을 거예요. 나도 그렇게 생각하고 우체국에 있는 히버트 부인과 철공소 주인 파운드 씨도 그렇게 생각해요. 가필드 씨는 버너비 소령님이 혼자 가도록 하지 말았어야 해요. 소령님을 따라나섰어야죠. 소령님이 눈 더미 속에서 길을 잃었다면 사람들 모두 가필드 씨를 원망했을 거예요. 그건 사실이랍니다."

그녀는 찻잔을 덜거덕거리며 힘차게 부엌으로 사라졌다.

커티스 씨는 생각에 잠긴 채 파이프를 입 오른쪽에서 왼쪽으로 옮겼다.

"여자들이란 말이 너무 많아. 게다가 반 정도는 자기가 무슨 말을 하는지도 모르고 지껄여 댄다니까."

그는 낮은 목소리로 중얼거렸다.

에밀리와 엔더비는 아무 말도 하지 않았다. 말이 더 이상 이어질 것 같지 않자 엔더비가 찬성한다는 듯 중얼거렸다.

"정말 그렇습니다……. 예, 정말 그래요."

"그럼!"

커티스 씨는 그렇게 말하고는 유쾌하고도 명상적인 침묵 속으로 다시 빠져들었다.

엔더비가 일어났다.

"나는 주위를 둘러보고 버너비 소령님을 만나야겠어. 내일 아침 사진을 찍겠다고 말해야 하거든."

에밀리도 따라나섰다.

"나도 같이 갈게. 소령님이 제임스에 대해 어떻게 생각하는지 알고 싶고 이 사건에 대한 전반적인 의견도 듣고 싶어."

"고무장화 같은 건 있어? 이곳은 눈이 녹아서 진창이 됐어."

"익스햄프턴에서 웰링턴 장화를 샀어."

"정말 영리한 아가씨라니까. 빈틈이 없어."

"유감스럽게도 그건 살인자를 찾아내는 데 별로 도움이 안 돼. 살인하는 데는 도움이 되겠지만."

에밀리는 신중하게 말을 골랐다.

"이런, 나를 죽이지는 마."

엔더비가 농담하듯 말했다.

그들이 함께 밖으로 나가자 커티스 부인이 부엌에서 돌아왔다. 커티스 씨는 부인이 묻기도 전에 말해 주었다.

"저 사람들 소령님 집으로 갈 거라고 하더군."

"그렇군. 그럼, 당신은 어떻게 생각해? 저 사람들 연인들일까, 아닐까? 사촌들이 결혼하면 안 좋은 일이 많다던데 말이야. 귀머거리나 벙어리, 얼간이들이 태어난다잖아. 남자가 여자를 좋아하는 건 분명해 보여. 아가씨는 세라스 벨린다 대고모처럼 생각이 깊은 것 같아. 자기를 잘 알고 남자들도 잘 다루는 타입이지. 저 아가씨가 뭘 쫓고 있는지 궁금해. 여보, 내가 무슨 생각하는지 알겠어?"

그러자 커티스 씨가 투덜거렸다.

커티스 부인은 말했다.

"저 아가씨는 경찰이 살인 혐의로 체포한 젊은 신사를 위해 애쓰고 있는 것 같아. 그래서 이곳에 와서 뭔가 알아내려고 살펴보려는 거지. 내 말 잊지 마. 뭔가 찾아낼 게 있다면 저 아가씨가 찾아낼 거라고!"

윌렛 모녀

 찰스 엔더비와 에밀리가 버너비 소령을 방문하러 출발했던 시각에 내러콧 경위는 시태퍼드 하우스의 응접실에 앉아 윌렛 부인의 인상을 명료하게 정리하기 위해 생각을 모으고 있었다.
 오늘 아침에야 도로 통행이 가능해져 그는 겨우 윌렛 부인을 면담할 수 있었다. 자기가 무엇을 찾아내리라 기대했는지 확실하지 않았지만 알아낸 정보는 분명히 기대했던 것이 아니었다. 대화를 주도한 쪽은 그가 아니라 오히려 윌렛 부인이었다.
 그녀는 철저히 사무적이고 유능한 모습으로 급히 응접실로 들어왔다. 내러콧 경위는 얼굴이 가늘고 길며 날카로운 눈매를 가진 이 키 큰 여인을 바라보았다. 시골 옷차림으로는 약간 적당치 않은 공들여 만든 실크 점퍼 슈트를 입고 있었다. 그리고 거미줄같이 얇은 매우 비싼 실크 스타킹과 굽 높은 에나멜 구두를 신고 값비싼 반지를 몇 개씩 끼고 있었고 질 좋고 비싼 모조 진주가 많이 달린 목걸이를 걸친 모습이었다.

월렛 부인이 먼저 말을 꺼냈다.

"내러콧 경위님이시라고요? 당연히 이 집에 와 보고 싶으셨겠죠. 너무 충격적이고 비극적인 소식이에요! 믿기 힘들 정도예요. 저희는 오늘 아침에야 그 소식을 들었답니다. 우리는 굉장히 놀랐어요. 앉으시지요, 경위님. 이쪽은 제 딸 바이올렛입니다."

그는 그 아가씨가 부인과 함께 들어온 줄 몰랐다. 키가 크고 피부가 하얗고 금발에 크고 푸른 눈을 가진 아주 예쁜 아가씨였다.

월렛 부인이 의자에 앉았다.

"경위님, 어떤 식으로든 제가 도울 일이 있을까요? 저는 가엾은 트리벨리언 대령님을 잘 모르지만 도움이 될 만한 일이 있다면……."

이 시점에서 경위가 천천히 말을 꺼냈다.

"고맙습니다, 부인. 물론 무엇이 도움이 될지 안 될지 아무도 모르는 법이죠."

"잘 알겠어요. 이 슬픈 사건에 열쇠가 될 무엇인가가 이 집에 있을지도 모르지요. 하지만 그런 게 있을지 의문이네요. 트리벨리언 대령님은 소지품을 모두 옮기셨거든요. 제가 자기의 낚시 도구를 건드릴까 봐 걱정했답니다, 가엾은 분."

이 말을 하며 그녀는 살짝 웃었다.

"부인은 대령님과 아는 사이가 아니었습니까?"

"이 집에 세 들기 전에 말씀인가요? 아! 네, 몰랐어요. 대령님을 이곳에 몇 번이나 초대했는데도 그분은 한 번도 오시지 않았죠. 수줍음을 많이 타는 분이었어요. 그분은 그 점이 문제였어요. 저는 그런 사람을 여러 명 알고 있어요. 그런 사람들을 여성혐오자라든가 뭐 그런 시시한 이름으로 부르지만 정말은 모두 수줍어서 그런 거예요. 제가 그분과 친해지기만 했다면 그런 하찮은 일쯤이야 극복하도록 해 드렸을 텐데요. 속에 있는 걸 끌어내기만 하면 되거든요."

월렛 부인이 단호하게 말했다.

내러콧 경위는 트리벨리언 대령이 자기 세입자에게 매우 방어적인 태도를 보인 까닭을 이해하게 됐다.

"우리 둘 다 그분을 초대했어요. 그렇지 않니, 바이올렛?"

"아, 그럼요, 어머니."

"그분은 뼛속까지 진짜 단순한 해군이었어요. 여자들은 모두 해군을 좋아한답니다, 내러콧 경위님."

월렛 부인이 확신에 찬 말투로 말했다.

내러콧 경위는 지금까지의 대화를 월렛 부인이 완전히 주도했다는 사실을 깨달았다. 그는 부인이 극히 영리한 여자라는 것을 확신했다. 그녀는 겉으로 보이는 것처럼 결백한지도 모른다. 그렇지 않을지도 모르고.

"제가 알고 싶어 애태우는 건 바로 이겁니다."

내러콧 경위는 말을 꺼내다가 잠시 멈췄다.

"무엇이죠? 경위님?"

"버너비 소령님, 물론 아시겠지요, 소령님이 시체를 발견했습니다. 이 집에서 일어난 어떤 일로 인해 그렇게 됐지요."

"무슨 말씀인지?"

"테이블 터닝 말입니다. 죄송합니다."

순간 그는 고개를 홱 돌렸다. 바이올렛이 희미한 소리를 냈기 때문이다.

"가엾은 바이올렛, 저 아이는 굉장히 충격을 받았어요. 실은 우리 모두 충격을 받았지요! 도무지 영문을 알 수가 없어요. 저는 미신을 믿지 않지만 그 일을 어떻게 설명해야 할지 모르겠어요."

"그럼 그런 일이 정말 일어났나요?"

이 질문에 윌렛 부인의 눈이 둥그레졌다.

"일어났냐고요? 물론 일어났지요. 그때 저는 그게 장난이라고 생각했어요. 몹시 기분 나쁜 장난에다 대단한 악취미라고 생각했지요. 저는 젊은 로널드 가필드의 짓이라고 의심했는데……."

"아! 아니에요, 어머니. 그 사람 짓은 절대 아니에요. 그는 자기가 한 짓이 아니라고 맹세까지 했어요."

"바이올렛, 나는 지금 그때 내가 생각했던 걸 말하는 거야. 어떻게 그걸 장난이 아니라고 생각할 수 있었겠니?"

이때 경위가 끼어들었다.

"그것 참 이상하군요. 부인은 그때 많이 놀라셨죠."

"우리 모두 그랬죠. 그 일이 있기 전까지는 그냥 가벼운 기분으로 심심풀이 삼아 했던 일이거든요. 왜 그런 것 있잖아요. 겨울 저녁에 무료함을 달래려고 하는 오락거리 말이에요. 그런데 갑자기 그런 일이 생기다니! 저는 화가 많이 났어요."

"화가 났다고요?"

"그럼요, 당연하죠. 저는 누군가가 의도적으로 그 일을 꾸몄다고 생각했어요. 장난으로 말이에요."

"그런데 지금은요?"

"지금이라니요?"

"지금은 어떻게 생각하십니까?"

윌렛 부인은 양손을 옆으로 활짝 펼쳐 애매한 기분을 표현했다.

"무슨 생각을 어떻게 해야 할지 모르겠어요. 그건, 그건 불가사의한 일이에요."

"그리고 바이올렛 양은요?"

"저요? 저는…… 저는 모르겠어요. 절대로 잊지 못할 거예요. 저는 꿈까지 꾼답니다. 다시는 테이블 터닝을 못할 것 같아요."

"라이크로프트 씨는 그게 진짜라고 말할 거예요. 그분은 그런 일을 믿거든요. 사실 저 자신도 그걸 믿고 싶다는 생각이 드는군요. 그것이 혼령이 보낸 진짜 메시지였다는 것 말고 달리 어떻게 설명하겠어요?"

윌렛 부인의 말에 경위는 고개를 흔들었다. 테이블 터닝은 그들의 주의를 딴 데로 돌리게 하려고 꺼낸 이야기였다. 그는 아주 무심한 듯한 목소리로 다음 말을 끄집어냈다.

"윌렛 부인, 이곳 겨울은 황량하지 않습니까?"

"아, 우리는 이런 분위기를 좋아해요. 큰 변화거든요. 우리는 남아프리카 공화국에서 살았어요."

그녀의 말소리는 여느 때와 같이 활달했다.

"정말요? 남아프리카 공화국 어느 지방이었나요?"

"케이프타운이에요. 바이올렛은 영국에 처음 왔어요. 저 아이는 이곳에 매혹됐지요. 눈이 너무 낭만적이라는군요. 이 집은 정말 안락하고요."

"무엇 때문에 다른 곳도 아닌 이곳에 오시게 됐죠?"

그의 목소리에는 점잖은 호기심이 풍겼다.

"우리는 데번 주에 대한 책을 아주 많이 읽었어요, 특히 다트무어에 대한 책을요. 배를 타고 여행하는 중에 위더콤 축제에 관한 것은 모두 읽었지요. 저는 언제나 다트무어를 동경했어요."

"어떻게 익스햄프턴으로 오시게 된 거죠? 그리 알려지지도 않은 소도시인데요."

"글쎄요. 우리가 아까 말한 책을 읽고 있었는데 배에서 익스햄프턴 이야기를 하는 소년을 만났어요. 열광적으로 말하더군요."

"그 소년의 이름이 뭐였나요? 이 지방 출신이었나요?"

"이름이 뭐였더라……. 컬런이었던 것 같네요. 아니……, 스마이스였어요. 내가 이렇게 멍청해요. 정말 기억이 나지 않는군요. 배를 타고 있을 때 어떤지 아시잖아요, 경위님. 사람들과 친해지고 다시 만나자고 약속하고……. 그래 놓곤 일주일이 지나 육지에 도착하면 그 사람들의 이름조차 잊어버리게 된다니까요."

그녀는 쑥스럽다는 듯 웃었다.

"하지만 그 소년은 아주 멋졌어요. 미남은 아니었고 빨간 머리였지만 미소가 참 밝았어요."

"그래서 그 이야기에 자극을 받아 이 지방에 집을 구하기로 결정하셨던 건가요?"

경위가 싱긋 웃으며 물었다.

"예, 우리가 무모했던 건 아니겠죠?"

'영리하군. 확실히 똑똑해.'

내러콧 경위는 속으로 생각했다. 그는 윌렛 부인의 수법을 알게 됐다. 그녀는 언제나 적의 영토에 들어가 전쟁을 치렀던 것이다.

"그래서 부인은 부동산 중개인에게 편지를 써서 집에 대해 알아보셨군요."

"그래요······. 그들이 시태퍼드의 자세한 사정을 알려 줬어요. 우리 입맛에 딱 맞더군요."

"저라면 이런 계절에 별로 입맛에 맞지 않았을 텐데요."

경위는 소리 내어 웃으며 말했다.

"우리가 영국에서 죽 살았다면 그랬을지도 모르죠."

윌렛 부인이 유쾌하게 말했다.

경위는 일어서며 물었다.

"익스햄프턴의 부동산 중개인에게 편지를 쓸 때 이름은 어떻게 아셨나요? 분명 쉬운 일은 아니었을 텐데요."

잠시 말이 없었다. 지금까지 대화 중에 처음으로 말이 순조롭게 이어지지 않았다. 그는 윌렛 부인의 눈에 속이 상한 듯한, 아니 화가

난 듯한 표정이 어렴풋이 떠오르는 것을 눈치 챘다. 준비해 놓지 않은 부분을 그가 물은 것이다. 그녀는 시선을 딸에게 돌렸다.

"바이올렛, 우리가 어떻게 알아냈지? 기억이 나지 않는구나."

바이올렛의 얼굴에는 또 다른 표정이 떠올라 있었다. 겁을 먹은 듯 보였다. 그때 윌렛 부인이 말했다.

"이런, 맞아요, 델프리지스예요. 중개인 안내소지요. 참 잘 되어 있답니다. 저는 언제나 거기 가서 여러 가지를 물어보지요. 그들에게 이곳에서 제일 좋은 부동산 중개인을 알려 달라고 했더니 알려 주더군요."

'재빠르군. 아주 민첩해. 하지만 충분하진 않군. 내가 한 수 이겼어.'

경위는 속으로 생각했다.

그는 집을 형식적으로 조사했다. 아무것도 없었다. 서류도 없었고 서랍이나 벽장도 모두 잠겨 있지 않았다.

윌렛 부인은 쾌활하게 이야기하며 경위를 따라다녔다. 그는 그녀에게 공손하게 감사 표시를 하고 작별 인사를 했다.

그는 떠나면서 윌렛 부인의 어깨 너머로 바이올렛의 표정을 힐끗 보았다. 그 얼굴에는 절대 잘못 볼 수 없는 표정이 떠올라 있었다. 그것은 공포였다. 아무도 자기를 보지 않는다고 생각한 순간 그녀의 얼굴에 두려움이 역력하게 드러난 것이다.

윌렛 부인은 여전히 떠들고 있었다.

"아아, 우리는 한 가지 심각한 문제점이 있어요. 집안일이랍니다, 경위님. 사용인들이 이 시골을 견뎌 내지 못할 거예요. 사용인들 모두 언젠가는 떠날 거라고 말했는데 살인 사건 소식이 그들을 더욱 불안하게 만들고 있나 봐요. 어떻게 해야 할지 모르겠어요. 아마 하인들은 이 사건으로 동요하고 있을 거예요. 엑서터에 있는 직업소개소에서 충고했던 일이죠."

이에 대해 경위는 건성으로 대답했다. 그는 부인의 말을 듣지 않고 있었다. 자기를 놀라게 했던 바이올렛의 표정을 생각하고 있었기 때문이다.

월렛 부인은 영리했지만 완벽할 정도는 아니었다.

경위는 자기 문제에 빠져 곰곰이 생각했다. 월렛 모녀가 트리벨리언 대령의 죽음과 아무 상관이 없다면 왜 바이올렛은 겁을 먹고 있는 걸까?

그는 마지막으로 일격을 가했다. 현관의 문턱을 넘어서면서 고개를 돌려 물었다.

"그건 그렇고 피어슨이란 젊은이를 아시죠, 그렇죠?"

의심할 여지없이 이번에도 잠시 침묵이 흘렀다. 1초 정도의 쥐죽은 듯한 침묵이었다. 그 후 월렛 부인이 말했다.

"피어슨이라고요? 모르겠는데……."

월렛 부인이 말을 채 끝내기도 전에 무언가가 방해를 했다. 그녀 뒤에서 기묘한 한숨 소리가 나더니 넘어지는 소리가 났다. 경위는 문턱을 넘어 재빠르게 방으로 들어갔다.

바이올렛 월렛이 기절해 넘어져 있었다. 그 모습을 보고 월렛 부인이 비명을 질렀다.

"가엾은 아이, 너무 긴장한 나머지 충격을 받은 것 같아요. 그 끔찍한 테이블 터닝 일에다가 살인 사건까지 났으니. 이 아이는 강하지 못해요. 경위님, 정말 고맙습니다. 그래요, 소파에 뉘어 주세요. 벨을 눌러 주시겠어요? 아니에요, 더 하실 일이 없을 것 같네요. 고맙습니다."

경위는 입을 꾹 다물고 저택 안의 차도를 걸어내려 갔다.

제임스 피어슨은 런던에서 봤던 그 대단히 매력적인 아가씨와 약혼한 사이라고 했다. 그런데 왜 바이올렛 윌렛이 피어슨이라는 이름을 듣고 기절한 것일까? 제임스 피어슨과 윌렛 모녀와는 어떤 관계가 있는 걸까?

그는 대문에 다다르자 잠시 머뭇거렸다. 그러더니 주머니에서 수첩을 꺼냈다. 수첩에는 트리벨리언 대령이 지은 방갈로 여섯 채에 사는 사람들의 이름이 씌어 있었고 각각의 이름 옆에 간단한 메모가 적혀 있었다. 내러콧 경위의 뭉툭한 검지가 6번 방갈로에 사는 사람의 이름에 머물렀다.

"그래, 이번엔 이 사람을 만나야겠어."

그는 혼잣말을 했다.

그는 힘차게 골목길을 성큼성큼 걸어내려 가더니 6번 방갈로 문에 달린 노크용 쇠고리를 잡고 흔들었다. 듀크 씨가 살고 있는 집이었다.

버너비 소령을 방문하다

　엔더비는 소령이 사는 집에 도착해 현관문을 기운차게 두드렸다. 문이 활짝 열리며 얼굴이 붉어진 버너비 소령이 문간에 나타났다.
　"당신이군요."
　그는 별로 반갑지 않은 목소리로 말하다가 에밀리의 모습을 보고는 표정이 달라졌다.
　"이 사람은 트레퍼시스 양입니다. 소령님을 만나고 싶다고 해서 함께 왔습니다."
　엔더비는 아주 좋은 트럼프 패를 내놓는 듯한 태도로 에밀리를 소개했다.
　"들어가도 될까요?"
　에밀리가 한껏 상냥하게 웃으며 말했다.
　"아! 그러세요. 물론이죠. 아, 그럼요, 그렇고말고요."

소령은 말을 더듬으며 거실로 돌아가 의자 몇 개를 앞으로 밀고 탁자를 옆으로 치우기 시작했다.

에밀리는 자기 방식대로 곧장 본론을 끄집어냈다.

"버너비 소령님. 저는 제임스와 약혼한 사이예요, 제임스 피어슨 말이에요. 저는 그 사람이 너무 걱정된답니다."

소령은 탁자를 밀다 말고 입을 벌린 채 동작을 멈췄다.

"오 이런, 아주 안 좋은 일이군요. 아가씨, 정말 안됐습니다."

"버너비 소령님, 저에게 솔직하게 말씀해 주세요. 제임스가 범인이라고 생각하세요? 아, 그렇게 생각하시면 그렇다고 솔직히 말씀하셔도 돼요. 거짓말하는 것보다는 그 편이 훨씬 나아요."

"아니요, 그가 범인이라고 생각지는 않아요."

소령이 크고 자신감이 넘치는 목소리로 대답했다. 그러고 나서 쿠션을 한두 번 세게 내려치더니 에밀리의 맞은편에 앉았다.

"그 사람은 괜찮은 젊은이더군요. 약간 유약한지는 몰라도. 그 젊은이가 유혹이 다가오면 쉽사리 나쁜 길로 빠지는 유형이라고 말하더라도 기분 나빠 하지는 마시오. 하지만 살인이라니……. 아니에요. 잘 들어요. 나는 이런 일은 잘 알고 있소. 내가 현역일 때 수많은 부하들이 내 손을 거쳐 갔다오. 요즘에는 퇴역 장교들을 바보 취급하는 게 유행인 것 같은데 그래도 우리는 여전히 세상 물정에 밝답니다, 트레퍼시스 양."

"당연히 그러시겠지요. 그렇게 말씀해 주셔서 너무 감사합니다."

"어디 보자……. 소다수 탄 위스키 들겠소? 마실 게 그것밖에 없을 것 같군요.”

소령이 미안한 듯 말했다.

“아닙니다, 고맙습니다, 버너비 소령님.”

“그럼 그냥 소다수라도?”

“아뇨, 괜찮습니다.”

에밀리는 정중하게 사양했다.

“차라도 만들 줄 알아야 하는데…….”

소령의 말에 아쉬운 기색이 묻어났다.

“이미 마셨습니다, 커티스 부인 집에서요.”

엔더비가 거들고 나섰다.

“버너비 소령님, 누가 저지른 짓인지 짚이는 데라도 있으신지요?”

에밀리가 따지듯 물었다.

“없소. 내가…… 어…… 젠장, 알 리가 있겠소. 당연히 강도가 들었다고 생각했는데 이제 경찰은 강도들 짓이 아니라고 하는군요. 어쨌든 그 사람들이 알아내야 할 일이니까 그들이 제일 잘 알고 있겠죠. 경찰이 침입한 흔적이 없다고 하니 나도 그런 줄 알 뿐이오. 하지만 아직도 나는 모르겠소, 트레퍼시스 양. 트리벨리언은 내가 아는 한 이 세상에 적이라곤 없는 사람이오.”

“만약 누군가가 그분에게 원한을 품었다면 소령님이 아시겠군요.”

에밀리는 단정하듯 말했다.

“그렇소. 트리벨리언의 친척들보다 내가 그에 대해 더 잘 알 겁니다.”

“그런데 짚이는 게 없으신가 보네요. 도움이 될 어떤 것도, 어떤 식으로도 말이에요?"

에밀리가 다그치듯 묻자 소령은 짧은 콧수염을 살짝 잡아당겼다.

"아가씨가 무슨 생각을 하는지 알겠소. 책에 나오곤 하는 것처럼 무언가 실마리가 될 만한 작은 사건들을 내가 기억할 거라고 생각하고 있겠죠. 글쎄, 미안하오, 그런 건 없소. 트리벨리언은 그냥 평범하게 살았소. 편지도 거의 오지 않았고 편지 쓰는 일은 더욱 드물었소. 복잡한 여자관계도 없었고, 이건 확실하오. 모르겠소, 정말 나는 어리둥절하다오, 트레퍼시스 양."

세 사람 모두 아무 말도 하지 않았다.

"그분의 하인은 어떻습니까?"

엔더비가 단도직입적으로 물었다.

"몇 년 동안 그와 함께 지냈죠. 대단히 충직하오."

"최근 결혼했더군요."

엔더비는 짧게 말했다.

"아주 예의 바르고 착실한 아가씨와 결혼했소."

"버너비 소령님, 이런 식으로 말하는 걸 용서하세요. 하지만 소령님은 그분에 관한 메시지를 듣고 깜짝 놀라지 않으셨나요?"

소령은 테이블 터닝에 대한 화제가 나올 때마다 난처한 표정으로 코를 문질렀다.

"그렇소. 그걸 부정할 수는 없소. 놀랐죠. 나는 그게 전부 엉터리 장난이란 걸 알았지만 그런데도……."

"어쩐 일인지 그게 엉터리가 아니라고 느끼셨군요."

에밀리가 도우려는 듯 거들었다.

소령은 고개를 끄덕였다.

"그래서 제가 궁금한 건……."

에밀리가 뭔가를 질문하려고 하자 두 남자는 말없이 그녀를 바라보았다.

"제가 말하고 싶은 걸 정확히 표현하지 못하겠네요. 제가 말하고 싶은 건요, 소령님은 그 테이블 터닝이란 걸 믿지 않는다고 하셨는데요. 그런데도 날씨가 끔찍한 데다가 소령님에게는 우습게 보였음에도 불구하고, 마음이 불안해서 악천후를 무릅쓰고 트리벨리언 대령님에게 아무 일도 없는지 확인해야겠다고 생각하셨단 말이죠. 그렇다면 분위기가 뭔가……, 뭔가 심상치 않았다고 생각했기 때문이 아닌가요?"

그녀는 소령이 자기 말을 이해하지 못한 것처럼 보이자 절박하게 말을 이었다.

"제 말은 소령님의 마음뿐 아니라 누군가 다른 사람들의 마음에도 무언가가 떠올랐던 거란 말이죠. 그리고 소령님은 그걸 느끼셨던 거고요."

"글쎄, 잘 모르겠소."

소령은 이렇게 말하고 다시 코를 만지작거렸다. 그는 에밀리를 도와주려는 듯 덧붙였다.

"물론 여자들은 그런 일을 심각하게 받아들이죠."

"여자들이라고요! 하긴 그래요."

그녀는 이렇게 말하고 작은 소리로 혼잣말을 했다.

"웬일인지 나도 그걸 믿으니까."

그러다가 에밀리는 버너비 소령을 향해 갑자기 고개를 돌리더니 물었다.

"그들은 어떤 사람들이죠? 윌렛 모녀 말이에요."

"아, 글쎄요."

버너비 소령은 속으로 궁리를 하는 것 같았다. 그는 사람들의 인상을 묘사하는 재주가 확실히 없었다.

"글쎄요……. 그들은 아주 친절하고……, 아주 도움이 되는 사람들이고, 뭐 그런 편이죠."

"왜 이런 계절에 시태퍼드 하우스 같은 집을 원했을까요?"

"모르지요. 아마 아무도 모를 거요."

"그 점이 너무 이상하지 않나요?"

에밀리가 고집을 부렸다.

"그렇소, 이상하긴 하오. 하지만 사람들마다 취향이 다른 법이죠. 이건 경위가 했던 말이기도 하고요."

"말도 안 돼요. 사람들은 아무 이유도 없이 무슨 일을 하지는 않아요."

에밀리는 강하게 말을 내뱉었다.

"글쎄, 나는 잘 모르겠소."

버너비 소령이 신중하게 말했다.

"이유 없이 일하지 않는 사람들도 있죠. 트레퍼시스 양도 그럴 거고요. 하지만 어떤 사람들은……."

그는 한숨을 쉬고는 고개를 저었다.

"그 사람들이 그전에 트리벨리언 대령님을 만나지 않았다는 건 확실한가요?"

소령은 생각을 더듬어 보았다. 그랬다면 트리벨리언이 자기에게 무슨 말인가를 했을 것이다. 아니었다. 대령 역시 다른 사람들처럼 놀랐다.

"그럼 대령님도 그 일을 이상하다고 생각하셨군요?"

"물론이오. 우리 모두가 그랬다고 방금 말하지 않았소."

"윌렛 부인은 어떤 태도로 트리벨리언 대령님을 대했나요? 그분을 피했나요?"

이 질문에 소령은 희미하게 웃었다.

"아니요, 부인은 정말 그러지 않았소. 자기 집을 방문해 달라고 언제나 성가시게 졸라 댔죠."

"오!"

그리고 에밀리는 잠시 조용히 있더니 다시 말했다.

"그러면 윌렛 부인은 아마도……, 어쩌면 트리벨리언 대령님과 알고 지내려는 목적으로 시태퍼드 하우스를 빌렸는지도 몰라요."

"글쎄요……."

소령은 그 생각을 속으로 짜맞추어 보는 것 같았다.

"그래, 그럴 수도 있다고 생각하오. 비용이 상당히 드는 일이었으니까."

"모르겠어요. 트리벨리언 대령님은 다른 방법으로 알기 어려운 사람이었을 수도 있고요."

에밀리는 알 수 없다는 듯이 말했다.

"그렇소. 그는 그런 사람이었소."

죽은 트리벨리언 대령의 친구인 소령이 동의했다.

"궁금해요."

에밀리는 참지 못하고 한마디 내뱉었다.

"경위도 그렇게 생각하더군요."

버너비 소령이 응수하듯 말했다.

에밀리는 내러콧 경위에 대해 갑자기 짜증이 났다. 그녀가 생각한 건 모두 그 경위가 생각했던 것과 같았다. 다른 사람들보다 명석하다고 자부하는 젊은 여자에게는 분통 터지는 일이 아닐 수 없었다.

그녀는 일어서서 악수를 청하며 간단하게 말했다.

"정말 감사합니다."

"좀 더 도움이 됐으면 좋았을 텐데."

버너비 소령은 미안하다는 듯이 잠시 말을 끊었다가 변명하듯 다시 말했다.

"나는 사람이 단순한 편이라오, 언제나 그랬지. 내가 영리한 사람이었다면 실마리가 될 만한 생각이 떠올랐을지도 모르는데 말이오. 어쨌든 필요한 게 있으면 언제든지 물어보시오."

"감사합니다. 그럴게요."

이번에도 에밀리는 간단하게 대답했다.

"안녕히 계십시오, 소령님. 아침에 카메라를 가지고 오겠습니다."

엔더비는 인사를 하고 한마디 덧붙였다. 그러자 버너비 소령이 투덜거렸다.

에밀리와 엔더비는 왔던 길을 되밟아 커티스 부인의 집으로 돌아왔다.

"내 방으로 와. 얘기할 게 있어."

에밀리가 엔더비에게 명령조로 말했다.

그녀는 의자에 앉았고 엔더비는 침대에 걸터앉았다. 에밀리는 모자를 벗더니 방 한구석으로 휙 던졌다.

"자, 들어 봐, 어디서부터 일을 시작해야 할지 알아냈어. 내가 틀릴 수도 있고 맞을 수도 있지만 어쨌든 이것도 한 방법이야. 테이블 터닝에는 중심이 되는 원리들이 있어. 테이블 터닝을 해본 적 있어?"

"음, 가끔. 심각한 건 아니었지."

"그래, 당연히 그랬겠지. 비 오는 날 오후에 심심풀이로 하는 그런 일이잖아. 모두 다른 사람들이 테이블을 흔들었다고 비난하면서 말이야. 어쨌든 그 놀이를 해 봤다면 당신도 어떤 일이 일어나는지 알겠네. 테이블이 철자를 알려 주잖아, 이름의 철자를 말이야. 어쨌든 누군가가 아는 이름이지. 흔히 사람들은 누구 이름인지 금방 짐작하지만 그게 아니길 바라지. 그리고 언제나 그들은 무의식적으로 테이블을 움직이게 돼. 그렇게 어떤 이름이 짐작되면 다음 철자가 나오고 멈추려 할 때 무심결에 움직이게 되거든. 그렇게 하지 않으려고 할수록 더 그렇게 행동하게 되는 때가 있으니까."

"그래, 맞아."

엔더비도 그녀의 말에 수긍했다.

"나는 혼령이라든가 하는 그런 것들을 조금도 믿지 않아. 하지만 테이블 터닝을 했던 사람들 중에 한 명이 트리벨리언 대령님이 그 순간 살해당할 것을 알고 있었다고 가정해 보면……."

"에이, 그건 너무 억지야."

엔더비가 그녀의 말에 이의를 제기했다.

"글쎄, 그렇게 노골적일 필요는 없겠지. 그래, 그건 억지일 수 있어. 우리는 그저 가정해 보는 거니까……. 그게 전부야. 트리벨리언 대령님이 죽었다는 사실을 누군가가 알고 있었고 안다는 사실을 숨길 수 없었다고 가정해 봐. 테이블 터닝을 하며 무심결에 비밀을 밝혔다는 쪽으로."

"대단한 솜씨인걸. 하지만 나는 그게 사실일 거라고 생각 안 해."

그러자 에밀리가 단호하게 말했다.

"그게 사실이라고 가정해 보자고, 범죄를 적발해 내는 데 있어 가정을 피할 이유는 없잖아."

"아, 그 말에는 동의해. 그게 사실이라고 가정해 보기로 하자. 당신 좋을 대로."

"우리가 해야 할 일은 테이블 터닝을 했던 사람들을 주의 깊게 검토해 보는 거야. 버너비 소령님과 라이크로프트 씨부터 시작하자고. 두 사람 중 누구도 살인을 저지른 다른 공모자가 있다고 보이지는 않아. 다음은 듀크 씨. 지금으로서는 그 사람에 대해 우린 아무것도 몰라. 그는 얼마 전에 이곳에 왔어. 어쩌면 사악한 이방인이거나, 갱단의 일원일지도 모르지. 이름에 일단 엑스 자를 표시해 놓을게. 이제 윌렛 모녀 차례군. 이 모녀에게는 뭔가 수수께끼 같은 데가 있어."

"트리벨리언 대령님의 죽음이 그들에게 무슨 이득이 있을 것 같은데?"

"글쎄, 얼핏 보기에는 아무것도 없지. 하지만 내 추측이 맞다면 뭔가 관련되는 게 있을 거야. 그 관련되는 게 무언지 찾아내야 해."

"맞아. 그런데 실제로는 아무것도 아니라고 가정한다면?"

"글쎄, 우린 처음부터 다시 시작해야겠지."

"들어봐!"

엔더비는 갑자기 소리를 지르더니 한동안 신경을 집중한 채 가만히 있었다.

그리고 손을 들더니 창문 쪽으로 달려가 문을 활짝 열었다. 에밀리도 그가 주의를 기울이는 소리를 들었다. 멀리서부터 뎅, 뎅 커다란 종소리가 울리고 있었다.

이때 커티스 부인의 흥분된 목소리가 아래층에서 크게 들려왔다.

에밀리는 달려가 방문을 열었다.

"아가씨, 저 종소리 듣고 있어요? 저 소리 들려요? 소리 들려요? 분명히 들리죠? 이런, 이런, 이런 일이 생기다니!"

"무슨 일이에요?"

에밀리가 영문을 몰라 물었다.

"프린스타운에 있는 종이에요. 20킬로미터 가량 떨어진 곳이죠. 죄수가 탈옥했다는 뜻이에요. 조지, 조지, 이 사람은 어디 있지? 종소리 들었어요? 죄수가 탈옥했어."

그녀가 부엌으로 가자 목소리는 점점 멀어졌다.

엔더비는 창문을 닫고 침대에 다시 걸터앉으며 냉정하게 말했다.

"유감스럽게도 일이 잘 풀리지 않는군. 이 죄수가 금요일에만 탈옥했어도 살인자를 지목하기가 아주 편했을 텐데. 더 찾아볼 것도 없을 거고 말이야. 허기진 남자, 절박한 범죄자가 침입했다. 트리벨리언은 그의 성을 지키려고 저항했다……. 그래서 죄수는 필사적으로 모래주머니로 대령을 내려쳤다. 이렇게 간단했을 것을."

"그랬겠지."

에밀리는 한숨을 쉬며 말했다.

"그런데 죄수가 사흘이나 늦게 탈옥했네. ……정말 교묘하게 비켜 갔군."

그는 아쉽다는 듯 고개를 천천히 흔들었다.

라이크로프트 씨

다음 날 아침 에밀리는 일찍 일어났다. 이 분별 있는 아가씨는 날이 좀 더 밝을 때까지는 엔더비에게 같이 일하자고 할 수 없다는 것을 깨달았다. 그래도 마음이 안정되지 않아 더 누워 있을 수 없어서 어젯밤 지나갔던 방향과는 반대쪽으로 골목길을 따라 힘차게 걷기 시작했다.

그녀가 오른쪽에 있는 시태퍼드 하우스 정문을 지나치자마자 골목길이 오른쪽으로 급히 꺾이면서 언덕을 향하는 오르막이 되더니 탁 트인 황무지가 나타났다. 길은 풀이 우거진 오솔길로 바뀌었다가 곧 없어졌다. 아침 날씨는 좋았고 차갑고 청명했으며 경치도 아름다웠다. 에밀리는 멋진 모양의 회색 바위로 이루어진 시태퍼드 바위산 꼭대기를 향해 올라갔다. 그 높은 곳에 서서 광활하게 펼쳐진 황무지를 내려다보았다. 시야가 미치는 곳까지 집도 없었고 길도 보이지 않았다. 바위산 꼭대기 맞은편 아래쪽에는 화강암과 바위들이 모여 회색 덩어리를 이루고 있었다. 잠시 경치를 감상한 에밀리는 몸을 돌려 자기가 왔던 북쪽을 바라보았다. 바로 아래 언덕 측면에 시태퍼드가 있었다. 시태퍼드 하우스의 네모진 회색 덩치가 보였고 너머로 방갈로들이 점점이 흩어져 있었다. 아래쪽 계곡에 있는 익스햄프턴도 보였다.

에밀리는 착잡한 심정이었다.

'이렇게 높이 올라와 있으면 사물이 잘 보이는 법이지. 인형의 집 지붕을 벗기고 안을 들여다보는 것 같은 느낌이야.'

그녀는 죽은 대령을 한 번이라도 만났다면 얼마나 좋았을까 하고 아쉬워했다. 한 번도 본 적이 없는 사람에 대해 추리한다는 건 너무 어려웠다. 다른 사람들에게 의지할 수밖에 없었지만 에밀리는 여태까지 다른 사람들의 판단이 자기 판단보다 낫다고 생각해 본 적이 없었다. 다른 사람들이 어떤 인상을 받았든 에밀리에게는 소용없는 일이었다. 그들의 판단이 자기의 것만큼 훌륭할 수도 있겠지만 그 판단에 따라 행동할 수는 없었다. 말하자면 다른 사람들이 일을 다루는 방식을 그대로 사용할 수는 없었다.

이런 생각들을 괴롭게 되씹으며 에밀리는 초조하게 한숨을 쉬고 자리를 옮겼다. 생각에 깊이 빠져 있다 보니 주위를 까맣게 잊고 있었다. 얼마 떨어지지 않은 곳에 몸집이 작은 노신사가 모자를 공손하게 들고 숨을 가쁘게 몰아쉬며 서 있는 것을 보고 그녀는 깜짝 놀랐다.

"실례합니다, 트레퍼시스 양인 것 같군요?"

그가 먼저 말을 건넸다.

"그렇습니다."

"내 이름은 라이크로프트입니다. 이렇게 말을 걸어 미안하지만 이 작은 마을에서는 사소한 일이라도 소문이 나는지라 어제 오후 아가씨가 이곳에 온 것도 당연히 말이 퍼졌다오. 사람들이 모두 트레퍼시스 양의 처지에 깊은 동정을 느끼고 있소. 우리는 하나같이 아가씨에게 어떻게든 도움이 되려고 애쓴답니다."

"정말 친절하시군요."

에밀리도 상냥하게 말했다.

"천만에요, 천만에. 절망에 빠진 미인. 이렇게 구식으로 말하는 걸 용서해 주세요. 하지만 내가 도움이 될 만한 일이 있으면 언제라도 좋으니 청하도록 해요. 여기 높은 곳에서 바라보는 경치는 참 좋아요, 안 그렇습니까?"

"멋져요. 황무지는 멋진 곳이에요."

에밀리는 그의 말에 동감했다.

"어젯밤 프린스타운에서 죄수가 탈옥했다는 사실을 들었습니까?"

"예, 죄수는 잡혔나요?"

"아직 안 잡혔을 거예요. 아, 이런, 불쌍한 친구, 틀림없이 곧 잡힐 테지요. 지난 20년 동안 프린스타운에서 탈옥에 성공한 죄수는 아마 한 명도 없을 겁니다."

"프린스타운은 어느 쪽이에요?"

라이크로프트 씨는 크게 팔을 뻗어 황무지 남쪽을 가리켰다.

"저 너머에 있지요. 황무지 위 가장 가까운 직선거리로는 16킬로미터이지만 도로를 따라가면 26킬로미터 정도 떨어져 있을 겁니다."

에밀리가 살짝 몸을 떨었다. 절박하게 쫓기는 남자를 떠올리며 강한 인상을 받았던 것이다. 라이크로프트 씨는 그녀를 바라보며 고개를 살짝 끄덕였다.

"그래요, 나도 똑같이 느끼고 있어요. 쫓기고 있는 남자를 생각하면 사람들이 왜 본능적으로 가여움을 느끼는지 이상해요. 프린스타운의 죄수들은 모두 위험하고 폭력적인 범죄자들이고 아가씨나 나나 탈옥수를 보자마자 감옥으로 돌려보내려고 최선을 다할 텐데 말이지요."

그러고는 그가 약간 미안해하는 웃음을 지었다.

"용서해요, 트레퍼시스 양. 나는 범죄 연구에 큰 관심이 있답니다. 멋진 연구지요. 조류학과 범죄학이 내 두 가지 관심사예요. ……그래서 아가씨만 괜찮다면 이 사건에 관해 아가씨에게 협력하고 싶어요. 범죄를 직접 다뤄 보는 일이 내게는 이루지 못한 오랜 꿈이랍니다. 트레퍼시스 양, 나를 믿고 내 경험을 이용해 봐요. 나는 이 주제에 관한 책을 심도 있게 읽고 연구해 온 사람이거든."

에밀리는 잠시 침묵을 지켰다. 그녀는 자기에게 유리하게 일이 풀리는 것을 속으로 자축하고 있었다. 시태퍼드에 살고 있는 사람이 그녀에게 살아 있는 지식을 직접 알려 주겠다고 말하고 있었다. 에밀리는 조금 전에 마음속으로 생각했던 '일을 처리하는 방식'이라는 구절을 되씹었다. 그녀는 버너비 소령처럼 있는 그대로를 보는 간단하고 직접적인 방식을 가지고 있었다. 세밀한 부분은 전혀 염두에 두지 않고 사실을 아는 것을 중시하는 방식이었다. 이제 그녀는 아주 다른 관점을 제시해 줄지도 모르는 또 하나의 일하는 방식을 제의받은 터였다. 이 작은 몸집의 주름지고 말라빠진 노신사는 깊은 연구를 하고 책을 많이 읽었으며 인간성에도 정통했다. 행동하는 인간과 반대되는 성찰하는 인간으로서 인생에 대한 불타는 듯한 홍미와 호기심을 가지고 있었다.

"부디 저를 도와주세요. 저는 너무 걱정되고 괴로워요."

그녀는 짧게 부탁했다.

"당연히 그렇겠죠, 아가씨. 자, 내가 이해하는 바로는 트리벨리언의 제일 큰조카는 체포됐거나 구류됐어요······. 그에게 불리한 증거들은 약간 단순하고 빤히 보이는 것들이더군요. 물론 나는 아무런 편견도 없습니다. 그건 알아두어야 해요."

"당연하죠. 제임스에 대해 아무것도 모르시는데 그가 결백하다는 걸 믿으실 이유가 없지요."

"아주 분별 있는 생각이군요. 트레퍼시스 양, 아가씨야말로 매우 관심을 끄는 사람이에요. 그런데 아가씨 이름은······, 우리 가엾은 친구 트리벨리언과 같은 콘월 지방 이름입니까?"

"예, 제 아버지는 콘월 사람이시고 어머니는 스코틀랜드 사람이세요."

"그렇군요! 아주 홍미로워요. 자, 이제 우리의 당면 문제에 접근해 봅시다. 한쪽에는 그 젊은 제임스가……. 이름이 제임스 맞지요? 우리는 젊은 제임스가 돈에 쪼들렸으며 외삼촌을 만나러 와서 돈을 부탁했지만 거부당했다고 가정해 봅시다. 그래서 흥분한 제임스가 문간에 놓여 있던 모래주머니를 들어 올려 외삼촌의 머리를 내려쳤다고 합시다. 그 범죄는 계획된 게 아니라 우발적인 것이었죠. 사실 매우 유감스럽게 자행된 어리석고 분별없는 행동이었을 거예요. 그럴 수도 있다고 봐야겠죠. 다른 식으로 가정할 수도 있어요. 그가 화가 난 채로 외삼촌과 헤어졌는데 다른 사람이 그 직후에 집에 들어가 범행을 했다고 가정할 수도 있죠. 아가씨는 그렇게 생각하고 있고……, 좀 다르게 표현한다면 나도 그렇기를 바랍니다. 나는 아가씨의 약혼자가 범인이 아니기를 원하는 데다가 내 관점에서 보자면 그가 그 일을 저질렀다면 이 사건에 전혀 흥미가 동하지 않기 때문이지요. 그래서 나는 두 번째 가정을 택하고 싶어요. 다른 사람이 진범이라는 거죠. 우리는 그렇게 가정하고 가장 중요한 문제를 다루기로 합시다. 그 다른 사람은 방금 있었던 말다툼을 알고 있었을까? 그 말다툼이 실제로 살인을 하도록 부추긴 것일까? 무슨 말인지 알겠습니까? 누군가가 트리벨리언 대령을 없애려고 생각하던 와중에 살인 의혹이 젊은 제임스에게 떨어지리라는 걸 계산하고 그 기회를 이용한 거란 말이지요."

에밀리는 그가 말한 각도에서 이 사건을 생각해 보았다. 그녀는 천천히 말을 꺼냈다.

"그런 경우에는……."

라이크로프트 씨가 그녀의 말을 이어받아 힘 있게 말했다.

"그런 경우 살인자는 트리벨리언 대령과 아주 가까운 사람이어야 하고 익스햄프턴에 살아야 하지요. 모든 가능성을 생각해 봤을 때 그자는 말다툼이 벌어지는 동안과 그 이후 집 안에 있어야 할 거예요. 지금 법정에 서 있는 게 아니니까 아무 이름이나 마음대로 거론해도 상관없으니 하는 말인데, 하인인 에번스가 우리가 말한 조건에 맞는 사람이라고 생각합니다. 당시 집 안에 있었을 가능성이 있고 말다툼하는 소리를 엿듣고 그 기회를 이용했을지도 모르지요. 다음에 고려해 볼 사항은 에번스가 주인의 죽음으로 어떤 식으로든 이득을 챙길 수 있느냐 하는 거예요."

"그가 유산을 조금 받을 거라고 하던데요."

에밀리가 거들었다.

"그것이 충분한 동기가 될 수도 있고 그렇지 않을 수도 있어요. 에번스가 급히 돈이 필요했는지 어떤지를 알아내야 해요. 또 에번스 부인…… 얼마 전에 에번스와 결혼한 걸로 알고 있는데, 그 부인도 고려해 봐야 하죠. 트레퍼시스 양이 범죄학을 연구했다면 특히 시골 지역에서 근친결혼으로 생기는 기묘한 결과에 대해 알았을 거예요. 브로드무어에는 그런 아가씨들이 적어도 네 명은 된답니다. 사근사근한 태도를 지녔지만 인간의 생명을 하찮게 여기는 기질상의 결함이 있지요. 그래요, 에번스 부인에게서 혐의를 완전히 거둘 수는 없어요."

"라이크로프트 씨, 테이블 터닝에 대해서는 어떻게 생각하세요?"

"그건 아주 이상한 일이에요. 정말 이상해요. 고백하지만, 트레퍼시스 양, 나는 그 일에서 아주 강한 인상을 받았답니다. 이미 알고 있는지 모르겠지만 나는 심령 현상을 믿는 사람입니다. 강령술에 대한 이론을 어느 정도까지는 믿어요. 나는 그 내용을 상세하게 연구해서 보고서를 심령 연구 협회에 보냈어요. 진짜임이 입증된 놀라운 사례로 말이지요. 다섯 명이 현장에 있었는데 우리들 중 아무도 트리벨리언 대령이 정말로 살해됐을 거라는 생각이나 의심을 하지 못했답니다."

"그 부분에 대해서라면 전······."

에밀리는 말을 멈췄다. 다섯 명 중에 한 명은 꺼림칙한 일을 미리 알고 있었을지도 모른다는 자기 생각을 그 다섯 명 중 한 명인 라이크로프트 씨에게 말하기는 곤란했다. 에밀리는 잠시라도 그가 이 비극적인 사건과 연관이 있다고 의심하지 않았다. 그래도 그 생각을 말하는 건 그리 현명하지 않다고 보았다. 에밀리는 좀 더 에둘러 말하기로 했다.

"그건 정말 흥미로워요, 라이크로프트 씨. 말씀하셨다시피 그 일은 놀라운 사건이에요. 자리에 있었던 사람들 중 라이크로프트 씨를 제외하고 누군가 심령 작용의 영향을 받기 쉬운 사람이 있었다고 생각하세요?"

"아가씨, 나는 영매가 아닙니다. 나는 그 방면에는 소질이 없어요. 나는 그냥 관심이 많은 관찰자일 뿐이에요."

"로널드 가필드 씨는 어떤가요?"

"좋은 청년이죠. 하지만 어떤 쪽으로든 특별한 점이 전혀 없어요."

"부유하지 않나요?"

"내가 알기론 아마 빈털터리일 거예요. 이 표현을 맞게 썼다면 좋겠군요. 그는 고모의 비위를 맞춰 주려고 이곳에 왔어요. 고모에게서 '유산 상속을 받을 가망성'이란 게 있거든요. 고모인 퍼스하우스 양은 아주 영리한 여자여서 그가 자기에게 관심을 기울이면서 바라는 대가가 무엇인지 알 거예요. 하지만 냉소적인 기질이 있어 그가 자기 비위를 맞추도록 내버려두고 있지요."

"그분을 만나 보고 싶어요."

"그래요, 반드시 만나 봐야지요. 퍼스하우스 양도 아가씨를 만나려고 할 거예요. 호기심, 아아, 트레퍼시스 양, 호기심에서요."

"월렛 모녀에 대해 얘기해 주세요."

"매력적이죠, 상당히 매력적이에요. 식민지인 특유의 매력이 있어요. 물론 안정감이 부족해요. 그들의 친절은 지나치게 관대한 면이 있어요. 모든 것이 조금씩 화려한 편이죠. 그리고 바이올렛 양은 멋진 아가씨에요."

"겨울을 지내러 이곳에 오다니 좀 이상해요."

에밀리는 정말 의심스럽다는 듯 말했다.

"그래요, 아주 이상하죠, 그렇죠? 하지만 어쨌든 그건 지극히 말이 되는 일이랍니다. 이 나라에 사는 우리는 햇빛과 더운 날씨, 바람에 흔들리는 야자수들을 동경하지요. 호주나 남아프리카 공화국에 사는 사람들은 눈과 얼음으로 뒤덮인 진부한 크리스마스를 생각하며 매혹된답니다."

'윌렛 모녀 중에 누가 이 사람에게 그 말을 했는지 정말 궁금하군.'
에밀리는 속으로 생각했다.

눈과 얼음으로 뒤덮인 구식 크리스마스를 즐기려고 황무지 마을에 틀어박힐 필요가 없다는 게 그녀의 생각이었다. 분명히 라이크로프트 씨는 윌렛 모녀가 이곳을 겨울 휴양지로 선택한 데 대해 아무런 의심도 하지 않는 것 같았다. 그녀는 조류학자이자 범죄학자인 사람이 보기에는 자연스러울지도 모른다고 생각했다. 시태퍼드는 라이크로프트 씨가 보기에는 분명히 이상적인 주거지여서 다른 사람들에게 적당하지 않은 환경이라는 생각을 하지 못하는 것 같았다.

그들은 언덕의 비탈길을 천천히 내려와 이제 골목길을 따라서 걸어가고 있었다.

"저 방갈로에는 누가 사나요?"

에밀리가 불쑥 물었다.

"와이엇 대령이 살아요. 병자예요. 사교적인 편은 못 되죠."

"트리벨리언 대령님과 친구 사이였나요?"

"친한 편은 아니었어요. 트리벨리언은 가끔 형식적으로 방문하곤 했지요. 사실 와이엇은 방문객을 별로 반기지 않는답니다. 무뚝뚝한 사람이지."

에밀리는 가만히 있었다. 그녀는 어떻게 하면 그 집을 방문할 수 있을지 머리를 굴리고 있었다. 일을 처리하는 데 어떤 방법이라도

다 사용해 볼 작정이었다.

에밀리는 강령술을 했던 사람들 중에 아직까지 언급되지 않은 사람이 있다는 게 퍼뜩 떠올랐다.

"듀크 씨는 어때요?"

에밀리는 과장된 밝은 목소리로 물었다.

"어떻다니요?"

"음, 어떤 사람인가요?"

라이크로프트 씨가 천천히 말했다.

"글쎄요, 그건 아무도 모르죠."

"정말 특이하네요."

"사실은 그렇지 않죠. 듀크 씨는 결코 알기 힘든 사람이 아니에요. 그에게 알기 힘든 부분이 있다면 사회에서 신분이 뭐였나 하는 것뿐이니까. 그게…… 그렇게 썩, 내 말뜻 알겠죠. 하지만 아주 알차고 믿을 수 있는 사람이랍니다."

그는 서둘러 한 마디 덧붙이고 말을 끝마쳤다.

에밀리는 아무 말도 하지 않았다.

"이게 내 집이에요."

라이크로프트 씨가 걸음을 멈추고 알려 주었다.

"들어가서 살펴보지 않겠습니까?"

"그러고 싶어요."

그들은 작은 길을 올라가 방갈로로 들어갔다. 집 안은 멋졌다. 사방의 벽에 책장이 자리 잡고 있었다.

에밀리는 책 제목에 호기심을 느끼며 책장 하나하나를 들여다보았다. 한쪽은 초자연적 현상에 대한 책들이 꽂혀 있었고 다른 한쪽은 현대 탐정소설도 있었지만 책장의 대부분은 범죄학과 세계적으로 유명한 재판에 관한 책들이 차지하고 있었다. 조류학에 대한 책들은 비교적 적었다.

"정말 재미있었어요. 이제 돌아가야겠어요. 엔더비 씨가 일어나 저를 기다리고 있을 거예요. 사실 아직까지 아침 식사도 못 했답니다. 커티스 부인에게 9시 30분에 식사하겠다고 했는데 벌써 10시군요. 많이 늦었어요. 이게 모두 라이크로프트 씨가 너무 재미있으시고, 또 도움이 되는 말씀을 많이 해 주셨기 때문이에요."

"뭐든 말만 해요. 그리고 나를 믿어요. 우리는 협력자니까."

라이크로프트 씨는 에밀리가 매혹적인 눈길로 힐끗 쳐다보자 흥분해서 빠르게 말했다.

에밀리는 악수를 청하면서 그의 손을 따뜻하게 힘주어 쥐었다.

"정말 멋져요, 누군가 진심으로 기댈 수 있는 사람이 있다는 건 정말 멋진 일이에요."

그녀는 지금까지 살아오면서 경험상 참으로 효과적이었던 구절을 다시 한 번 써먹었다.

퍼스하우스 양

 에밀리가 돌아와 보니 찰스 엔더비는 달걀과 베이컨이 차려진 식탁에 앉아 그녀를 기다리고 있었다. 커티스 부인은 아직도 흥분한 기색으로 탈옥한 죄수에 대해 이야기꽃을 피우고 있었다.
 "2년 전에도 죄수가 탈옥했어요. 사흘 만에 다시 잡혀들어 갔죠. 모어턴햄스테드 부근에 있었대요."
 "그 탈옥수가 이쪽으로 올 거 같아요?"
 엔더비가 궁금하다는 듯 물었다.
 이 지역 사람들은 엔더비와는 생각이 달랐다.
 "죄수들은 이쪽으로 오지 않아요. 전부 헐벗은 황무지인 데다가 황무지를 벗어나도 작은 도시들만 있는걸요. 그 탈옥수는 플리머스로 갈 거예요. 그럴 가능성이 더 높아요. 하지만 거기까지 가기도 전에 붙잡히게 될걸요."

"바위산 꼭대기 맞은편에 있는 바위틈에 숨을 만한 곳을 찾아낼지도 모르죠."

두 사람의 대화에 에밀리가 끼어들었다.

"아가씨 말도 맞아요. 그곳에 정말 숨을 곳이 있거든요. 픽시의 동굴이라고들 하죠. 바위 두 개 사이에 있는데 입구는 좁지만 안으로 들어가면 넓어요. 찰스 왕의 신하 한 명이 그곳에서 2주일간 숨어 있었다는 소문이 있어요. 하인이 농장에서 음식을 가져다주었다고 하더군요."

"픽시의 동굴을 꼭 봐야겠군요."

엔더비의 대꾸에 커티스 부인은 신이 나서 말했다.

"그곳은 찾기가 무척 어렵답니다. 여름에 소풍 간 사람들이 오후 내내 찾아다니다가 끝내 찾지 못하고 돌아온 적이 종종 있어요. 하지만 엔더비 씨가 그 동굴을 찾는다면 행운이 따르도록 핀 하나를 꼭 동굴에 두고 오세요."

엔더비는 아침 식사를 마친 후 에밀리와 둘이서 작은 정원을 거니면서 말했다.

"프린스타운에 가 봐야 될지도 모르겠어. 일단 행운이 찾아오기만 하면 떼를 지어 온다는 게 놀라워. 나를 봐. 처음에는 단순한 축구 퀴즈 당첨자를 찾아오는 일로 시작해서 이 지역도 제대로 알기 전에 탈옥한 죄수와 살인자라는 건수를 동시에 잡게 됐단 말이지. 신기해!"

"버너비 소령님의 집을 사진에 담는 일은 어떡하고?"

이 말에 엔더비는 하늘을 올려다보았다.

"흐음, 날씨가 적당치 못하다고 해야겠어. 나는 가능한 시태퍼드 현지에 눌러 있을 이유를 만들어야 하는데 그게 어렵단 말이지. 저…… 방금 에밀리 당신과의 인터뷰 기사를 송고했는데 괜찮겠지?"

"아! 괜찮아. 그런데 내가 무슨 말을 했다고 썼어?"

에밀리는 아무 감정 없이 물었다.

"그게, 그냥 사람들이 듣고 싶어 하는 그렇고 그런 이야기들이지. 경찰에 의해 트리벨리언 대령의 살해 혐의로 체포된 제임스 피어슨 씨의 약혼자인 에밀리 트레퍼시스 양과의 인터뷰를 본사 특파원이 녹음한 것이다, 뭐 이런 거. 거기다 에밀리 양이 진취적이고 아름답다는 내 개인 의견도 집어넣었고."

"고마워."

"머리는 짧게 자른 단발이라고 썼어."

"짧게 잘랐다는 말을 왜 했어?"

"사실이잖아."

"이런, 물론 그렇지. 하지만 왜 그 말을 썼냐고?"

"여성 독자들은 언제나 그런 걸 알고 싶어 해. 멋진 인터뷰였어. 아무리 온 세상이 그를 죄인이라고 말해도 영원히 곁에 있겠다는 말이 여성 독자들을 크게 감동시킬 거라고."

"내가 그렇게 말했나?"

에밀리가 살짝 얼굴을 찌푸리며 말했다.

"거슬려?"

엔더비가 걱정스럽다는 듯 물었다.

"아, 아니야. 마음껏 즐기세요, 내 사랑."

에밀리의 말에 그는 약간 당황한 것 같았다.

"아무것도 아니야. 방금 그건 인용문일 뿐이야. 어린 시절 썼던 턱받이에 씌어 있던 구절이야, 일요일에 하던 턱받이였지. 평일에는 '먹보가 되지 마라'라고 씌어 있는 턱받이를 했어."

"아, 그렇군. 나는 트리벨리언 대령님의 해군 시절 경력에 대해 꽤 많이 썼어. 그리고 약탈당한 외국의 우상과 이방인 성직자의 복수 가능성에 대한 얘기를 살짝 언급했지. 물론 아주 살짝 건드리기만 했어."

"글쎄, 당신은 오늘 할 일을 다한 것 같네."

"에밀리는 지금까지 무슨 일을 했어? 아무도 모르게 일찍 일어났잖아."

에밀리는 라이크로프트 씨와 만났던 일을 말해 주었다.

그녀가 갑자기 말을 멈추자 엔더비는 뒤를 돌아보며 그녀의 시선을 좇아갔다. 혈기 왕성한 젊은 남자가 대문에 기대서서 주의를 끌려고 미안하다는 투의 소음들을 내고 있었다.

그 젊은이가 말했다.

"이렇게 주제넘게 나선 일은 물론이고 여러 가지로 죄송합니다. 이것 참 난처하군요. 하지만 고모님이 보내시는 바람에……."

에밀리와 엔더비는 그의 설명에도 영문을 잘 모르겠다는 듯 동시에 똑같이 말했다.

"그래요."

그러자 기다렸다는 듯 그 젊은이가 말했다.

"사실대로 말하자면 제 고모님은 잔소리가 심하신 분이라서요. 고모님이 '가라'라고 하시면 가야 한답니다. 물론 저는 이런 시간에 찾아오는 것이 모양새가 좋지 않다는 건 압니다만, 워낙 고모님이 그런 분이시니……. 고모님이 원하는 대로 하는 사람이라는 걸 그 분을 보면 금방 알게 된답니다."

"고모님이 퍼스하우스 양이신가요?"

에밀리가 말을 자르고 물었다. 이 물음에 그 젊은이는 크게 안도한 듯 대답했다.

"그렇습니다. 그럼 고모님을 아십니까? 커티스 부인이 말했나 보군요. 잠시도 입을 가만두지 않지요? 나쁜 뜻은 아닙니다. 저, 사실은 고모님이 두 분을 만나고 싶다고 하셔서 그 말을 전하러 온 겁니다. 인사말이나 뭐 그런 말도 전하셨지만 그걸 다 전하면 귀찮으실 것 같아서요. 고모님은 병자라 밖에 나다닐 수가 없으니 두 분께서 방문해 주시면 정말 고맙겠다는……. 그런 말인데 다 전할 필요는 없겠지요. 물론 호기심 때문이지요. 그러니 두통이 있다고 하시거나 편지 쓸 일이 있다고 하셔도 괜찮습니다. 귀찮으면 가지 않으셔도 됩니다."

"아, 하지만 전 그 귀찮은 일을 하고 싶은데요. 지금 당장 가겠어요. 엔더비 씨도 같이 나가서 버너비 소령님을 만나 봐야 돼요."

"꼭 그래야 하는 거야?"

엔더비가 목소리를 깔고 물었다.

"그럼."

에밀리는 단호하게 대답했다.

그녀는 엔더비의 곁에서 물러나며 고개를 까딱해 보이고는 새 친구와 함께 도로로 나섰다.

"가필드 씨 맞죠?"

"그렇습니다. 먼저 제 소개를 했어야 하는 건데."

"아, 괜찮아요. 알아내는 데 그리 어렵지 않았거든요."

"이렇게 같이 가 주시니 기분이 좋습니다. 아가씨들은 이런 부탁에 대부분 기분 나빠 하지요. 하지만 아가씨는 늙은 부인들이 어떤지 잘 아시는군요."

"여기서 살지 않으시지요, 가필드 씨?"

에밀리의 질문에 가필드는 흥분한 것 같았다.

"그렇고말고요. 살지는 않습니다. 이렇게 재미없는 곳을 본 적이 있습니까? 영화관조차도 없어요. 누군가가 살인을 저지르지 않는 게 오히려 이상하죠……."

그는 방금 자기가 한 말에 깜짝 놀라 말을 멈췄다.

"이런, 미안합니다. 저는 지독히도 운이 없는 놈입니다. 언제나 쓸데없는 말을 지껄이곤 하지요. 진심으로 한 이야기는 아닙니다."

"분명히 그러실 거예요."

에밀리는 이해한다는 듯 고개를 끄덕였다.

"다 왔습니다."

로널드가 대문을 열자 에밀리는 다른 집들과 똑같이 생긴 작은 방갈로로 향하는 길을 걸어올라 갔다. 정원이 내다보이는 거실에는 긴 의자가 있었고 그곳에 나이 든 부인이 누워 있었다. 얼굴에는 자잘한 주름이 있었고, 에밀리가 이제껏 본 사람들 가운데 제일 날카로운 코를 가진 데다가 미심쩍어 하는 표정이 어려 있었다. 부인은 팔꿈치로 몸을 받치더니 약간 힘들게 몸을 일으켰다.

"네가 아가씨를 모시고 왔구나. 늙은이를 만나러 오다니, 정말 친절하군요. 하지만 몸이 불편하면 어떤지 알겠지요. 이것저것 참견을 해야 하는데 참견하러 갈 수 없다면 참견해야 할 것을 오게 하는 수밖에 없지요. 그런데 그게 다 호기심 때문만은 아니에요. 그 이상의 것이 있죠. 로널드, 나가서 정원 의자에 페인트 칠을 하렴. 정원 구석에 있는 헛간에 가면 버들가지로 엮은 팔걸이의자 두 개와 벤치 하나가 있을 거야. 거기 가면 페인트도 다 준비돼 있어."

"알았어요, 캐롤라인 고모."

조카는 고분고분하게 고모의 말에 따랐다.

"앉으세요."

퍼스하우스 양이 말했다.

에밀리는 그녀가 가리킨 의자에 앉았다. 이상한 일이지만 그녀는 이 중년의 병자 독설가가 금방 마음에 들었고 동정심까지 느껴졌다. 일종의 친근감이었다.

'이 사람은 단도직입적이고 자기 방식대로 생각하는 데다가 자기 힘이 미치는 사람을 쥐고 흔드는 타입이야. 나랑 같아. 나는 예쁜 외모로 그렇게 할 수 있지만 이 사람은 성격으로 그 일을 하고 있어.'

"아가씨가 트리벨리언의 조카와 약혼한 사이라고 알고 있는데, 맞나요? 아가씨에 대한 얘기를 들었는데 실제로 보니 당신이 무슨 일을 하려고 하는지 정확히 알겠군요. 행운을 빌어요."

"고맙습니다."

그녀는 에밀리를 매서운 눈으로 바라보았다.

"나는 징징 짜는 여자를 싫어해요. 떨치고 일어나서 할 일을 하는 여자를 좋아하죠. 나를 불쌍하게 여기는 것 같군요……. 다시는 일어나 걸어 다닐 수 없고 여기 누워만 지내야 한다고 말이죠."

에밀리는 신중하게 말을 골랐다.

"아니에요. 그렇지 않아요. 저는 굳은 결심만 있다면 사람은 언제나 인생에서 무언가를 얻어 낼 수 있다고 생각해요. 하나의 방법이 통하지 않는다면 다른 방법을 쓸 수도 있지요."

"맞는 말이에요. 다른 각도에서 인생을 살면 되지요, 그뿐이에요."

"일을 처리하는 방식."

에밀리는 혼자 중얼거렸다.

"방금 뭐라고 했지요?"

에밀리는 그날 아침 자기가 다듬은 이론과 그 이론을 지금 하는 일에 적용시키는 방법을 될 수 있는 대로 자세하게 설명했다.

퍼스하우스 양은 고개를 끄덕이며 말했다.

"나쁘지 않네요. 자, 아가씨…… 본론으로 들어가죠. 타고난 바보가 아닌 이상 아가씨가 이 마을 사람들에게서 무언가를 찾아내기 위해 왔고, 그 찾아낸 것이 살인과 어떤 관계가 있는지 알아보려고 한다는 건 알아요. 이곳 사람들에 대해 알고 싶은 게 있다면 내가 말해 주겠어요."

에밀리는 이 기회를 놓치지 않았다. 그녀는 간결하고 사무적으로 요점을 말했다.

"버너비 소령님은 어때요?"

"전형적인 퇴역 장교죠. 편협하고 시야도 좁은 데다가 질투심도 강해요. 돈 문제라면 잘 속을 거예요. 한 치 앞도 못 보고 남해 거품 사건(1720년 남해주식회사(South Sea Company)가 거창한 개발 프로젝트를 연달아 발표해 주가를 끌어올렸으나 개발 가능성이 낮고 수익이 높지 않다는 사실이 밝혀지면서 주가가 폭락해 투자자들이 많은 피해를 보았다―옮긴이) 같은 데 투자하는 그런 사람이에요. 빚은 즉시 갚아야 하고 현관 깔개에 신발을 털지 않고 들어오는 사람을 무척 싫어해요."

"라이크로프트 씨는요?"

"몸집이 작고 별난 사람이죠, 자기만 아는 사람이에요. 괴팍해요. 자신을 대단한 사람이라고 생각하죠. 그가 아가씨에게 자기의 대단한 범죄학 지식을 이용해서 사건 해결에 도움을 주겠다고 자청했을 것 같은데……."

에밀리는 그렇다고 수긍했다.

"듀크 씨는요?"

"그 사람에 대해서는 아무것도 몰라요. 알았으면 좋았을걸. 아주 평범한 사람이죠. 알았어야 하는데 아직 잘 모르겠어요. 이상해요. 입에서만 뱅뱅 돌 뿐 정작 기억나지 않는 그런 이름 같아요."

"윌렛 모녀는요?"

"아, 윌렛 모녀요!"

퍼스하우스 양은 약간 흥분해서 다시 팔꿈치를 받치고 상체를 일으켰다.

"윌렛 모녀가 어떠냐 하면 말이죠, 내가 그들에 대해 이야기해 줄게요. 아가씨에게 쓸모 있는 말일지도 모르고 아닐지도 모르죠. 내 책상으로 가서 맨 위의 작은 서랍을 여세요. 왼쪽에 있는 거요. 맞아요. 거기 아무것도 씌어 있지 않은 봉투를 가져다줘요."

에밀리는 시키는 대로 봉투를 갖다주었다.

"이게 중요하다고는 말하지 않겠어요. 중요하지 않을 수도 있으니까요. 모두가 이런저런 식으로 거짓말을 하고 있는 형편이니 윌렛 부인도 다른 사람들에게 충분히 그럴 수 있을 거예요."

그녀는 봉투를 받아 그 속에 손을 집어넣었다.

"모든 걸 말해 줄게요. 윌렛 모녀는 멋진 옷차림에 신식 여행 가방 여러 개를 가지고 하녀들과 함께 이곳에 왔어요. 윌렛 부인과 바이올렛은 승용차를 타고 왔고 하녀들은 여행 가방과 함께 짐칸이 있는 스테이션왜건을 타고 왔지요. 당연히 그 장면은 이곳에선 일종의 사건이 되었답니다. 그들이 지나갈 때 내다보았는데 여행 가방 한 개에서 색깔 있는 꼬리표 한 장이 떨어져 우리 집 화단으로 날아들어 왔지 뭐예요. 내가 무엇보다 싫어하는 게 하나 있는데, 어떤 종류든 종이 쓰레기가 흩어져 있는 거죠. 로널드를 시켜 그걸 주워 오게 했어요. 그걸 쓰레기통에 버리려다가 그 종이가 빛깔도 밝고 예쁘다는 생각이 들었어요. 그래서 아동 병원을 위해 만들고 있는 스크랩북에다 보관해 두려고 챙겨뒀어요. 그러고는 그걸 다시 떠올리지 않았죠. 그런데 윌렛 부인이 자기 딸이 남아프리카 공화국을 벗어나 본 적이 없으며 자기는 남아프리카 공화국, 영국, 리비에라밖에 못 가 봤다고 한 번인가 두 번인가 말을 해서 떠올리게 됐죠."

"그런데요?"

"그게 말이죠. 자…… 이걸 봐요."

퍼스하우스 양은 에밀리의 손에 수화물 꼬리표를 놓아 주었다. 꼬리표에는 멜버른, 멘들 호텔이라는 글자가 적혀 있었다.

"호주는 남아프리카 공화국이 아니죠. 적어도 내가 젊은 시절에는 아니었어요. 그게 중요하지 않을지도 모르지만 뭔가 쓸모가 있을 거예요. 그리고 말해 줄 게 또 있어요. 윌렛 부인이 딸을 부르는 소리를 들은 적이 있는데 '쿠우이이'라고 부르더군요. 남아프리카 공화국 말이 아니라 전형적인 호주 말이에요. 그게 이상하다는 거죠. 호주에서 왔다면 왜 그걸 밝히지 않는 걸까요?"

"정말 이상하네요. 그리고 그곳에도 겨울이 있는데 이곳까지 겨울을 지내러 온 것도 이상해요."

"그 점이 시선을 사로잡더군요. 아직 그들을 만나 보지 못했죠?"

"예, 아직요. 오늘 아침 가려고 생각했어요. 다만 무슨 말을 해야 할지 모르겠어요."

퍼스하우스 양이 힘차게 말했다.

"내가 핑곗거리를 마련해 줄게요. 만년필과 종이, 봉투를 가져다 줘요. 그거예요. 자, 어디 봅시다."

그녀는 일부러 말을 멈추더니 아무 경고도 없이 한껏 목소리를 높여 소리를 질렀다.

"로널드, 로널드, 로널드! 너 귀먹었니? 부르는데 왜 오지 않는 거야? 로널드! 로널드!"

로널드가 페인트 붓을 손에 쥔 채 바쁘게 달려왔다.

"무슨 일 있어요, 고모님?"

"무슨 일이겠니? 내가 널 불렀어, 그게 전부야. 어제 윌렛 모녀의 집에 갔을 때 차에 곁들여 무슨 색다른 케이크를 먹었다고 했지?"

"케이크요?"

"케이크나 샌드위치나…… 뭐든 말이야. 너는 어쩌면 그렇게도 느리니. 차 마실 때 뭘 먹었냐고?"

로널드는 아주 당황스러운 표정으로 말했다.

"커피 케이크가 있었어요. 고기 파이 샌드위치도 나왔고……."

"커피 케이크라, 그거면 됐어."

이렇게 말하고 그녀는 급하게 다시 편지를 쓰기 시작했다.

"로널드, 다시 가서 마저 페인트를 칠해라. 어정거리지 말고, 그리고 그렇게 입을 헤벌리고 있지 말거라. 넌 여덟 살 때 아데노이드를 잘라냈으니 코가 막힐 이유도 없잖아, 그러니 입을 헤벌리고 있는 걸 변명할 수도 없다고."

그녀는 계속해서 편지를 썼다.

월렛 부인,

안녕하세요, 어제 오후 너무 맛있는 커피 케이크를 차와 함께 대접하셨다는 말을 들었습니다. 제게 친절을 베풀어 그 케이크를 만드는 요리법을 알려 주시겠습니까? 이렇게 부탁해도 불편해하시지 않으리라고 생각합니다. 불구자란 먹는 일 말고는 달리 변화를 줄 일이 없답니다. 로널드는 오늘 아침 바빠서 대신 트레퍼시스 양이 친절하게도 이 편지를 가져다주기로 했어요. 탈옥한 죄수의 소식은 정말 끔찍하지 않습니까?

당신의 충실한 친구
캐롤라인 퍼스하우스 드림

그녀는 편지를 봉투 속에 넣어 봉하고 주소를 썼다.

"여기 있어요, 아가씨. 그 집 문 앞에는 기자들이 잔뜩 몰려 있을 거예요. 기자들 여럿이 대형 관광버스를 타고 우리 집 앞 골목을 지나갔거든요. 내가 봤답니다. 하지만 아가씨가 월렛 부인을 만나러 왔고 내가 보낸 편지를 가지고 있다고 하면 들여보내 줄 거예요. 눈을 크게 뜨고 기회를 최대한 이용해 많이 알아내라는 말은 하지 않아도 되겠죠. 어쨌든 잘해 낼 테니까."

"친절하세요. 정말이에요."

"나는 자기 스스로를 돕는 사람을 돕는답니다. 그건 그렇고 내가 로널드를 어떻게 생각하는지 묻지 않는군요. 그 아이도 아가씨의 마을 사람 명단에 들어 있을 것 같은데 말이에요. 로널드는 제 나름대로는 좋은 녀석이지만 한심스럽게도 우유부단해요. 이런 말을 해서 안됐지만 돈을 위해서는 무슨 짓이든 할 아이예요. 그 아이가 내게서 어떤 대접을 받고 있는지 보세요. 내게 용감히 맞서 죽어 버리라고 말한다면 내가 열 배는 더 좋아할 텐데도 그걸 알 만큼 영리하지 못해요.

이제 마을에서 말하지 않은 사람은 와이엇 대령님뿐이군요. 아편을 피우는 것 같아요. 게다가 영국에서 제일 성미가 고약한 사람이에요. 더 알고 싶은 게 있나요?"

"이제 됐어요. 말씀해 주신 내용에 제가 알고 싶었던 게 모두 포함돼 있네요."

에밀리, 시태퍼드 하우스를 방문하다

에밀리는 골목을 따라 씩씩하게 걸어가면서 아침 공기가 많이 바뀌었다는 것을 느낄 수 있었다. 안개가 몰려와 주위를 둘러싸고 있었다.

에밀리는 속으로 투덜거렸다.

'영국이란 데는 정말 살기 끔찍한 곳이야. 눈이 오거나 비가 내리지 않으면, 또 바람이 불지 않으면 꼭 안개가 낀단 말이지. 게다가 해가 뜬다 해도 손발이 얼어붙도록 추운 날씨이고.'

그녀의 생각은 오른쪽 귀 가까이에서 들리는 쉰 목소리 때문에 흩어져 버렸다.

"실례합니다. 혹시 불테리어 한 마리 못 보셨습니까?"

에밀리는 가슴이 철렁해서 뒤를 돌아보았다. 키가 크고 여윈 한 남자가 문에 기대어 섰는데 안색이 거무스레한 데다가 눈에는 핏발이 서 있고 머리는 반백이었다. 그는 한쪽 발을 목발에 의지한 채 에밀리를 흥미롭다는 듯 똑바로 쳐다보았다. 그녀는 이 남자가 2번 방갈로에 사는 병자인 와이엇 대령임을 쉽사리 알아차렸다.

"아니요, 못 봤는데요."

"개가 집을 나갔어요. 사랑스러운 개이지만 지독한 바보라서. 이렇게 차도 많이 다니고 위험한 게 많은데……."

"이 골목으로는 차가 많이 다니지 않는 것 같은데요."

"여름에는 대형 버스가 많이 다닙니다."

에밀리의 말에 와이엇 대령은 사납게 대꾸했다. 그리고 계속해서 혼잣말을 중얼거렸다.

"익스햄프턴에서 오는데 3실링 6펜스면 돼요. 익스햄프턴에서 출발해서 도중에 가벼운 간식을 들고 시태퍼드 바위산을 오르는 사람들도 있지요."

"그렇군요. 하지만 지금은 여름이 아니잖아요."

"지금도 마찬가지로 대형 버스들이 지나다닌다고요. 기자들인 것 같은데 시태퍼드 하우스를 보러 가는 거지요."

"트리벨리언 대령님을 잘 아시나요?"

에밀리가 보기에 불테리어 이야기는 와이엇 대령이 호기심을 풀 구실이었을 뿐이었다. 현재 시태퍼드에서 에밀리 자신이 관심의 초점이 되었으니 와이엇 대령이 다른 사람들과 마찬가지로 그녀를 한 번 보고 싶어 하는 것도 자연스러운 일이었다.

"잘 알지는 못해요. 그가 나에게 이 집을 팔았습니다."

"그렇군요."

에밀리는 격려하듯 말했다.

"그 사람은 지독한 구두쇠였어요. 집을 사는 사람들의 기호에 맞춰 준다는 계약 사항이 있었는데 내가 창문틀을 레몬 색 바탕에 초콜릿 색 테두리로 해 달라고 했더니 비용의 반을 지불하라고 했지요. 계약에는 똑같은 색으로 하기로 돼 있다고 하면서 말입니다."

"그분을 좋아하지 않으셨군요."

"나는 언제나 그와 다투었어요. 하지만 다른 사람들과도 늘 다투었으니까, 뭐."

그러더니 나중에 생각난 듯 이렇게 덧붙였다.

"이런 곳에서는 사람을 가만히 놔두는 법도 가르쳐야 해요. 늘 문을 두드리거나 잡담을 한다니까. 기분이 내킬 때는 사람들을 만나는 일도 괜찮지만……. 내 기분이 중요하지, 다른 사람의 기분을 맞출 필요는 없잖습니까. 트리벨리언이 장원의 영주나 되는 것처럼 뻐기는 것도 싫었고 자기가 원할 때마다 들르는 것도 싫었어요. 이 마을에서 나와 친하게 지내는 사람은 한 명도 없습니다."

그는 흡족한 듯 말했다.

에밀리는 고개를 끄덕여 응수했다.

"원주민 하인을 두는 게 제일 좋아요. 그들은 명령을 잘 알아듣죠, 압둘!"

그는 고함을 쳐서 하인을 불렀다.

터번을 두른 키가 큰 인도인이 집에서 나오더니 주의를 기울이며 기다렸다.

"들어와서 뭐라도 들고 가요. 그리고 내 작은 집도 구경하고."

와이엇 대령이 권했다.

"죄송합니다. 하지만 서둘러야 해서요."

에밀리는 정중하게 사양했다.

"아, 바쁜 일이 뭐 있다고."

와이엇 대령이 다시 한 번 권했다.

"아니에요. 정말 바빠요. 약속이 있거든요."

"요즘은 삶의 기술을 아는 사람이 없어요. 기차를 놓치지 않으려 하고 약속을 하고 모든 것을 시간에 묶어 버리죠……. 하지만 어리석은 일이에요. 해가 뜨면 일어나고 배가 고프면 먹으면서 시간이나 날짜에 자기를 묶지 않도록 해요. 사람들이 내 말을 듣기만 한다면 사는 방법을 가르쳐 줄 수도 있는데."

에밀리는 그런 고상한 삶의 방식이 그에게 그리 도움이 되지 않았던 모양이라고 생각했다. 와이엇 대령이 폐인처럼 보였기 때문이었다. 그의 호기심이 충분히 만족됐으리라 생각한 그녀는 한 번 더 약속을 지켜야 한다는 것을 상기시킨 뒤 서둘러 그곳을 떠났다.

시태퍼드 하우스의 문은 단단한 참나무로 되어 있었고 깔끔한 초인종 줄이 달린 데다가 반짝이는 놋쇠 우편함도 붙어 있었다. 바닥에는 커다란 철망으로 된 깔개까지 갖춰져 있었다. 에밀리는 그것이 안락함과 예절을 표현한다고 느꼈다. 단정하고 전형적인 모습의 하녀가 벨 소리를 듣고 나왔다.

"월렛 부인께서 오늘 아침에는 아무도 만나지 않으시겠답니다."

하녀의 냉정한 말투에서 에밀리는 기자들이 귀찮게 했다는 것을 알 수 있었다.

"퍼스하우스 양의 편지를 가지고 왔어요."

이 말은 확실히 효과가 있었다. 하녀는 잠깐 머뭇거리더니 태도를 바꾸었다.

"그럼 들어오세요."

에밀리는 부동산 중개업자가 "설비가 잘 갖추어졌다."라고 표현했던 현관을 지나 커다란 응접실로 안내받았다. 벽난로에 불이 활활 타오르고 있었고 여자들이 쓰는 방이라는 흔적이 여기저기서 엿보였다. 튤립 모양의 화병 몇 개와 정교하게 만든 도구 주머니, 아가씨의 모자, 그리고 다리가 아주 긴 어릿광대 인형 등이 놓여 있었다. 그런데 사진이 하나도 없었다.

그곳의 물건들을 다 살펴본 에밀리가 벽난로 앞에서 손을 녹이고 있을 때 문이 열리더니 에밀리 또래의 아가씨가 들어왔다. 아주 예쁜 아가씨였다. 세련되고 값비싼 옷을 입은 걸 눈여겨본 에밀리는 그 아가씨가 심리적으로 불안에 시달리고 있다는 사실을 눈치 챘다. 그러나 불안이 표면에 드러난 건 아니었다. 바이올렛은 마음이 아주 편안하다는 듯 당당한 몸짓을 보여 주었다.

바이올렛이 먼저 인사말을 건네고 악수를 청했다.

"안녕하세요. 어머니가 안 내려오셔서 미안해요. 하지만 아침 시간은 침대에서 보내시거든요."

"오히려 제가 미안해요. 불편한 시간에 찾아왔군요."

"아니에요, 그렇지는 않아요. 요리사가 지금 케이크 요리법을 쓰고 있어요. 퍼스하우스 양이 그걸 드시게 된다니 반가울 뿐이죠. 그분 집에 묵고 계시나요?"

에밀리는 속으로 웃으면서 이 집 사람들이야말로 시태퍼드에서 유일하게 자기의 정체와 이곳에 온 이유를 모르는 사람들이라고 생각했다. 시태퍼드 하우스는 고용주와 고용인들이 구분돼 있어 서로 간섭하지 않는 분위기였다. 고용된 사람들은 그녀에 대해 알지 몰라도 주인들은 알지 못하는 게 분명해 보였다.

"그 집에 묵고 있지 않아요. 사실은 커티스 부인의 집에 묵고 있지요."

"그렇겠네요, 퍼스하우스 양의 집은 너무 작은 데다가 부인의 조카인 로널드가 같이 살고 있으니까요. 아가씨가 묵을 방이 없을 거예요. 퍼스하우스 양은 정말 멋진 분이에요, 그렇죠? 성격이 강한 분이라고 늘 생각하고 있지만 실은 그분이 약간 두려워요."

에밀리는 쾌활하게 동감을 표시했다.

"남들 위에 군림하려는 사람 같아요, 그렇죠? 하지만 그런 사람이 된다는 건 큰 유혹이에요. 특히 사람들이 자기에게 맞서지 않으려고 할 때는 말이죠."

바이올렛은 그 말에 한숨을 쉬었다.

"저도 사람들에게 당당하게 저를 표현할 수 있었으면 좋겠어요. 저희는 오늘 아침 기자들에게 시달려서 너무 괴로웠답니다."

"아, 그랬겠군요. 이 집은 트리벨리언 대령님의 소유 맞죠? 익스햄프턴에서 살해당한 사람 말이에요."

그녀는 바이올렛이 불안해하는 정확한 이유를 알아내려고 했다. 그 아가씨는 분명히 흠칫 놀랐다. 무언가가 그녀를 겁먹게 하고 있었다. 그것도 아주 많이. 그녀는 트리벨리언 대령의 이름을 일부러 솔직하게 끄집어냈다. 바이올렛은 눈에 띄는 반응을 보이지 않았는데 그 이름이 언급되리라고 예상했던 것처럼 보였다.

"맞아요. 끔찍하지 않아요?"

"제게 말해 주실래요. 그 이야기를 하는 게 괜찮다면요."

"예, 그럼요. 괜찮아요. 못 할 이유도 없죠."

'이 아가씨는 뭔가 큰 문제를 갖고 있어. 자신이 무슨 말을 하고 있는지도 잘 모르고 있어. 오늘 아침 이 아가씨를 깜짝 놀라게 한 특별한 일이 무엇일까?'

"테이블 터닝에 대해 알고 싶어요. 저는 그 이야기를 지나가는 말로 들었는데 굉장히 흥미롭더라고요. 그러니까 너무 무섭더라는 얘기죠."

'천진난만하게 무서운 척하자고, 그게 내 장기이지.'

에밀리는 속으로 생각했다.

"아, 너무 꺼림칙한 일이었어요. 그날 저녁을 저는 절대 잊지 못할 거예요! 우리는 물론 누군가가 그냥 장난치는 거라고 생각했지요……. 아주 고약한 장난이었다는 게 탈이었지만요."

"그래서요?"

"불을 켰을 때를 잊을 수가 없어요, 모두들 너무 기묘해 보였거든요. 듀크 씨와 버너비 소령님은 아니었지만……. 그분들은 둔감한 사람들인 데다가 그런 종류의 일에 자신들이 충격을 받았다는 것을 인정하고 싶지 않아 했어요. 하지만 버너비 소령님이 무척 놀라셨다는 걸 알 수 있었어요. 제 생각으로는 그분이 다른 사람들보다 그 일을 더 믿는 것 같더라고요. 저는 가엾은 라이크로프트 씨가 심장 마비 같은 일을 겪지 않으실까 걱정했지만 그분은 심령 현상에 대한 연구를 많이 하셔서 그런지 그런 일에 익숙하신 것 같았어요. 로널드는, 로널드 가필드 말이에요……. 그는 마치 귀신을 실제로 본 것 같은 표정이었어요. 제 어머니마저도 상당히 놀라셨죠, 그동안 그렇게 놀라는 모습을 뵌 적이 없었거든요."

"으스스했겠군요. 저도 그때 있었으면 좋았을걸."

"정말 소름 끼쳤어요. 우리 모두는 그냥 장난인 척하고 있었지만 전혀 장난처럼 보이지 않았죠. 그런데 갑자기 버너비 소령님이 익스햄프턴에 가겠다고 하셔서 우리 모두 말리려고 애썼답니다. 밖으로 나간다면 눈 속에 파묻힐 거라고 말했지만 그분은 우리의 말을 듣지 않으셨죠. 그분이 떠난 후에 우리는 두려움과 걱정에 휩싸인 채 앉아 있었어요. 그러고는 어젯밤, 아니 어제 아침에 그 소식을 들은 거예요."

"그게 트리벨리언 대령님의 혼령이라고 생각하나요? 아니면 투시력이나 텔레파시라고 생각하나요?"

에밀리는 두려움 섞인 목소리로 물었다.

"아, 저는 모르겠어요. 하지만 이제는 이런 일을 결코 웃어넘기지 못할 거예요."

하녀가 접힌 종이를 금속 쟁반에 얹어 가지고 와서 바이올렛에게 건네주었다.

그녀가 물러가자 바이올렛은 종이를 펴서 힐끗 보고는 에밀리에게 건네주었다.

"여기 있어요. 사실 마침 잘 오셨어요. 하인들이 살인 사건으로 불안해하던 참이었거든요. 그들은 이런 외딴 곳에 사는 게 위험하다고 생각해요. 어제 어머니는 그들에게 화가 나서 모두 짐을 싸라고 하셨어요. 점심을 먹고 떠날 거예요. 우리는 대신 남자 두 명을 구하려고 해요……. 잔심부름을 하는 하인과 집사 겸 운전을 할 사람을요. 그게 훨씬 나을 것 같아서요."

"하인들은 어리석어요, 그렇죠?"

에밀리는 그녀를 위로하는 척하며 거들고 나섰다.

"트리벨리언 대령님이 이 집에서 살해당한 것도 아닌데 말이에요."

"어떻게 이곳으로 오시게 됐죠?"

에밀리는 아무렇지도 않은 척하며 소녀처럼 천진난만하게 물었다.

"아, 그게 재미있을 것 같았거든요."

바이올렛은 짧게 대답했다.

"좀 지루하지 않으세요?"

"아니에요, 전 시골을 좋아해요."

그러나 바이올렛은 에밀리의 눈길을 피하고 있었다. 잠깐 동안이지만 그녀는 의혹과 두려움으로 불안해 보였다. 그녀는 의자에서 불안하게 몸을 뒤척였고 에밀리는 마지못해 일어섰다.

"이제 가야겠군요. 정말 고마워요, 바이올렛 양. 어머니께서 괜찮아지시면 좋겠어요."

"아, 어머니는 아주 건강해요. 사실 모든 게 하인들 때문이죠. 게다가 이 걱정거리들 때문이고요."

"그렇겠죠."

에밀리는 남들이 눈치 채지 못하도록 장갑 한 벌을 작은 탁자 위에 슬쩍 남겨 두었다. 바이올렛이 에밀리를 현관문까지 배웅했고 몇 마디 유쾌한 말을 주고받은 후에 두 사람은 헤어졌다.

아까 문을 열어 주었던 하녀가 현관문을 열어 놓았다. 바이올렛이 문을 닫으면서 자물쇠를 잠그는 소리가 들리지 않았다는 걸 에밀리는 알아챘다. 그래서 그녀는 대문에 다다랐을 때 돌아서서 천천히 현관으로 돌아갔다.

이번 방문으로 에밀리는 시태퍼드 하우스에 대해 생각하던 자기 이론을 더욱 확신하게 됐다. 무언가 이상한 일이 이곳에 벌어지고 있었다. 바이올렛이 직접적으로 관련된 일은 아니라는 생각이 들었다. 그렇지 않다면 바이올렛은 정말 아주 영리한 배우였다. 그러나 무언가 잘못된 게 있었으며 이 비극적인 사건과 관련이 있음에 분명했다. 윌렛 모녀와 트리벨리언 대령 사이에는 틀림없이 어떤 관계가 있었고, 그 관계는 이 수수께끼 같은 일 전체를 푸는 실마리가 될 수도 있었다.

에밀리는 현관문으로 가서 손잡이를 부드럽게 돌려 열고는 문턱을 넘어섰다. 현관 입구에는 아무도 없었다. 그녀는 다음에 무엇을 해야 할지 몰라 잠시 서 있었다. 응접실에 교묘히 장갑을 남겨 놓았기 때문에 다시 돌아온 핑곗거리는 있었다. 에밀리는 꼼짝도 않고 서서 귀를 기울였다. 위층에서 희미하게 중얼거리는 소리가 들려왔지만 그 외에는 아무 소리도 없었다.

에밀리는 소리를 내지 않으려고 조심하며 계단 아래로 살금살금 가서 위층을 올려다보았다. 그런 후 아주 조심스럽게 한 번에 한 계단씩 올라갔다. 위험을 무릅쓴 행동이었다. 장갑이 저절로 2층으로 걸어갔다고 말할 수는 없었지만 오가는 대화를 엿듣고 싶어 몸살이 날 지경이었다. 에밀리는 평소 요즘 건축업자들은 문이 꼭 맞도록 만들지 못한다고 생각했다. 여기 아래쪽에서도 두런거리는 소리를 들을 수 있었기 때문이다. 바로 문 앞까지 간다면 방 안에서 오가는 대화를 똑똑하게 들을 수 있을 것 같았다. 한 계단 더…… 다시 하나 더…… 두 여자의 목소리…… 바이올렛과 그 어머니의 목소리임에 틀림없었다.

갑자기 대화가 끊기고 발소리가 났다. 에밀리는 급히 계단을 내려왔다.

바이올렛은 어머니 방의 문을 열고 아래층으로 내려와 조금 전 방문했던 손님이 현관 입구에서 잃어버린 개를 찾는 것 같은 표정으로 두리번거리는 것을 보고 깜짝 놀랐다.

에밀리가 사정을 이야기했다.

"제 장갑 말이에요, 잊어버리고 간 것 같아요. 가지러 왔어요."

"여기 있을 것 같네요."

바이올렛과 함께 응접실로 들어가 보니 당연하게도 에밀리가 앉았던 의자 곁의 작은 탁자 위에 장갑이 놓여 있었다.

"아, 고맙습니다. 정말 멍청한 짓을 했군요. 저는 언제나 물건을 흘리고 다닌답니다."

에밀리는 변명을 했다.

"이런 날씨에는 장갑이 꼭 필요하지요."

"너무 추우니까요."

그들은 다시 한 번 현관문에서 작별 인사를 하고 헤어졌다. 이번에는 자물쇠 잠그는 소리가 똑똑히 들렸다.

에밀리는 생각에 잠긴 채 대문에 이르는 차도를 천천히 걸어 내려 갔다. 조금 전 위층의 문이 열렸을 때 늙은 여인이 초조하고 하소연하는 듯한 목소리로 말한 문장을 똑똑히 들었기 때문이었다.

그 목소리는 비탄에 잠겨 있었다.

"세상에나! 견딜 수가 없어. 오늘 밤은 정녕 오지 않을 건가?"

각자의 견해

 에밀리가 커티스 부인의 집에 돌아왔을 때 엔더비는 나가고 없었다. 커티스 부인은 그가 다른 젊은 신사 몇 명과 함께 나갔으며 에밀리에게 전보 두 통이 왔다고 말해 주었다. 에밀리는 전보를 읽어 보고 커티스 부인의 궁금해하는 표정을 무시하고 스웨터 주머니에 집어넣었다.
 "나쁜 소식이 아니길 바라요."
 커티스 부인이 걱정스럽다는 듯 말했다.
 "어머, 아니에요."
 "전보를 받으면 항상 놀라게 돼요."
 "그렇죠, 아주 신경이 쓰이죠."
 에밀리는 지금 아무 일에도 관심을 갖지 않고 그냥 혼자 있고 싶었다. 생각을 정리하고 추려 낼 필요가 있었다. 그녀는 자기 방으로 올라가 연필과 수첩을 꺼내 자기만의 체계를 세워 나갔다. 20분 후 이 일은 엔더비 때문에 중단됐다.

"안녕, 안녕, 안녕, 여기 있었네. 런던 플리트 가의 신문사들이 아침 내내 당신을 찾느라 난리였다고. 하지만 어디서나 늘 당신보다 한발씩 늦었지. 어쨌든 내가 기자들에게 당신 일은 상관하지 말라고 했어. 당신 문제에 관해서는 내가 꽉 쥐고 있으니까."

그는 의자에 앉아 킬킬거렸고 에밀리는 침대에 앉았다.

"시샘을 하거나 악의가 있어 그런 건 아니야! 그들이 기대하던 몇 가지 이야기를 들려주었어. 나는 사건에 관련된 사람들을 모두 알고 있는 데다가 바로 그 현장에 있었으니까. 도저히 믿기지가 않는다니까. 아직도 꿈인지 생신지 한 번씩 꼬집어 본다고. 그런데 안개 낀 거 봤어?"

"안개 때문에 오늘 오후 엑서터에 못 가는 건 아니겠지?"

"엑서터에 가려고?"

"응, 거기서 데이크러스 씨를 만나야 돼. 내 변호사인데 제임스의 변호를 맡고 있기도 해. 그분이 나를 보자고 해. 그리고 거기 있는 동안 제임스의 이모인 제니퍼를 만나 봐야겠어. 어쨌든 엑서터는 30분 거리밖에 안 되니까."

"제니퍼가 기차를 타고 몰래 와서 자기 오빠의 머리를 내려치고 갔을지도 모르고, 아무도 그녀가 집을 비웠다는 사실을 모를 거라는 뜻이군."

"아, 나도 그게 그럴듯하게 들리지 않을 거라는 건 알아. 하지만 모든 걸 고려해 봐야지. 범인이 제니퍼 이모이길 바란다는 말이 아니야……. 그건 아니라고. 오히려 마틴 더링일 수도 있다고 생각해. 나는 시숙이 될 거라는 걸 이용해서 사람들이 면전에서는 차마 비난할 수 없는 짓을 공개적으로 하는 인간을 싫어해."

"그가 그런 사람이야?"

"그러고도 남아. 그는 살인자로 보기에 아주 적합한 인물이거든. 언제나 마권업자들에게서 전보가 날아오는가 하면 경마에서 돈을 잃곤 하지. 그가 그렇게 좋은 알리바이를 갖고 있다는 게 애석한 일이야. 데이크러스 씨도 내게 그렇게 말했어. 출판인과 문학인의 만찬은 누가 봐도 존중할 만한 확실한 알리바이지."

"문학인의 만찬이라……. 금요일 밤이 맞지. 마틴 더링이라……. 어디 보자. 이런, 그래. 거의 확실해. 빌어먹을! 확실하단 말이야. 하지만 캐러더스에게 편지를 보내야 일을 확실하게 매듭지을 수 있어."

"무슨 말을 하는 거야?"

"들어 봐. 내가 금요일 밤 익스햄프턴에서 온 건 알고 있지? 내 친구에게서 얻어 낼 정보가 조금 있어. 다른 신문사의 기자인데 이름이 캐러더스야. 그는 문학인의 만찬에 가기 전, 시간이 되면 6시 30분쯤 나를 만나러 오기로 했어. 거물이거든. 그래서 약속을 지킬 수 없으면 익스햄프턴에 있는 나에게 몇 자 적어 보내겠다고 했거든. 어쨌든 그는 약속을 지키지 못했고 그래서 내게 그 소식을 적어 보냈지."

"그게 이 일과 무슨 상관이야?"

"그렇게 서두르지 마. 요점을 말하려는 중이니까. 그 녀석은 글을 쓸 때 얼큰하게 취해 있었던 것 같아……. 만찬에서 잘 먹은 모양이지. 내게 할 말을 적은 다음에 흥미로운 이야기들을 많이 써 놓았더라고. 연설은 어땠고, 유명한 소설가 한 명과 유명 극작가 한 명, 아무개가 얼마나 바보인지 하는 이야기들이지. 그리고 식사 때는 시시한 자리에 앉아 있었다고 했어. 그의 자리 옆에 빈 자리가 있었는데 그 대단한 여류 베스트셀러 작가인 루비 매컬모트가 앉았어야 할 자리였고 다른 한쪽에도 빈 자리가 있었는데 섹스 전문가 마틴 더링이 앉았어야 할 자리였다는 거야. 하지만 캐러더스는 블랙히스에서 잘 알려진 시인의 곁으로 옮겨 앉아 그런대로 즐겁게 보내려고 최선을 다했다더라고. 자, 요점이 뭔지 알겠어?"

"찰스! 내 사랑! 정말 대단해. 그럼 그 지독한 인간이 만찬에 참석하지도 않았다는 말이네?"

에밀리는 신이 나서 열정적으로 말했다.

"바로 그렇지."

"이름을 정확하게 기억하고 있는 거지?"

"확실해. 아쉽게도 편지는 찢어 버렸지만 캐러더스에게 언제라도 편지를 써서 확인할 수 있어. 어찌 됐든 내가 잘못 본 건 아니라고 확신해."

"출판사 사람과의 약속이 또 있잖아. 그와 오후를 같이 보낸 사람 말이야. 하지만 그 출판인은 금방 미국으로 돌아간 것 같아. 그렇다면 뭔가 수상쩍어. 내 말은 그가 사실을 확인하기 상당히 어려운 사람을 고른 게 아닌가 하는 생각이 든다는 거야."

"우리가 생각한 게 맞는 것 같아?"

엔더비가 진지한 표정으로 물었다.

"글쎄, 그렇게 보여. 제일 좋은 방법은 멋진 내러콧 경위를 찾아가서 새로운 사실을 그냥 말해 버리는 거야. 내 말은 모리타니아 호라든가 베렌가리아 호 같은 배를 타고 항해 중인 미국 출판업자와 의논할 수는 없다는 거지. 그건 경찰이 할 일이야."

"이것 참, 이게 사실로 밝혀진다면 대단한 특종이야! 그렇게 된다면《데일리 와이어》가 내게 제공할 자리는 적어도……."

에밀리는 승진에 대한 엔더비의 꿈을 매몰차게 깨 버렸다.

"정신 못 차리고 우쭐대다가 모든 걸 수포로 돌아가게 해서는 안 돼. 나는 엑서터에 가야만 해. 내일까지 돌아올 수 있을지 모르겠어. 그동안 당신은 할 일이 있어."

"무슨 일인데?"

에밀리는 윌렛 부인의 집을 방문했다가 떠나면서 이상한 말을 들었다는 이야기를 했다.

"우리는 오늘 밤 무슨 일이 일어나는지 분명히 알아내야 해. 뭔가 냄새가 난다니까."

"정말 이상한 일이네!"

"그렇지? 하지만 우연일 수도 있어. 아니면 그렇지 않을지도 모르고……. 일단 당신은 하인들이 다 떠나는지 살펴봐. 오늘 밤 뭔가 이상한 일이 일어날 거야. 현장에서 무슨 일인지 지켜보라고."

"나더러 밤새 정원의 덤불 속에서 떨고 있으라는 말이야?"

"그래도 괜찮을 거야, 안 그래? 기자들은 대의명분을 위해서는 물불을 가리지 않잖아."

"누가 그렇게 말했어?"

"누가 말했든 상관하지 마. 그냥 알아만 둬. 그렇게 할 거지, 응?"

"그래. 아무것도 놓치지 않을 거야. 뭔가 이상한 일이 오늘 밤 시태퍼드 하우스에서 진행된다면 내가 그 집에 있어야지."

에밀리는 그 다음에 수화물 꼬리표에 대해 이야기했다.

"그것 참 이상하네. 호주는 브라이언 피어슨이 있는 곳 아니야? 그 집의 막내 말이야. 그게 무슨 의미가 있다는 건 아니지만 그래도…… 어쨌든 어떤 연관이 있을지도 모르지."

"흐음, 나는 그게 전부라고 생각해. 당신은 뭐 알아낸 것 없어?"

"글쎄, 아이디어가 하나 있는데."

"뭔데?"

"문제는 당신이 그걸 어떻게 생각할지 모르겠다는 거야."

"무슨 말이야? 어떻게 생각하다니?"

"화내지 않을 거지?"

"그러지 않을게. 나는 무슨 말이든 분별 있게 조용히 들을 수 있다고."

찰스 엔더비는 그녀를 의심스러운 눈빛으로 바라보며 말했다.

"그럼, 요점은…… 불쾌하게 생각하지는 마, 절대 그런 뜻은 없으니까. 당신은 약혼자가 진실만을 말했다고 생각하는 거야?"

"그 사람이 살인을 했다는 말이야? 그렇게 생각하고 싶으면 해. 그렇게 생각하는 것이 자연스러운 일이지만 우리는 그가 범인이 아니라는 가정 하에서 일을 풀어 가자고 내가 말했잖아."

"그런 뜻이 아니야. 나도 당신처럼 그가 대령을 죽이지 않았다고 가정해. 내 말은 진짜 있었던 사실에 대해 그의 말이 어디까지 진실이냐 하는 거라고. 당신 약혼자는 대령의 집에 가서 대령님과 잡담을 나누다가 그가 건강하게 살아 있는 상태에서 집을 떠났다고 했어."

"그래."

"음, 방금 생각난 건데, 그가 그곳에 갔을 때 사실은 대령님이 죽어 있는 걸 보았을 가능성은 없다고 생각하는 거야? 그는 깜짝 놀라고 겁에 질려 사실을 말하고 싶지 않았는지도 모르잖아."

찰스 엔더비는 약간의 의심을 갖고 이 이론을 내놓았지만 에밀리가 화를 내지 않자 안심이 되었다. 그녀는 대신 얼굴을 잔뜩 찌푸린 채 생각에 잠겼다.

"아닌 척하지 않겠어. 그것도 가능한 일이야. 나는 그렇게는 생각해 보지 못했지만. 제임스가 사람을 죽이지 않았을 것이라는 건 알지만 그가 당황해서 어리석은 거짓말을 하고는 그 말을 고수하고 있을 가능성은 있다고 봐. 그래, 그럴 가능성이 커."

"난처한 일은 당신이 지금 그에게 가서 물어볼 수 없다는 거야. 경찰은 그와 당신이 따로 만나는 걸 절대 허용하지 않을걸."

"데이크러스 씨를 제임스에게 보내면 돼. 변호사는 따로 만날 수 있잖아. 제임스의 성격 중에 제일 나쁜 점은 고집이 대단하다는 거야. 한 번 말을 하면 계속 그걸로 밀고 나가거든."

"나도 그래, 나 역시 그대로 밀고 나가."

엔더비가 이해된다는 듯 말했다.

"그렇군. 그런 가능성에 대해 말해 줘서 고마워. 나는 그런 식으로는 생각지 못했거든. 우리는 지금까지 제임스가 떠난 후 누가 왔느냐 하는 것만 생각하고 있었는데……. 하지만 제임스가 떠나기 전이라면……."

그녀는 자기 생각에 빠져 말을 멈추었다. 두 개의 아주 다른 이론이 서로 반대 방향으로 뻗어 나갔다. 라이크로프트 씨가 제시한 이론에서는 제임스가 대령과 말다툼한 것이 결정적인 요점이었다. 그러나 다른 이론은 제임스가 전혀 모르는 상태에서 일어났다는 말이 된다. 맨 처음 할 일은 시체를 처음 검시한 의사를 만나 보는 것이라고 에밀리는 생각했다. 트리벨리언 대령이 예를 들어 4시에 살해됐을 가능성이 있다면 알리바이 문제도 상당히 달라질 터였다. 그리고 해야 할 또 하나의 일은 데이크러스 씨가 의뢰인인 제임스에게 지금 이 시점에서 절대적인 진실을 말하도록 설득하는 것이었다.

그녀는 침대에서 일어섰다.

"그럼, 익스햄프턴으로 갈 방법을 알아봐 줄래? 철공소 주인이 차가 있는 모양이던데. 가서 그에게 말 좀 전해줘. 나는 점심 식사 후에 바로 떠날 거야. 엑서터로 가는 기차가 3시 10분에 있어. 그러니 기차를 타기 전에 의사를 만나 볼 시간이 되겠지. 지금 몇 시야?"

"12시 30분."

엔더비는 손목시계를 들여다보며 대답했다.

"그럼 우리 둘이 함께 가서 차 문제를 해결하기로 해. 그리고 시태퍼드를 떠나기 전에 하고 싶은 일이 하나 더 있어."

"그게 뭔데?"

"듀크 씨를 방문하려고 해. 시태퍼드에서 만나 보지 못한 사람은 그 사람뿐이야. 게다가 테이블 터닝에 참석했던 사람이기도 하고."

"철공소로 가는 길에 그의 집을 지나가게 될 거야."

듀크 씨의 집은 늘어선 방갈로 중 맨 끝에 있었다. 에밀리와 엔더비는 대문을 열고 현관까지 걸어올라 갔다. 그런데 약간 놀라운 일이 벌어졌다. 문이 열리면서 한 남자가 나왔기 때문이었다. 그 사람은 바로 내러콧 경위였다.

에밀리도 당황했지만 경위 역시 놀란 표정이었다고 생각했다.

에밀리는 원래의 목적을 포기했다.

"내러콧 경위님, 만나서 반가워요. 괜찮으시다면 말씀드리고 싶은 게 몇 가지 있는데요."

"반가워요, 트레퍼시스 양."

경위는 손목시계를 꺼냈다.

"서둘러야 합니다. 차가 기다리고 있어서요. 즉시 익스햄프턴으로 가야 한답니다."

"정말 운이 좋군요. 저도 좀 태워 주시겠어요, 경위님?"

경위는 약간 딱딱한 말투로 그렇게 하라고 말했다.

"가서 내 옷가방을 가져다줘, 찰스. 빨리. 미리 싸 놓았어."

에밀리가 부탁하자 찰스 엔더비는 즉시 떠났다.

"트레퍼시스 양을 여기서 만나다니 정말 놀랍습니다."

경위가 의외라는 듯이 말했다.

"제가 오 르브와르, 다시 보자고 말했잖아요."

에밀리는 두 사람이 헤어질 때 마지막으로 한 말을 상기시켜 주었다.

"그때는 그냥 흘려들었거든요."

"제 말이 끝나기도 전에 돌아서셨잖아요. 내러콧 경위님, 지금 잘못 알고 계세요. 제임스는 경위님이 찾고 있는 범인이 아니에요."

에밀리는 솔직하게 털어놓았다.

"그래요?"

"게다가 경위님도 속으로 제 말에 동의한다는 거 알아요."

"왜 그렇게 생각하죠?"

"듀크 씨 집에서 뭘 하고 계셨던 거죠?"

에밀리가 맞받아 질문을 던졌다.

내러콧 경위는 당황한 표정이었고, 그녀는 재빨리 그 기회를 잡았다.

"경위님은 확신이 없으신 거예요······. 의심스러우신 거죠. 범인을 잡았다고 생각하셨지만 점점 확신이 없어져 조사를 하고 계신 거죠. 저는 경위님께 도움이 될지도 모르는 일을 알고 있어요. 익스햄프턴으로 가는 차 안에서 그걸 얘기해 드릴게요."

아래쪽 길에서 발소리가 들리더니 로널드 가필드가 나타났다. 그는 빈둥거리는 데 대한 죄의식으로 숨을 죽인 듯한 모습이었다.

"이런, 트레퍼시스 양. 오늘 오후에 산책하는 게 어떨까요? 고모님이 낮잠을 주무시는 동안에요."

로널드가 정중하게 말을 꺼냈다.

"안 돼요. 저는 지금 떠나요. 엑서터로요."

"뭐라고요, 정말이에요? 아주 떠나는 건가요?"

"아, 아니에요. 내일 다시 올 거예요."

"아, 그거 다행이군요."

에밀리는 스웨터 주머니에서 무언가를 꺼내 그에게 건네주었다.

"이걸 고모님께 전해 주세요. 커피 케이크 요리법이에요. 그리고 고모님께 시간을 아주 잘 맞추셨다고, 요리사가 오늘 떠나고 다른 하인들도 마찬가지라고 말해 주세요. 꼭 전해 주세요. 흥미로워하실 거예요."

멀리서 가필드를 부르는 소리가 바람을 타고 들려왔다.

"로널드, 로널드, 로널드."

"우리 고모님이군요. 빨리 가 보는 게 좋겠어요."

로널드 가필드는 불안해져 다급하게 말했다.

"그래야겠군요. 왼쪽 뺨에 초록색 물감이 묻었어요."

그녀는 로널드의 등 뒤에 대고 말했다. 로널드 가필드는 고모집의 대문 안으로 사라졌다.

"찰스가 옷가방을 가져왔군요. 가시죠, 경위님. 차 안에서 전부 말씀드릴게요."

제니퍼 이모를 방문하다

에밀리는 2시 30분에 워런 선생을 방문했다. 의사는 이 사무적이면서도 매력적인 아가씨를 본 순간 마음에 들었다. 그녀의 질문은 무뚝뚝했으며 정곡을 찔렀다.

"그래요, 트레퍼시스 양, 무슨 말을 하는지 정확히 알겠어요. 소설에나 나오는 일반적인 믿음과는 반대로 사망 시간을 정확하게 알아내는 건 극히 어렵지요. 나는 8시에 시체를 보았습니다. 트리벨리언 대령이 죽은 지 적어도 두 시간이 지났다는 건 확실히 말할 수 있지만 그보다 얼마나 더 오래 됐는가는 말하기 힘들어요. 그가 4시에 살해됐다고 우긴다면 나는 그것도 가능하다고 말하겠죠. 비록 그보다 더 늦은 시간 쪽으로 내 생각이 기울더라도 말이에요. 하지만 대령은 그보다 더 오래전에 사망하지는 않았을 거예요. 4시간 30분 정도가 최대한도일 겁니다."

"감사합니다, 제가 알고 싶은 건 그게 전부예요."

에밀리는 역에서 3시 10분 기차를 타고 데이크러스 씨가 묵고 있는 호텔로 곧장 갔다.

그들의 대화는 사무적이었으며 냉정했다. 데이크러스 씨는 에밀리가 어린아이였을 때부터 알았으며 성년이 된 지금까지 그녀의 일을 보살펴주고 있었다.

"충격받을 경우에 대비해야 해, 에밀리. 제임스 피어슨의 일이 우리가 생각했던 것보다 더 나쁘게 돌아가고 있어."

"더 나쁘게라니오?"

"그래, 변죽만 울리며 시간을 낭비해서 좋을 게 없겠지. 제임스에게 상당히 불리하게 작용할 수 있는 사실이 밝혀졌단다. 경찰이 그를 범인으로 단정할 만한 사실이야. 이 사실을 밝히지 않는다면 네게 도움이 되지 않겠지."

"제발 말해 주세요."

에밀리의 목소리는 평온하고 침착했다. 속으로 어떤 충격을 받든 간에 그 감정을 밖으로 드러내고 싶지 않았다. 제임스 피어슨을 돕는 것은 감정이 아니라 차가운 이성이었다. 그녀는 늘 정신을 차리고 있어야 했다.

"제임스 피어슨이 급하게 돈이 필요했다는 데 의심의 여지가 없어. 나는 당시 상황이 도덕적이었나 하는 문제는 건드리지 않을 거야. 제임스는 지금까지 회사에서 가끔 돈을 빌렸던 게 분명해. 좋게 말하면 그런 거고 실은 회사 모르게 돈을 끌어다 썼던 것 같아. 그는 주식으로 투기하는 걸 즐겼지. 예전에 일주일 안에 자기 계좌로 모종의 배당금이 들어오리라는 것을 믿고, 돈을 회사 돈에서 미리 당겨서 자기가 보기에 주가가 확실히 오를 것 같은 어떤 주식을 사는 데 썼다는 거야. 거래는 상당히 만족스러워서 돈을 돌려 막을 수 있었지. 제임스는 그 거래가 정당하다는 걸 조금도 의심하지 않았던 것 같아. 그가 이런 짓을 일주일 전에 또 반복했던 게 분명해. 그런데 이번에는 예기치 못한 일이 벌어졌지. 회사의 회계 장부에 대해 정기적인 감사를 하는데 어떤 이유에서인지 날짜가 앞당겨지는 바람에 제임스가 궁지에 몰리게 된 거야. 그는 자기 행동이 잘못되었다는 것을 알았지만 필요한 돈을 구할 수가 없었지. 그는 여기저기 손을 써서 돈을 만들어 보려 했지만 틀렸다는 걸 알고 마지막 수단으로 데번 주로 가서 외삼촌에게 자기 사정을 말하고 도와 달라고 했지. 트리벨리언 대령은 단칼에 거절했고.

에밀리, 우리는 이 사실이 밝혀지는 것을 막을 수가 없어. 경찰이 벌써 이 사실을 캐고 있어. 그리고 너도 알겠지? 이 경우 범죄의 동기가 충분하다는 걸 말이야. 트리벨리언 대령이 사망하면 제임스는 커크우드 씨에게서 필요한 만큼의 돈을 미리 유산으로 받을 수 있게 되지. 그렇게 되면 자기에게 닥친 재앙도 해결하고 회사에서 저지른 범죄로 기소되는 것도 피할 수 있지."

"아, 바보 같으니라고."

에밀리는 힘이 빠졌다.

데이크러스 씨는 여전히 냉정하게 말했다.

"정말 그래. 우리가 이길 유일한 기회는 제임스 피어슨이 외삼촌의 유언에 있는 조항들을 몰랐다는 것을 입증하는 일뿐이야."

에밀리가 그 일을 곰곰이 따져 보는 동안 실내에는 침묵이 감돌았다. 이윽고 그녀가 조용히 말했다.

"그건 불가능할 것 같아요. 그들 세 사람 모두 알고 있어요……. 실비아, 제임스, 브라이언 모두요. 그들은 그 유언과 데번 주에 있는 부자 외삼촌에 대해 자주 이야기했고 웃거나 농담을 하곤 했지요."

"저런, 저런. 참으로 안타까운 일이군."

"변호사 님은 제임스가 유죄라고 생각하세요?"

에밀리는 침울한 표정으로 물었다.

"아주 이상하겠지만 나는 유죄가 아니라고 봐. 어떤 면에서 제임스 피어슨은 속이 다 들여다보이는 솔직한 젊은이야. 이렇게 말해도 된다면, 에밀리, 그는 아주 높은 기준의 상업적 정직함은 없어. 하지만 그가 자기 손으로 모래주머니를 들고 외삼촌을 내려쳤다고는 한순간도 믿어 본 적이 없어."

"어머, 정말 다행이에요. 경찰도 똑같이 생각했으면 좋겠어요."

"정말 그래. 하지만 우리가 갖고 있는 인상이나 생각은 실제적으로 아무 소용이 없어. 그에게 불리한 증거가 너무 많아. 너에게 전망이 어둡다는 걸 숨길 생각은 없어. 왕실 변호사인 로리머에게 변호를 부탁해야겠어. 사람들은 그를 가망 없는 시도를 하는 자라고 부르지."

그는 희망 섞인 목소리로 마지막 말을 덧붙였다.

"알고 싶은 게 하나 있어요. 제임스를 만나 보셨어요?"

"물론이지."

"제임스가 다른 부분에서 진실을 말했는지 알려 주셨으면 해요."

그녀는 엔더비의 제안을 요점만 추려 말했다.

변호사는 그 말을 신중하게 숙고해 보고 대답했다.

"내가 받은 인상은 이래. 그는 외삼촌과 만난 일을 설명할 때는 진실을 말하고 있었어. 하지만 그가 깜짝 놀랐다는 데는 의심이 들더군. 그가 창문 쪽으로 돌아가서 그리로 들어갔다면, 그리고 외삼촌의 시체를 우연히 발견했다면……. 그는 그 사실을 인정하기가 너무 겁이 나서 다른 이야기를 꾸며 냈을지도 모르지."

"제 생각도 그래요. 변호사 님, 다음에 제임스를 만나면 진실을 말하도록 설득해 주시겠어요? 그러면 상황이 엄청나게 달라질 수 있어요."

"그렇게 할게."

그는 잠시 말을 멈추었다가 다시 말했다.

"이건 네가 잘못 생각하는 것 같아. 트리벨리언 대령의 사망 소식이 익스햄프턴에 전해진 것은 8시 30분경이야. 그 시간에는 엑서터로 가는 막차가 있어. 그런데 제임스는 다음 날 첫 기차로 떠났단 말이야……. 도저히 말이 안 되는 행동이지. 말이 난 김에 말하는 건데, 그가 보다 평범한 시간에 기차를 타고 떠났다면 별로 주의를 끌지 못했을 텐데 아침 첫 기차를 타고 떠나는 바람에 의심을 받게 된 거야. 네가 말한 것처럼 그가 외삼촌의 시체를 4시 30분 이후에 발견했다면 곧장 익스햄프턴을 떠났을 거라고 생각해. 6시 직후에 떠나는 기차가 있었고 그 다음 기차는 7시 45분에 있었거든."

"그게 핵심이네요. 거기까진 생각지 못했어요."

에밀리도 인정했다.

"나는 그가 외삼촌의 집에 어떤 방법으로 들어갔는지를 자세하게 물어봤어. 그의 말로는 트리벨리언 대령이 장화를 벗고 그걸 현관 계단에 놓으라고 말했다는군. 그래서 현관 입구에서는 젖은 발자국이 발견되지 않았던 거지."

"제임스가 무슨 소리를 들었다고 하지 않던가요? 집 안에 누군가 다른 사람이 있다는 생각을 할 만한 그런 소리를요?"

"그런 말은 하지 않았어. 그래도 한번 물어보도록 하지."

"고맙습니다. 제가 편지를 쓴다면 그에게 전해 주실 수 있나요?"

"검열받을 걸 각오한다면 그렇게 해도 돼."

"아, 아주 조심해서 쓸게요."

그녀는 책상으로 다가가 몇 자 갈겨썼다.

사랑하는 제임스,

모든 일이 잘 돼 가고 있으니 힘내. 나는 진실을 밝히기 위해 최선을 다해 노력하고 있어. 당신, 너무 어리석었어, 내 사랑.

사랑을 보내며
에밀리가

"여기 있어요."

데이크러스 씨는 에밀리가 쓴 글을 읽었지만 아무 말도 하지 않았다.

"교도관들이 수월하게 읽도록 또박또박 썼어요. 이제 가 봐야만 해요."

"차 한 잔 마시고 가려무나."

"아니, 괜찮아요, 변호사 님. 낭비할 시간이 없어요. 제임스의 이모 제니퍼 가드너를 만나러 갈 거예요."

로렐스에서 에밀리는 가드너 부인이 외출했지만 곧 돌아올 거라는 말을 들었다. 에밀리는 하녀에게 생긋 웃었다.

"그럼, 들어가서 기다릴게요."

"데이비스 간호사를 만나시겠어요?"

에밀리는 누구라도 만날 준비가 되어 있었다.

"그러죠."

몇 분 후 데이비스 간호사가 호기심 가득한 눈으로 격식을 차리며 나타났다.

"안녕하세요. 저는 에밀리 트레퍼시스예요, 가드너 부인의 질부이죠. 사실은 질부가 될 예정이지만요. 아시겠지만 제 약혼자인 제임스 피어슨이 체포됐어요."

데이비스 간호사는 안됐다는 듯이 말했다.

"아, 그건 너무 끔찍한 일이었어요. 오늘 아침 신문에 실린 기사를 우리도 보았어요. 얼마나 무서운 사건이었던지. 트레퍼시스 양은 정말 잘 참고 계시는군요. 정말 훌륭하세요."

간호사의 목소리에는 희미하게 불만이 섞여 있었다. 병원의 간호사들이야 강인한 정신력에 힘입어 어려움을 견뎌 낼 수 있지만 평범한 사람들은 무너지는 게 당연하다는 생각이 언뜻 내비쳤다.

"어쨌든 맥없이 주저앉아 있을 수만은 없으니까요. 너무 염려하지 마세요. 살인 사건이 일어난 집에서 일하고 있다는 게 난처하실 거예요."

데이비스 간호사는 에밀리의 배려 섞인 말에 표정이 한결 누그러졌다.

"유쾌하지는 않아요. 하지만 환자에 대한 의무를 다하는 게 무엇보다 우선이잖아요."

"정말 멋져요. 제니퍼 이모님은 믿을 만한 분이 함께 계셔서 참 좋으시겠어요."

이 말에 간호사는 히죽 웃으며 말했다.

"아, 정말요. 아가씨는 너무 친절하시군요. 하지만 이 일이 있기 전에 저는 이상한 체험을 했답니다. 제가 간호했던 지난번 환자는……."

에밀리는 간호사가 복잡한 이혼과 진짜 아버지의 정체에 관한 다양하고 복잡하며 수치스러운 일화를 길게 늘어놓는 것을 참을성 있게 들어주었다. 데이비스 간호사의 재치와 신중함, 그리고 수완에 대해 찬사를 늘어놓은 후 에밀리는 가드너 부부에 대한 이야기로 화제를 돌렸다.

"저는 제니퍼 이모님의 부군에 대해 전혀 몰라요. 한 번도 만나 본 적이 없거든요. 집에만 계신다면서요?"

"그래요, 가엾은 분."

"정확히 무슨 문제가 있는 거죠?"

간호사는 직업적인 태도를 보이며 그 문제를 설명했다.

"그러면 그분은 언제라도 다시 건강해질 수 있는 거군요."

에밀리는 생각에 잠겨 중얼거렸다.

"그리고 악화될 수도 있죠."

"아, 그렇겠죠. 하지만 희망적으로 볼 수도 있잖아요?"

간호사는 직업적으로는 희망을 가질 수 없다는 듯 고개를 저었다.

"그분의 경우 치유될 가능성이 없는 것 같아요."

에밀리는 작은 수첩에 제니퍼 이모의 알리바이라고 이름 붙인 시간표에 글을 써넣었다. 그러고는 망설이듯 낮은 목소리로 중얼거렸다.

"제니퍼 이모님이 대령님이 살해됐을 당시 극장에 있었다는 건 너무 이상해 보여요."

"아주 슬픈 일이죠, 그렇죠? 물론 그분은 당시에 알지 못하셨지만…… 나중에 큰 충격을 받으셨죠."

에밀리는 직접적으로 질문하지 않고서도 알고 싶은 것을 알아낼 방법을 이리저리 궁리했다.

"그분은 이상한 환상이나 예감 같은 게 없었나요? 극장에서 돌아와 당신과 마주쳤을 때 그분의 표정이 아주 이상해 보였다고 하시지 않았나요?"

"아, 아니에요. 그때는 보지 못했어요. 저녁 식사를 하려고 앉았을 때 그분을 보았는데 평소와 다른 점은 전혀 없었어요."

"제가 다른 일과 혼동해서 기억하고 있었나 보네요."

에밀리는 혼란스럽다는 듯 말했다.

"아마 다른 친척이겠지요. 저는 좀 늦게 집에 돌아왔어요. 환자를 그렇게 오래 내버려두어 약간 죄스러웠죠. 하지만 그분이 저더러 나갔다 오라고 졸라대다시피 했거든요."

그녀는 갑작스레 손목시계를 들여다보았다.

"오, 이런. 그분이 뜨거운 물병을 가져오라고 하셨는데. 얼른 찾아봐야겠어요. 실례합니다, 트레퍼시스 양."

에밀리는 괜찮다고 말한 후 벽난로 쪽으로 걸어가서 벨을 눌렀다.

단정치 못한 하녀가 약간 겁먹은 표정으로 들어왔다.

"이름이 뭐예요?"

"비어트리스입니다, 아가씨."

"아, 비어트리스, 가드너 부인을 더 기다리지 못하겠군요……. 나는 그분에게 금요일 쇼핑한 일에 대해 여쭤보고 싶었어요. 부인이 커다란 꾸러미를 갖고 오시는 걸 보았나요?"

"아니요, 아가씨. 저는 부인이 들어오시는 걸 보지 못했어요."

"부인이 6시에 돌아왔다고 말했던 것 같은데."

"예, 아가씨, 그때 들어오셨어요. 들어오시는 건 못 봤지만 7시에 부인 방에 뜨거운 물을 가지고 갔다가 부인이 어두운 방에서 침대에 누워 계시는 걸 보고 깜짝 놀랐죠. '어머, 마님, 깜짝 놀랐어요.'라고 말했더니 '한참 전에 돌아왔어. 6시에.'라고 하시더군요. 큰 꾸러미 같은 건 어디에도 없었어요."

비어트리스는 도움이 되려고 엄청 노력하며 말했다.

에밀리는 머릿속으로 생각했다.

'이건 너무 어렵군, 이렇게 많은 걸 생각해 내야 하다니. 벌써 예감이라거나 큰 꾸러미 같은 걸 생각해 내어 써먹었지만 이상하게 들리지 않으려면 다른 뭔가를 또 생각해 내야 하겠는걸.'

그녀는 상냥하게 미소 지으면서 말했다.

"괜찮아요, 비어트리스, 중요한 건 아니에요."

비어트리스가 방을 나가자 에밀리는 핸드백에서 기차 시간표를 꺼내 들여다보았다.

그녀는 혼잣말로 중얼거렸다.

"자, 세인트 데이비드 역에서 3시 10분 기차로 엑서터를 떠난다. 익스햄프턴에 3시 42분에 도착. 자기 오빠의 집에 가서 그를 살해할 시간은······. 정말 잔인하고 냉혹하게 들리는군. 그리고 말이 안 되기도 하고. 살해하는 데 걸리는 시간은 이를테면 30분에서 45분 정도라고 해 보자. 돌아오는 기차는 어떻지? 4시 25분에 떠나는 기차가 하나 있고 데이크러스 씨가 말한 6시 10분 기차도 있어. 그걸 타면 7시 23분에 돌아오게 되는데······. 그래, 어느 쪽이든 가능하군. 간호사를 의심할 거리가 없는 게 안됐군. 그 여자는 오후 내내 나가 있었는데 어디에서 뭘 했는지 아는 사람이 없어. 물론 이 집 안에 있는 사람이 트리벨리언 대령을 살해했다고는 생각지 않지만 어떤 면에서는 그럴 가능성이 있다는 것을 아는 건 위안이 되지. '안녕하세요'라니……. 아, 현관에서 들리는 소리군."

현관 입구에서 두런거리는 소리가 들리더니 문이 열리고 제니퍼 가드너 부인이 방으로 들어왔다.

"저는 에밀리 트레퍼시스라고 합니다. 제임스 피어슨과 약혼한 사이죠."

"아, 아가씨가 에밀리군요. 이런, 놀라워라."

가드너 부인은 이렇게 말하며 악수를 청했다.

에밀리는 갑자기 자기가 연약하고 작게 느껴졌다. 아주 어리석은 일을 하고 있는 어린 소녀 같은 기분이 들었다. 제니퍼는 보기 드문 사람이었다. 성격이란 게 느껴졌다. 제니퍼는 한 사람이 아니라 여러 명의 사람을 합친 것 같은 강한 성격을 지니고 있었다.

"차 마셨나? 아니라고? 그럼 나와 함께 차를 마시도록 하지. 잠깐만……. 먼저 올라가서 로버트를 살펴봐야겠구나."

그녀가 남편의 이름을 말할 때 이상한 표정이 얼굴에 떠올랐다. 강했던 목소리가 부드러워졌다. 마치 어두운 물결 위에 비치는 한 줄기 빛 같았다.

'이모님은 남편을 정말로 사랑하는구나.'

응접실에 혼자 남겨진 에밀리는 속으로 생각했다.

'제니퍼 이모님에게는 뭔가 놀라운 데가 있어. 로버트 이모부가 이모의 사랑을 받는 걸 그만큼 좋아하는지 몹시 궁금하군.'

제니퍼는 돌아와서 모자를 벗었다. 에밀리는 이마에서 뒤로 쓸어넘긴 부드러운 머리카락을 보고 감탄했다.

"에밀리, 이번 일에 대해 이야기를 나누고 싶은 거니? 이야기하고 싶지 않다고 해도 나는 이해한단다."

"즐거운 화제는 아니지요?"

"우리는 경찰이 진짜 살인자를 찾기만 바랄 뿐이란다. 그 벨을 눌러 주겠니? 간호사에게 차를 올려 보내야겠다. 그녀가 여기서 잡담하는 꼴은 보기 싫으니까. 난 정말 병원 간호사들이 싫어."

"그 간호사는 실력이 있나요?"

"그런 것 같아. 어쨌든 로버트가 그렇다고 하니까. 나는 그 여자가 싫어, 늘 그랬지. 그래도 로버트는 지금까지 우리 집에서 일한 간호사들 중 제일 낫다고 하더군."

"예쁜 편이던데요."

에밀리는 솔직하게 말했다.

"말도 안 돼. 손이 그렇게 둔하고 못생겼는데도?"

에밀리는 부인의 길고 하얀 손가락이 우유 주전자와 설탕 집게를 만지는 모습을 바라보았다.

비어트리스가 들어와서 찻잔과 간식이 담긴 쟁반을 들고 방을 나갔다.

"로버트는 이 일 때문에 상당히 불안해하고 있어. 상태가 나빠지고 있지. 나는 그것도 병의 일부 증상이라고 생각해."

"그분은 트리벨리언 대령님을 잘 알지 못하시죠?"

제니퍼 가드너는 고개를 끄덕였다.

"그이는 오빠를 알지도 못하고 신경도 안 써. 솔직히 말하자면 오빠가 죽었다고 슬픈 척할 수가 없어. 오빠는 잔인하고 탐욕스러운 사람이었지. 오빠는 우리가 쪼들리고 있다는 걸 알고 있었다고. 얼마나 가난했었는지! 적당한 때에 돈을 빌려 주었다면 로버트가 특별 치료를 받아 상태가 나아졌으리라는 것도 알고 있었어. 벌을 받은 거야."

그녀는 깊고 생각에 잠긴 듯한 목소리로 말했다.

에밀리는 놀라 속으로 생각했다.

'정말 이상한 여자야, 아름다우면서도 무서워, 그리스 비극의 등장인물 같아.'

가드너 부인이 침묵을 깨며 말했다.

"아직 늦지 않았을지도 몰라. 나는 오늘 익스햄프턴에 있는 변호사에게 편지를 썼지. 돈을 얼마간 당겨 쓸 수 있느냐고 물었지. 내가 말한 그 특별한 치료법은 어떤 면에서 보면 엉터리 요법처럼 보이지만 성공을 거둔 사례가 아주 많아. 에밀리……. 로버트가 다시 걸을 수 있게 된다면 정말 멋질 것 같아."

그녀의 얼굴은 등불이 비친 것처럼 빛이 났다.

그 순간 에밀리는 피곤이 몰려왔다. 하루 종일 바쁘게 뛰어다니고 거의 먹지도 않았던 데다가 억눌린 감정 때문에 기진맥진했다. 방이 빙빙 도는 것 같았다.

"어디 아프니?"

"괜찮아요."

에밀리는 숨을 가쁘게 몰아쉬며 대답했다. 자신도 모르게 짜증과 절망스러운 감정이 눈물로 터져 나왔다.

가드너 부인은 일어나 에밀리를 위로하려 하지 않았다. 그 점은 고마웠다. 그녀는 에밀리가 눈물을 그칠 때까지 조용히 앉아 있었다. 그리고 사려 깊은 목소리로 중얼거렸다.

"가엾은 아이. 제임스 피어슨이 체포될 수밖에 없었다니 운이 없었어……. 정말 운이 없었어. 어떻게든 해결돼야 할 텐데."

여기저기서 오가는 대화

혼자 남겨진 찰스 엔더비는 게으름을 피우지 않았다. 시태퍼드 마을에 사는 사람들의 생활을 알려면 커티스 부인에게 몇 마디 말만 건네면 됐다. 수도꼭지를 틀면 물이 나오듯 좌르르 이야기들이 쏟아져 나왔다. 숱한 일화들, 회상들, 소문들, 추측과 세세한 일들에 대한 이야기를 약간 멍한 상태로 들으면서 쓸모 있는 정보를 골라내기만 하면 됐다. 그 후 다른 이름을 대면 즉시 커티스 부인의 이야기 물결은 그쪽으로 방향을 틀어 이야기들을 쏟아 냈다. 그는 와이엇 대령에 대한 모든 이야기를 들었다. 그의 정열적인 기질, 무례함, 이웃과의 말다툼, 가끔 젊고 예쁜 여자들에게 보이는 놀라운 친절 등에 관한 것이었다. 또 인도 하인과 사는 그의 생활, 이상한 시간에 식사하는 버릇, 엄격한 식이요법에 관한 이야기도 들었다. 엔더비는 라이크로프트 씨에 대한 이야기도 들었다. 집 안의 서재, 헤어 토닉, 깔끔함과 시간엄수에 대한 강한 집착, 다른 사람들의 행동에 대한 과도한 호기심, 최근 자신이 받은 상품들을 팔아넘긴 일, 새들에 대한 끊임없는 애정, 그리고 월렛 부인이 그에게 호감을 가지고 있다는 견해가 일반적이라는 이야기 등등이었다. 엔더비는 퍼스하우스 양의 신랄한 말버릇, 조카를 자기 마음대로 부리고 있다는 이야기, 그리고 그 조카가 런던에서 방탕한 생활을 했다는 이야기를 들었다. 또한 버너비 소령과 트리벨리언 대령의 우정, 그들의 회고담, 체스를 좋아한다는 점에 대해서도 들었다. 월렛 모녀에 대해 알고 싶은 얘기도 모두 들었는데 그중에는 바이올렛 월렛 양이 로널드 가필드 씨를 꾀어 내고는 있지만 정말로 그와 사귀려는 건 아니라는 이야기도 있었다. 그녀가 비밀리에 황무지로 소풍을 갔으며 그곳에서 어떤 젊은이와 함께 산책하는 모습이 목격됐다는 것이었다. 커티스 부인은 그 모녀가 이 외딴 곳에 온 이유가 바로 그 때문일 거라고 추측했다. 월렛 부인은 "그 일을 잊어버리게 하려고" 딸을 이곳으로 데리고 왔지만 "젊은 아가씨는 어머니가 꿈에도 생각지 못할 정도로 교묘한 술책을 부릴 줄 안다."라는 것이 커티스 부인의 말이었다. 듀크 씨에 대해서는 이상할 정도로 들을 만한 이야기가 없었다. 그는 이곳에 온 지 얼마 되지 않았으며 하는 일이라곤 정원 가꾸는 일뿐인 것 같았다.

  3시 30분이 되자 엔더비는 커티스 부인의 이야기를 듣느라 머리가 핑핑 도는 것 같아 산책을 하러 나갔다. 그는 퍼스하우스 양의 조카와 좀 더 친해지려고 마음먹었다. 퍼스하우스 양의 집 근처를 꼼꼼히 살펴보아도 로널드를 만날 수 없었지만 운 좋게도 시태퍼드 하우스의 대문 쪽에서 울적하게 걸어 나오는 그 젊은이와 맞닥뜨리게 됐다. 듣기 싫은 소리를 듣고 쫓겨난 것이 역력한 표정이었다.

"안녕하세요, 저기, 이게 트리벨리언 대령님의 집입니까?"

엔더비가 먼저 말을 걸었다.

"맞아요."

로널드 가필드는 짧게 대답했다.

"오늘 아침 저희 신문에 실게 될 사진을 찍으려고 했는데 날씨가 좋지 않아서요."

로널드 가필드는 해가 쨍쨍 내리쬘 때만 사진을 찍을 수 있다면 일간지에 실리는 사진은 거의 없으리라는 생각은 추호도 하지 않고 엔더비의 말을 그대로 믿었다.

"아주 재미있는 직업 같아요, 당신 일은요."

"비참한 생활이죠, 뭐."

엔더비는 자기 직업에 대한 열정을 절대로 내보이지 않는다는 관행을 충실히 따르며 말했다. 그는 로널드의 어깨 너머로 시태퍼드 하우스를 바라보았다.

"어쩐지 음침해 보이는 집이에요."

"윌렛 모녀가 이사 온 뒤로는 많이 변했지요. 저는 작년 이맘때 이 집을 다녀갔는데 지금은 이게 같은 집인지 믿기 어려울 정도예요. 그런데 저는 그 모녀가 무엇을 바꾸었는지 잘 모르겠어요. 가구를 조금 옮기고 쿠션 같은 물건들을 몇 개 들여놓았을 뿐인데 말이죠. 그들이 여기 있다는 게 제게는 뜻밖의 행운이에요."

"원래 즐거운 곳은 아닌 것 같군요."

엔더비는 무심하게 물었다.

"즐거운 곳이 아니라고요? 제가 여기 2주일 동안 머물렀다면 분명히 기절했을 겁니다. 고모님은 저를 괴롭히는 걸 낙으로 삼고 있지요. 고모님의 고양이들을 본 적이 있나요? 오늘 아침 고양이 한 마리를 빗질해 주었는데 그 짐승이 할퀸 자국 좀 보세요."

로널드는 손과 팔을 보라고 내밀었다.

"운수가 사나웠군요."

"그런 셈이에요. 아 참, 당신은 무슨 조사를 하고 있나요? 그렇다면 제가 도와드릴까요? 당신이 셜록 홈즈이고 저는 왓슨인 셈이죠. 뭐 그런 식으로 말이에요."

"시태퍼드 하우스에 무슨 실마리라도 있나요? 트리벨리언 대령님이 여기에 무슨 물건을 남겨 두었나요?"

엔더비는 지나가는 말처럼 물었다.

"그렇지는 않은 것 같아요. 고모님이 말하길 남김없이 전부 옮겨 갔다는군요. 박제한 코끼리 발, 하마 엄니로 된 걸이, 그리고 사냥총들을 모두 가져갔답니다."

"다시는 돌아오지 않을 것처럼 옮겨 갔군요."

"이런……. 그거 좋은 생각이군요. 그게 자살이라고는 생각지 않으세요?"

"자기 머리를 뒤에서 모래주머니로 정확하게 내려칠 수 있는 사람이라면 자살 분야에서 예술가라고 불리겠군요."

"그렇겠죠. 별로 좋은 생각은 아닌 것 같군요. 그래도 그분은 어떤 예감이 있었던 것처럼 보여요."

이렇게 말하더니 로널드의 얼굴이 밝아졌다.

"이거 봐요, 이건 어때요? 대령님에게 원한 있는 사람이 뒤를 밟고 있었고 대령님은 그가 오는 것을 알았기 때문에 이 집을 비우고 윌렛 모녀에게 떠넘겼다."

"윌렛 모녀는 약간 수수께끼 같은 면이 있던데."

엔더비는 로널드의 말에 동조하듯 말했다.

"그래요. 저도 알 수가 없어요. 이런 시골에 와서 살 생각을 하다니요. 그런데 바이올렛은 전혀 신경 쓰지 않는 것 같더군요. 오히려 이곳을 좋아하더라고요. 요즘 그녀에게 무슨 문제가 있나 봐요. 집안 문제인 것 같은데. 나는 여자들이 왜 그렇게 하인들을 걱정하는지 이해가 안 돼요. 하인들이 기분 나쁘게 굴면 그냥 내쫓아 버리면 될걸."

"마음이 약해서 그렇게 하지 못하는 거겠죠."

"그래요, 알아요. 하지만 모녀는 그 일 때문에 굉장히 마음을 졸이고 있어요. 어머니는 드러누워서 신경질적으로 소리를 지르고 딸은 몸을 잔뜩 움츠리고 있어요. 방금 나를 내쫓다시피 했어요."

"경찰이 다녀가지 않았나요?"

로널드는 뚫어지게 엔더비를 바라보았다.

"경찰이라고요, 아니요, 경찰이 왜 오겠어요?"

"글쎄요, 궁금했어요. 오늘 아침 시태퍼드에서 내러콧 경위님을 보았거든요."

로널드 가필드는 지팡이를 떨어뜨리고는 허리를 구부려 그것을 주워 올렸다.

"아침에 시태퍼드에 있었던 사람이 바로 내러콧 경위님인가요?"

"그래요."

"그 사람은…… 그 사람이 바로 트리벨리언 대령님 사건 책임자 맞죠?"

"맞아요."

"그 사람이 시태퍼드에서 뭘 하고 있었던 거죠? 어디서 그를 보았어요?"

"아, 내 생각에 그는 그저 냄새를 맡고 다니는 것 같았어요. 말하자면 트리벨리언 대령님의 과거 생활 같은 걸 조사하면서요."

"그게 전부라고 생각하세요?"

"그런데요."

"시태퍼드에 있는 사람이 그 사건에 관련됐다고 생각한 건 아니고요?"

"그럴 가능성은 거의 없지 않나요?"

"아, 물론 그렇지요. 하지만 경찰이 어떤지 아시잖아요……. 언제나 엉뚱한 데서 주제넘게 나서지요. 적어도 탐정 소설에서는 그렇더군요."

"저는 상당히 똑똑한 사람들이라고 생각해요. 물론 신문이 그들을 많이 돕기는 하지만요. 하지만 사건을 주의 깊게 읽어 본다면 경찰이 증거가 전혀 없는 살인 사건도 해결해 내는 게 놀라울 따름이에요."

"아…… 그렇군요. 그런 걸 알면 재미있겠군요. 그들은 확실히 피어슨이란 사람을 빨리도 잡아냈어요. 의심의 여지가 없는 사건인 것 같아요."

"아주 분명하죠. 그게 당신이나 나의 일이 아니라는 게 참 다행이죠, 그렇죠? 이런, 저는 전보를 쳐야겠군요. 이곳 사람들은 전보에 그리 익숙지 않은 것 같더군요. 누군가가 2실링 6펜스가 넘는 전보를 친다면 정신병원을 도망 나온 정신 이상자로 여긴다니까요."

엔더비는 전보를 몇 개 보내고 담배 한 갑과 성분이 의심스러운 눈깔 사탕 몇 개, 그리고 아주 오래된 페이퍼백 소설책 두 권을 샀다. 그러고는 방갈로로 돌아와 침대에 몸을 던지고 평온하게 잠들었다. 다행히 그와 에밀리 트레퍼시스의 관계에 대해 마을 사람들이 여기저기서 쑥덕거리고 있다는 사실을 모른 채로.

현재 시태퍼드에서 중요한 화제는 세 가지였다. 하나는 살인 사건이었고 또 하나는 죄수의 탈옥 사건이었으며 다른 하나는 에밀리 트레퍼시스 양과 그녀의 사촌이라는 엔더비에 대한 것이었다. 하지만 사실은 그 순간 에밀리를 주제로 한 네 개의 서로 다른 대화가 오가고 있었다.

첫 번째 대화는 시태퍼드 하우스에서 오가고 있었는데 하인들이 나가 버린 탓에 바이올렛과 그 어머니가 직접 찻잔 설거지를 마친 후에 이루어졌다.

"커티스 부인이 말해 주었어요."

바이올렛은 아직까지도 창백하고 파리해 보였다.

"그 여자가 말을 퍼뜨리는 건 거의 병적인 수준이야."

윌렛 부인이 소리 높여 말했다.

"알아요. 그 아가씨는 실제로 거기서 사촌인지 누군지 하는 사람과 함께 묵고 있는 모양이에요. 오늘 아침 들었을 때 자기 입으로 커티스 부인의 집에 있다고 하더군요. 하지만 저는 그건 단지 퍼스하우스 양의 집에 빈방이 없기 때문이라고 생각했어요. 그런데 이제 보니 그 아가씨는 오늘 아침까지는 퍼스하우스 양을 만난 적이 없더라고요!"

"나는 그 여자가 정말 싫어."

윌렛 부인은 강한 어조로 말했다.

"커티스 부인 말이에요?"

"아니, 아니, 그 퍼스하우스인가 하는 여자 말이야. 그런 여자는 위험해. 다른 사람들의 일을 캐내는 걸 삶의 목적으로 삼는 부류야. 그 아가씨에게 커피 케이크 요리법을 알아 오라고 보내다니! 그 이야기를 듣는 순간 독을 넣은 케이크를 보내고 싶었을 정도야. 그러면 남의 일에 나서는 버릇을 영원히 중단시켰을 텐데!"

"그때 깨달았어야 했어요……."

바이올렛이 말을 꺼내자 윌렛 부인이 말을 잘랐다.

"애야, 네가 어떻게 알았겠니. 그리고 어쨌든 해로운 일은 아니었잖아?"

"그 아가씨가 왜 여기 왔다고 생각하세요?"

"아마 뚜렷한 이유는 없을 거야. 사태가 어떤지 그냥 살펴보러 왔 겠지. 커티스 부인은 그 아가씨가 제임스 피어슨과 약혼한 게 확실하다고 하더냐?"

"그 아가씨가 라이크로프트 씨에게 그렇다고 말했대요. 커티스 부인은 처음부터 그걸 눈치 챘다고 하더군요."

"그래, 그럼 모든 것이 자연스러워. 그 아가씨는 그냥 뚜렷한 목적 없이 뭔가 도움이 될 것이 없나 찾아보고 있을 뿐이야."

"그녀를 직접 보시지 않았잖아요, 어머니. 목표 없는 사람이 절대 아니에요."

"그녀를 보았으면 좋았을걸. 하지만 오늘 아침에는 신경이 워낙 날카로워서 말이야. 어제 그 경위를 만나 이야기했던 일 때문인 것 같아."

"어머니는 훌륭하게 해내셨어요. 내가 그렇게 바보 같은 짓만 하지 않았더라도······. 기절을 하다니 말이에요. 그 난리를 피운 게 부끄러워 죽겠어요. 그래도 어머니는 눈 하나 깜짝 않고 아주 태연하셨어요."

윌렛 부인은 퉁명스럽게 말했다.

"나는 훈련이 잘 돼 있지 않니. 내가 겪었던 일들을 네가 겪었다면······. 그래도 그건 아니야, 너는 그런 일을 절대로 겪지 않길 바란다. 나는 네가 행복하고 평화롭게 살아가기를 바란단다."

바이올렛이 고개를 저었다.
"걱정돼요……. 두려워요……."
"어리석은 소리. 그리고 어제 기절한 건 전혀 별개의 일이야. 걱정하지 마라."
"그래도 그 경위는 반드시 이유를 알아내려고 할 거예요."
"제임스 피어슨 이야기 때문에 기절했던 거냐? 그래. 경위는 그걸 확실히 생각해 보겠지. 내러콧 경위는 바보가 아니니까. 하지만 생각해 본들 뭘 알아내겠니? 그는 무엇이 관련이 있는지 추측해 볼 거고. 이어서 조사해 보겠지. 그렇다 해도 중요한 걸 찾아내지는 못할 거다."
"그렇게 생각하세요?"
"물론이지! 경위가 무슨 수로 찾아내겠니? 나를 믿어, 바이올렛. 그건 절대로 불가능해. 어떤 면에서는 네가 기절한 게 다행인지도 몰라. 어쨌든 그렇게 생각하기로 하자."

두 번째 대화는 버너비 소령의 집에서 진행됐다. 그 대화는 다소 일방적이었다. 버너비 소령의 세탁물을 가지러 들렀던 커티스 부인은 간다, 간다 하면서도 30분이나 눌러 있으면서 말을 쏟아 내고 있었다.
"저의 대고모이신 세라스 벨린다 같아요. 오늘 아침 남편에게도 그 말을 했죠."
커티스 부인은 우쭐대며 계속해서 말했다.
"속이 깊은 사람이에요……. 그런 여자는 새끼손가락 하나로 남자들을 마음대로 조종할 수 있죠."

버너비 소령이 큰 소리로 투덜댔다.

"한 청년과 약혼한 상태에서 다른 남자와 함께 다니다니."

"우리 벨린다 대고모랑 똑같아요. 말하자면 그건 재미로 그러는 게 아니에요. 그냥 변덕을 부리는 게 아니에요. 속이 깊은 사람이라니까요. 그리고 이제는 가필드 청년을…… 그 아가씨는 곧 그를 설득할 거예요. 오늘 아침에 보니까 순한 양처럼 굴더군요……. 분명해요."

그녀는 말을 멈추고 숨을 몰아쉬었다. 버너비 소령이 그쯤에서 말을 잘랐다.

"자, 자, 나 때문에 여기서 시간을 지체하지 말아요, 커티스 부인."

"지금쯤 남편은 차를 마시고 싶어 할 거예요."

커티스 부인은 이렇게 말하면서도 돌아갈 기색이 없었다.

"저는 남의 얘기나 옮기고 다니는 사람이 아니에요. 할 일이나 하라고…… 그게 제가 할 말이죠. 그런데 일 얘기가 나왔으니 말인데 대청소나 한번 할까요?"

"그만두시오!"

이 말에 버너비 소령이 소리를 버럭 질렀다.

"지난번에 하고 한 달이 지났단 말이에요."

"싫소. 물건들이 내가 아는 자리에 있는 게 좋소. 한번 대청소를 하고 나면 제자리에 있는 게 하나도 없다니까."

커티스 부인이 한숨을 쉬었다. 그녀는 청소하는 데 도가 트인 사람이었다.

"봄맞이 대청소가 정말 필요한 집은 와이엇 대령님 집이에요. 그 집에 있는 그 더러운 인도인 하인…… 그 하인이 청소에 대해 뭘 알겠어요? 더러운 인도인 같으니라고."

"인도인 하인이 제일 낫소. 할 일이 뭔지 알면서도 말이 없으니."

소령의 마지막 말에 담긴 암시는 커티스 부인에게 전혀 효과가 없었다. 그녀의 마음은 방금 전의 화제에 쏠려 있었다.

"그 아가씨는 전보 두 통을 받았어요……. 30분 안에 두 통이 왔죠. 저는 깜짝 놀랐어요. 하지만 아무렇지도 않다는 듯 차분하게 읽더군요. 그러더니 엑서터로 갈 거고 내일까지 돌아오지 않을 거라고 하더라고요."

"그 청년도 데리고 갔소?"

버너비 소령이 기대에 차서 물었다.

"아뇨, 청년은 아직 여기 있어요. 말씨가 사근사근한 젊은 신사예요. 두 사람은 멋진 한 쌍이에요."

버너비 소령의 투덜대는 소리가 들렸다.

"그럼, 저는 가 보겠어요."

버너비 소령은 그녀가 가려다가 또 미적거릴까 봐 숨도 제대로 쉬지 못했다. 그러나 이번에는 커티스 부인도 자기 말을 지켰다. 그녀가 나가고 문이 닫혔다.

소령은 안도의 한숨을 쉬면서 담배 파이프를 물고 어떤 광산의 사업 안내서를 꼼꼼히 읽어 나갔다. 너무 노골적이고 낙관적이어서 미망인이나 퇴역 장교처럼 세상 물정 어두운 사람들이 아니라면 누구라도 의혹을 느낄 만한 것이었다.

"12퍼센트라. 굉장히 좋은 조건인 것 같은데······."

버너비 소령이 중얼거렸다.

이웃집의 와이엇 대령은 라이크로프트 씨를 위압적으로 꾸짖고 있었다.

"자네 같은 친구는 이 세상에 대해 아무것도 모르지. 진짜 생활을 해 본 적이 없으니까. 불편하게 살아 본 적도 없고."

라이크로프트 씨는 아무런 대꾸도 하지 않았다. 와이엇 대령 같은 사람에게 말실수하지 않기란 아주 어려웠으므로 아무 대꾸도 하지 않는 편이 오히려 안전할 때가 많았다.

대령은 휠체어 한쪽으로 몸을 기댔다.

"그 여자는 어디 갔소? 예뻐 보이던데."

대령의 마음속에 떠오르는 생각은 뻔했다. 라이크로프트 씨는 그를 경멸하는 표정으로 바라보았다.

"그 여자가 여기서 뭘 하는지 그게 알고 싶단 말이오."

와이엇 대령은 정말 궁금한 듯 캐물었다.

"압둘!"

"나리, 부르셨습니까?"

"불리는 어디 갔나? 그놈의 개는 또 밖으로 나갔나?"

"부엌에 있습니다, 나리."

"그럼, 먹이를 주지 마."

그는 휠체어에 깊숙이 앉아 두 번째 요점을 말했다.

"그 여자가 여기서 원하는 게 뭐라고 생각하오? 이런 곳에서 그녀가 대화하려는 사람이 누구라고 생각하오? 당신 같은 구닥다리들은 그 여자를 지루하게 만들겠지. 나는 오늘 아침 그 여자와 말을 주고받았소. 이런 곳에서 나 같은 사람을 만나서 아마 놀랐을 거요."

와이엇 대령은 말하면서 콧수염을 비틀었다.

"그녀는 제임스 피어슨의 약혼자입니다. 트리벨리언 대령의 살인 혐의로 체포된 남자 말이죠."

라이크로프트 씨가 심드렁한 표정으로 말했다.

와이엇 대령이 방금 입술에 대려던 위스키 잔을 떨어뜨려 마루에서 박살이 나고 말았다. 그는 즉시 큰 소리로 압둘을 불러 휠체어에서 손이 닿기 쉬운 자리에 탁자를 두지 않았다고 욕을 했다. 그러고는 다시 대화를 시작했다.

"그럼 그게 그 여자의 정체로군. 소매점 직원 같은 남자에겐 과분하오. 그런 여자는 남자다운 남자를 원할 거요."

"피어슨 청년은 아주 미남입니다."

라이크로프트 씨는 빈정거리듯 말했다.

"미남, 미남이라……. 여자란 마네킹 같은 남자는 원치 않는 법인데. 매일 사무실에서나 일하는 그런 젊은이가 인생에 대해 뭘 알겠소? 현실을 경험해 보기나 했겠소?"

"살인자로 취급받는 경험은 그에게 현실이 어떤지 충분히 알려주겠죠."

라이크로프트 씨가 냉정하게 말했다.

"경찰은 그가 범인이 확실하다고 하오?"

"확실하지 않다면 그를 체포하지 않았겠죠."

"시골뜨기들 같으니라고."

와이엇 대령이 거만하게 말했다.

"그렇진 않아요. 오늘 아침에 마주쳤던 내러콧 경위는 아주 유능하고 솜씨 좋은 사람 같았습니다."

"아침에 어디서 그 사람을 만났소?"

"내 집을 방문했어요."

"나한테는 안 왔는데."

와이엇 대령은 기분이 상한 듯 말했다.

"뭐, 당신은 트리벨리언의 친한 친구거나 그런 사이가 아니었잖습니까."

"무슨 말인지 모르겠군. 나는 트리벨리언의 면전에서 그를 지독한 구두쇠라고 부르기도 했소. 그는 나를 마음대로 다루지 못했지. 나는 여기 있는 다른 사람들처럼 머리를 조아리며 아부하지 않았으니까. 그는 언제나 예정에 없이 불쑥 들렀소. 불쑥 들렀다고. 너무 많이 들락거렸지. 내가 다른 사람을 일주일이나 한 달, 또는 일 년 동안 만나지 않기로 한다 해도 그건 남들이 상관할 일이 아니오."

"일주일 동안 아무도 만나지 않았지요?"

라이크로프트 씨가 갑자기 궁금하다는 듯이 물었다.

"안 만났소. 만날 이유가 뭐 있소?"

화가 난 병자는 탁자를 내려쳤다. 라이크로프트 씨는 언제나 그렇듯 자기가 잘못 말했다는 걸 알았다.

"빌어먹을, 내가 왜 다른 사람을 만나야 하오? 그 이유를 말해 보겠소?"

라이크로프트 씨는 분별력 있게 침묵을 지켰다. 잠시 후 대령은 화를 가라앉혔다.

"그래도 경찰이 트리벨리언에 대해 알고 싶었다면 나를 찾아왔어야 하오. 나는 세상을 두루 돌아다녔고 판단력도 있소. 사람의 인물 됨을 평가할 능력이 있소. 노약자들이나 나이 든 여자들을 찾아다녀 봤자 뭐 좋은 게 나오겠소? 경찰에게 필요한 건 남자의 판단이오."

그는 다시 탁자를 내려쳤다.

"어쨌든 경찰은 자기들이 뭘 추적하고 있는지 알고 있는 것 같았습니다."

라이크로프트 씨의 말을 듣고 와이엇 대령이 물었다.

"그들이 나에 대해 물었군. 당연히 그랬겠지."

"글쎄요. 음……. 기억이 나지 않는군요."

라이크로프트 씨는 조심스럽게 대답했다.

"왜 기억을 못 하오? 벌써 망령이 난 건 아니잖소."

"내가 그…… 당황했던 것 같군요."

라이크로프트 씨가 달래듯 말했다.

"당황했다고? 당신이? 경찰이 무서워서? 나는 경찰이 두렵지 않소. 이곳에 와도 좋소. 나라면 당당하게 말할 거요. 그런데 내가 며칠 전 밤에 90미터쯤 떨어져 있는 고양이를 쏜 것을 알고 있소?"

"그랬나요?"

라이크로프트 씨가 놀랍다는 듯이 말했다.

진짜 고양이인지 상상 속의 고양이인지를 향해 연발 권총을 쏘아 대는 와이엇 대령의 버릇은 이웃 사람들에게 큰 골칫거리였다.

"이런, 몹시 피곤하군. 가기 전에 한 잔 더 들겠소?"

와이엇 대령이 갑자기 물었다.

라이크로프트 씨는 그의 말뜻을 눈치 채고 자리에서 일어섰다. 와이엇 대령은 계속 한 잔 더 하라고 강요하다시피 권했다.

"조금만 더 마시면 당신은 진짜 남자다운 남자가 될 거요. 술을 즐길 줄 모르면 진짜 남자가 아니오."

그러나 라이크로프트 씨는 권유를 거절했다. 그는 이미 소다수를 탄 상당히 도수가 센 위스키를 한 잔 마셨던 터였다.

"무슨 차를 마시오? 나는 차에 대해선 아는 게 없소. 압둘에게 차를 좀 가져오라고 했소. 그 여자가 차를 마시러 올지도 모르니까. 상당히 예쁜 아가씨던데. 꼭 도와줘야 할 텐데 말이오. 이런 곳에서 대화 상대도 없이 무척 지겨울 거요."

"그녀와 함께 다니는 청년이 있더군요."

"요새 젊은이들은 형편없어. 그들에게 좋은 점이 대체 뭐가 있소?"

대답하기 어려운 질문이라 라이크로프트 씨는 아무 말도 하지 않고 대령의 집을 나섰다. 불테리어 암컷이 대문까지 따라 나와 그를 화들짝 놀라게 했다.

4번 방갈로에서는 퍼스하우스 양이 조카 로널드 가필드에게 말을 건네고 있었다.

"너한테 관심도 없는 아가씨를 쫓아다닌다고 해도 그건 어디까지나 네 일이다, 로널드. 차라리 월렛 아가씨에게 집중하는 게 더 나아. 그래도 그쪽은 기회가 있잖아, 희망은 별로 없지만."

"아, 이것 참."

로널드 가필드는 항의는 못 하고 씩씩거렸다.

"내가 또 한 가지 얘기하고 싶은 건 시태퍼드에 경찰관이 와 있다면 그걸 꼭 알려 줘야 한다는 거야. 누가 알아. 내가 경찰에게 중요한 정보를 줄 수 있을지."

"경찰이 떠나고 난 후에야 여기 왔었다는 걸 알았어요."

"너답다, 로널드. 정말 너답구나."

"죄송해요, 캐롤라인 고모님."

"그리고 내가 정원 의자에 페인트 칠을 하라고 그랬지, 언제 네 얼굴을 칠하라고 했냐? 그런다고 얼굴이 나아질 것도 아니고 페인트만 아깝지."

"죄송해요, 고모님."

"이제 말씨름은 그만하자. 피곤해."

퍼스하우스 양은 눈을 감았다.

로널드 가필드는 뭔가 거북스러운 표정으로 머뭇거렸다.

"뭐야?"

퍼스하우스 양이 날선 목소리로 물었다.

"아, 아니에요……. 그저……."

"그저, 뭐?"

"저, 내일 엑서터에 다녀와도 괜찮을까 해서요."

"왜?"

"저, 거기 있는 친구를 만나고 싶어서요."

"어떤 친구?"

"아, 그냥 친구가 한 명 있어요."

"젊은 사람이 거짓말을 하려면 좀 그럴듯하게 해야지."

"아, 이런……, 하지만……."

"변명할 필요 없다."

"그럼 괜찮은 거죠? 가도 되지요?"

"네 말이 무슨 뜻인지 모르겠구나. '가도 되지요?'라니. 꼭 어린아이 같구나. 너는 스물한 살도 넘었어."

"예, 하지만 제 말은 제가……."

퍼스하우스 양은 다시 눈을 감았다.

"아까 말씨름하지 말자고 했지. 나는 피곤해서 쉬고 싶어. 네가 엑서터에서 만난다는 그 '친구'가 치마를 걸치고 있고 이름이 에밀리 트레퍼시스라면 넌 정말 구제불능의 바보야……. 내 할 말은 이제 다했다."

"하지만 고모님……."

"피곤하다니까, 로널드. 그만하면 됐어."

찰스 엔더비, 한밤에 모험을 하다

찰스 엔더비는 밤에 망을 볼 때 흥미로운 일이 발생할 거라고는 기대하지 않았다. 속으로는 헛수고가 될 거라고 생각했다. 오히려 에밀리의 상상력이 너무 풍부하다고 여겼다. 그는 그녀가 엿들었다는 몇 마디 말의 의미도 머릿속에서 상상해 낸 것임에 틀림없다고 확신했다. 윌렛 부인은 아마도 순전히 지쳐서 밤이 빨리 오기를 바랐던 건지도 몰랐다.

엔더비는 창문을 내다보며 몸서리를 쳤다. 쌀쌀한 안개가 뼈를 파고드는 추운 밤이었다. 이런 밤에 밖을 돌아다니면서 무언가 막연한 일이 일어나기를 기다릴 사람은 아무도 없을 것이다.

그래도 방 안에서 편하게 있고 싶다는 강렬한 욕망에 몸을 맡길 수가 없었다. 그는 에밀리의 매끄럽고 음악적인 목소리와 그녀가 했던 말을 떠올렸다.

"누군가 의지할 수 있는 사람이 있다는 건 정말 멋진 일이에요."

그녀는 자기를 의지하고 있고 그 기대를 헛되게 만들 수는 없었다.

'뭐라고? 그 아름답고 힘없는 여자를 실망시킨다고?'

결코 그럴 수는 없었다.

엔더비는 가지고 있던 여벌의 내의를 모두 껴입은 후 스웨터 두 벌과 외투까지 걸치면서 에밀리가 돌아와서 자기가 약속을 지키지 않은 것을 알면 사태가 마음에 들지 않게 돌아갈 거라고 생각했다. 그녀는 아주 불쾌한 말을 할지도 몰랐다. 아니, 그런 위험을 무릅쓸 수는 없었다. 하지만 무슨 일이 일어난다면…….

어쨌든 언제, 그리고 어떻게 그 일이 일어날 것인가? 몸이 하나뿐이니 모든 곳에 동시에 있을 수는 없었다. 무슨 일이 일어나든 시태퍼드 하우스 안에서 일어날 것이고, 그러면 그는 그 일에 대해 알 길이 없었다.

"천진난만하게 엑서터로 춤추듯 가 버리고 나는 남아서 궂은일이나 하라니."

그는 혼잣말로 불만을 터뜨렸다.

그러면서도 또다시 자기를 의지한다고 말하던 에밀리의 음악적인 목소리를 떠올리자 화를 낸 것이 부끄러웠다.

엔더비는 화장실에서 볼일을 보고 방갈로를 은밀하게 빠져나왔다. 밤공기는 생각했던 것보다 더 춥고 불쾌했다. 에밀리는 자기 때문에 그가 이렇게 고생하고 있다는 걸 짐작이나 할까? 앤더비는 그녀가 알기를 바랐다.

그는 손을 왼쪽 주머니에 부드럽게 넣고 거기 숨겨 둔 휴대용 술병을 어루만졌다.

"남자의 절친한 친구이지. 이런 밤에는 더 그렇고말고."

그는 혼잣말을 중얼거렸다.

엔더비는 적당히 조심해 가며 시태퍼드 하우스의 정원으로 들어갔다. 윌렛 모녀는 개를 기르지 않아서 정원에 숨어 있다가 발각될 위험은 없었다. 정원사의 오두막에 불이 켜진 걸로 봐서 안에 사람이 사는 모양이었다. 시태퍼드 하우스 본채는 어둠에 둘러싸여 있었고 2층 창문 하나에만 불이 켜져 있었다.

"집 안에 두 여자만 있군. 신경 쓰지 말아야겠어. 그런데 약간 으스스하군!"

그는 에밀리가 '오늘 밤은 정녕 오지 않을 것인가?'라는 문장을 정말 들었다고 가정해 보았다. 그게 무슨 뜻일까?

'야반도주를 한다는 뜻일까? 어쨌든 무슨 일이 일어나든 나는 여기서 지켜볼 거야.'

그는 조심스럽게 거리를 두며 집을 한 바퀴 돌았다. 밤이라 어두운 데다가 안개까지 끼어 눈에 띌 염려는 없었다. 시야가 미치는 곳까지는 겉보기에 모든 것이 평소와 다름없었다. 저택에 딸린 별채로 조심스럽게 가 보았더니 문이 잠겨 있었다.

'무슨 일이 정말 일어났으면 좋겠군.'

시간이 흐르면서 엔더비는 지루해졌다. 그는 휴대용 술병에 담아 온 술을 아껴 가며 한 모금씩 마셨다.

'이렇게 추워 보긴 또 처음이군. 예전에 아버지에게 1차 세계대전 때는 어땠냐고 물어본 적이 있었지만 지금보다 더했을라고.'

그는 손목시계를 힐끗 보고는 아직 11시 40분밖에 안 되었다는 사실에 깜짝 놀랐다. 동틀 무렵이 가까웠을 거라고 생각했던 것이다.

그 순간 예상치 못한 소리에 그는 깜짝 놀라 귀를 쫑긋 세웠다. 열쇠가 아주 부드럽게 자물쇠 구멍에서 빠져나오는 소리였고 집 쪽에서 들려왔다. 찰스 엔더비는 덤불에서 덤불로 소리 죽여 달렸다. 그랬다. 그가 옳았다. 작은 옆문이 천천히 열리고 있었다. 어두운 형체가 문간에 서 있었다.

"월렛 부인 아니면 바이올렛 양일 거야. 어여쁜 바이올렛인 것 같군."

그는 혼잣말을 했다.

잠시 후 그 형체는 문을 소리 없이 닫고 대문과 반대되는 쪽으로 걸어갔다. 길은 시태퍼드 하우스 뒤쪽으로 이어져 작은 숲을 지나 황무지로 연결돼 있었다.

길은 엔더비가 숨어 있는 덤불 숲과 워낙 가까워서 지나가는 여자가 누구인지 알아볼 수 있었다. 생각대로 그 여자는 바이올렛 월렛이었다. 그녀는 검은색 긴 외투를 입고 머리에는 베레모를 쓰고 있었다.

그녀를 쫓아 엔더비도 될 수 있는 대로 걸음을 빨리 했다. 눈에 띌 염려는 없었지만 소리 때문에 위험했다. 특히 그 아가씨를 놀라게 하지 않으려고 기를 썼다. 그렇게 조심한 덕분에 그녀는 그를 훨씬 앞서 나갔다. 잠시 동안 엔더비는 그녀를 놓치지 않을까 걱정됐지만 조림지를 돌아가자 약간 떨어진 곳에 바이올렛이 서 있는 것이 보였다. 여기에는 저택을 둘러싼 낮은 담이 있었고 담 가운데 문이 하나 있었다. 그녀는 그 문 옆에 서서 몸을 기대고 어둠 속을 뚫어지게 바라보고 있었다.

찰스 엔더비는 될 수 있는 대로 가까이 기어가서 무슨 일이 일어나길 기다렸다. 시간이 흘렀다. 바이올렛은 작은 회중전등을 가지고 있었는데 엔더비가 보기에 손목시계를 확인하려는 듯 전등을 잠시 켰다가 다시 문에 기대어 뭔가를 기다리는 자세를 취했다. 갑자기 엔더비의 귀에 낮은 휘파람 소리가 두 번 반복되는 게 들렸다.

그러더니 한 남자의 모습이 어둠 속에서 불쑥 나타났다. 바이올렛은 낮게 외치며 한두 걸음 뒤로 물러났고 문이 안쪽으로 활짝 열리더니 한 남자가 들어섰다. 그녀는 그에게 낮고 서두르는 목소리로 뭔가를 말했다. 그들이 말하는 소리를 알아들을 수가 없어 엔더비는 경솔하게 앞으로 나아갔다. 그의 발아래에서 나뭇가지가 부러졌다. 그러자 남자가 즉시 돌아섰다.

"무슨 소리지?"

그 남자는 엔더비의 뒷걸음치는 모습을 보았다.

"이봐, 거기 서! 여기서 뭘 하는 거야?"

그는 한 번 훌쩍 뛰어오르더니 엔더비에게 달려들었다. 엔더비는 몸을 돌려 능숙하게 그와 맞붙었다. 다음 순간 그들은 서로 뒤엉켜 뒹굴고 또 뒹굴었다.

싸움은 짧게 끝났다. 엔더비를 공격한 사람은 몸집이 훨씬 컸고 힘이 셌다. 그는 상대를 확 끌어잡고 일어섰다.

"바이올렛, 어서 전등을 켜 봐요. 도대체 누군지 확인해 봅시다."

겁에 질려 몇 걸음 떨어진 곳에 있던 바이올렛이 다가와 회중전등을 켰다.

"마을에 묵고 있는 그 사람이 분명해요. 기자 말이에요."

남자가 소리쳤다.

"기자라고? 나는 이런 부류를 싫어해. 이 상종하지 못할 놈, 남의 집에서 이런 밤중에 뭘 찾고 있는 거야?"

바이올렛이 들고 있는 회중전등이 흔들렸다. 엔더비는 처음으로 적수의 얼굴을 확실히 볼 수 있었다. 그는 잠시 이자가 탈옥한 죄수일지도 모른다고 멋대로 상상했다. 한 번 더 바라보니 그건 터무니없는 생각이었다. 그는 스물 너덧 살 정도의 젊은이였다. 키가 크고 잘생겼으며 당당한 표정으로 보아 쫓기는 죄수 같은 분위기는 전혀 없었다.

"이봐. 이름이 뭐야?"

그가 날선 목소리로 말했다.

"내 이름은 찰스 엔더비입니다. 당신은 자기 이름을 아직 말하지 않았지만."

"말조심해!"

엔더비는 순간적으로 뭔가 번쩍 떠올랐다. 영감처럼 떠오른 추측이 그를 구해 주었던 적이 한두 번이 아니었다. 대담한 시도이긴 했지만 그는 자기가 옳다는 걸 믿었다.

"당신 이름을 알아맞힐 수 있을 것도 같은데."

엔더비는 조용히 말했다.

"뭐라고?"

그 남자는 당황한 게 분명했다.

"내가 호주에서 온 브라이언 피어슨 씨와 대화를 나누고 있는 것 같은데, 맞습니까?"

침묵이 흘렀다. 상당히 긴 침묵이었다. 엔더비는 두 사람의 입장이 역전되었다고 느꼈다.

"도대체 어떻게 알았는지 모르겠지만 당신 말이 맞아요. 내 이름은 브라이언 피어슨입니다."

"그렇다면 집으로 들어가서 얘기를 계속해 보는 게 어떤가요!"

엔더비가 대담하게 제안했다.

헤이즐무어에서

버너비 소령은 계산을 하고 있었다. 디킨스식으로 표현하자면 그는 자기의 일들을 들여다보고 있는 셈이었다. 소령은 지극히 꼼꼼한 사람이었다. 그는 주식을 사고 판 것과 그에 따른 이익이나 손실을 송아지 가죽 표지의 공책에 기록해 놓았다. 주로 손해 본 것이 많았는데 대부분의 퇴역 군인들과 마찬가지로 소령도 안전이 보장되는 적당한 수준보다 높은 이율을 더 좋아했던 탓이다.

그가 투덜거리며 혼자서 말했다.

"이 유전은 괜찮아 보였는데. 한 재산 잡을 것 같았는데 말이야. 그 다이아몬드 광산만큼이나 엉망이군! 캐나다 부동산이라, 이건 좋아야 할 텐데."

그의 생각은 로널드 가필드가 열려 있는 창문으로 머리를 불쑥 내미는 바람에 중단됐다.

"안녕하세요? 제가 방해한 게 아니길 바랍니다."

로널드가 쾌활하게 말을 건넸다.

"들어오려거든 현관문으로 들어오게. 거기 바위에서 자라는 식물 조심하고. 지금 그걸 밟고 서 있는 것 같은데."

로널드는 재빨리 사과하고 뒤로 물러나서 현관문 쪽으로 갔다.

"괜찮다면 신발을 깔개에 닦게."

소령이 큰 소리로 외쳤다.

그는 이 젊은이가 견디기 힘들 정도로 싫었다. 조금이라도 친절을 베풀어 주고 싶었던 젊은이는 기자인 찰스 엔더비뿐이었다.

소령은 혼잣말을 했다.

"괜찮은 녀석이지. 그리고 내가 보어 전쟁에 대해 이야기해 주었더니 아주 재미있어 했어."

로널드 가필드에게는 그런 친절을 베풀어 줄 마음이 생기지 않았다. 불운한 로널드는 말하는 거나 행동하는 모든 것이 소령의 기분을 상하게 했다. 그래도 손님이니 대접을 해야 했다.

"한잔할 텐가?"

소령은 예의에 어긋나지 않게 물었다.

"아니, 괜찮습니다. 사실 저는 소령님과 제가 함께 갈 수 없을까 해서 왔습니다. 오늘 익스햄프턴으로 가려고 하는데 엘머의 차를 소령님이 예약하셨다고 하더군요."

버너비 소령은 고개를 끄덕였다.

"트리벨리언이 남긴 물건들을 점검해 봐야 하네. 경찰이 그곳 일을 다 처리했다는군."

로널드는 약간 난처하다는 표정으로 말했다.

"저, 그런데요. 저도 오늘 익스햄프턴에 가고 싶습니다. 같이 타고 가면서 요금을 절반씩 나눠 냈으면 하는데요. 어떻습니까?"

"물론이지, 찬성이네. 하지만 걸어다니면 좋을 텐데. 운동하라고. 요새 젊은이들은 운동을 통 안 하는군. 활기차게 10킬로미터를 걸어갔다가 빠른 걸음으로 다시 10킬로미터를 걸어서 돌아오면 세상에 그처럼 좋은 운동이 없다네. 트리벨리언의 유품들을 차로 실어 오는 일만 아니라면 나는 걸어갔을 거야. 사람들이 허약해지는 게 요즘 세상의 재앙이지."

"아, 저는 제가 허약하다고 생각지는 않습니다만 어찌 됐든 합의를 봐서 기쁘군요. 엘머 말로는 소령님이 11시에 출발하신다고 하던데 맞습니까?"

"그렇다네."

"좋습니다. 그때 뵙기로 하죠."

로널드는 약속을 잘 지키는 편이 아니었다. 그의 생각으로 정각에 도착한다는 것은 10분 늦겠다는 얘기였다.

로널드가 도착해 보니 버너비 소령은 화가 나서 씩씩거리고 있는 게 형식적인 사과의 말로는 수그러들지 않을 태세였다.

로널드는 속으로 투덜거렸다.

'늙은 주제에 공연히 법석을 떨기는. 모든 사람에게 시간을 엄수할 것을 요구하고 모든 것을 순식간에 다 마쳐야 한다고 닥달하면서 자기가 사람들을 얼마나 괴롭히고 있는지 그는 아마 모를 거야. 게다가 건강을 지키라고 운동을 강요하다니.'

로널드는 버너비 소령과 자기 고모가 결혼하면 어떨까 마음속으로 잠시 생각해 보았다. 누구에게 더 좋은 일일지 궁금했다. 그는 언제나 고모를 생각했다. 고모가 소령더러 자기 곁에 오라고 손뼉을 치며 찢어지는 비명을 질러 대는 모습을 상상하니 상당히 재미있었다. 그런 상상을 머릿속에서 걷어 내며 그는 소령에게 유쾌하게 말을 걸었다.

"시태퍼드가 꽤 재미있는 장소가 됐어요. 무슨 소리냐고요? 트레퍼시스 양과 엔더비란 친구, 그리고 호주에서 온 젊은이까지……. 그런데 그 친구는 왜 불쑥 찾아온 거죠? 오늘 아침 떡하니 나타났는데 어디서 왔는지 아무도 모르더라는 것 아닙니까. 고모님은 안색까지 창백해져 걱정하고 계세요."

"윌렛 모녀의 집에 묵고 있다더군."

버너비 소령이 못마땅하다는 듯 말했다.

"그래요. 하지만 갑자기 어디서 나타난 거죠? 그 집에 사설 비행장이 있는 것도 아닌데 말입니다. 피어슨이란 친구에게는 뭔가 엄청나게 수상한 데가 있는 것 같아요. 눈빛이 험악해 보이던데요. 아주 위험해 보였어요. 불쌍한 트리벨리언을 해친 녀석이 그 친구가 아닐까 의심돼요."

소령은 대꾸하지 않았다.

로널드는 계속해서 혼자 떠들었다.

"이 일을 저는 이렇게 봅니다. 식민지 국가들로 간 사람들은 대개 건달이죠. 친척들이 그들을 그런 곳으로 쫓아 보내니까요. 그렇다면 좋아요, 자 보세요. 그 건달이 돈이 떨어져서 돌아와서는 가까운 곳에 사는 부자 외삼촌을 크리스마스에 찾아가는 거죠. 부자 친척은 무일푼인 조카에게 돈을 주려고 하지 않죠······. 그래서 조카는 외삼촌을 내려칩니다. 이게 말하자면 제 추리라고나 할까요."

"경찰에게 그렇게 말하지 그랬나."

"소령님이 그렇게 하실지 모른다고 생각했죠. 소령님은 내러콧 경위님하고 친하시잖아요, 안 그래요? 그나저나 경위님이 시태퍼드를 다시 조사하지는 않았죠, 그렇죠?"

"내가 아는 한 조사하지 않았네."

"오늘 그 집에서 경위님을 만나지는 않으시고요?"

소령이 마지못해 짧게 대답하자 로널드 가필드는 드디어 소령의 기분을 눈치챈 것 같았다.

"뭐, 그걸로 끝이에요."

로널드는 들릴 듯 말 듯 말하고는 자기 생각에 빠져 조용해졌다.

익스햄프턴에 도착한 차는 스리 크라운스 여관 앞에 정차했다. 로널드 가필드는 차에서 내려 소령과 그곳에서 4시 30분에 만나서 같이 돌아가기로 약속하고 상가가 늘어선 쪽으로 성큼성큼 걸어갔다.

소령은 먼저 커크우드 씨를 만나러 갔다. 그와 간단히 대화를 나눈 후 소령은 열쇠를 받아 헤이즐무어로 출발했다.

그는 에번스에게 그 집에서 12시에 만나자고 미리 말해 놓았는데 도착해 보니 그 충실한 하인은 문 앞에서 기다리고 있었다. 버너비 소령은 다소 험악한 표정으로 열쇠로 현관문을 열고 빈집으로 들어섰고 에번스가 뒤를 따랐다. 그는 비극이 있었던 날 이후 이 집에 들어온 적이 없었는데 약한 모습을 보이지 않겠다고 마음을 단단히 먹었는데도 응접실을 지나면서 몸서리가 쳐졌다.

에번스와 소령은 연민에 빠져서 침묵으로 일관한 채 일을 했다. 한 마디만으로도 충분히 의사전달이 됐다.

"기분 좋은 일은 아닙니다. 하지만 소령님 말씀대로 해야만 할 일입죠."

에번스는 효율적으로 솜씨 있게 일을 했다. 모든 물건들을 단정하게 분류하고 정리해 몇 개의 무더기로 나눠 쌓았다. 1시에 그들은 스리 크라운스로 돌아가 간단하게 점심을 먹었다. 다시 헤이즐무어로 돌아왔을 때 소령은 갑자기 현관문을 닫고 있는 에번스의 팔을 잡았다.

"쉬잇. 위쪽에서 발자국 소리가 들리지 않나? 이건…… 이건 조의 침실에서 들리는 소린데."

"맙소사, 그렇군요."

잠시 동안 두 사람은 귀신에 홀린 것 같은 무서움을 느꼈다. 소령은 성난 듯 어깨를 쫙 펴고는 계단 밑으로 성큼성큼 걸어가 호탕한 목소리로 소리쳤다.

로널드 가필드가 계단 꼭대기에 나타나자 그는 너무 놀라서 순간적으로 짜증이 났지만 솔직히 약간 안심이 되기도 했다. 오히려 로널드가 당황하고 겁먹은 표정이었다.

"소령님을 찾고 있었어요."

"무슨 말인가? 나를 찾고 있었다니?"

"그게, 4시 30분에 만나자던 약속을 지키지 못할 것 같다는 말씀을 드리려고요. 저는 엑서터로 가야 하거든요. 그러니 저를 기다리지 마시라고요. 익스햄프턴에서 차를 빌릴 생각이에요."

"이 집에는 어떻게 들어왔나?"

소령이 다그치듯 물었다.

"문이 열려 있던데요. 그래서 당연히 소령님이 여기 계신 줄 알았죠."

소령은 홱 돌아서며 에번스를 쳐다보았다.

"나갈 때 문을 잠그지 않았나?"

"예, 소령님. 저는 열쇠가 없습니다요."

"이런 멍청한 짓을……."

소령은 자책하며 투덜거렸다.

"기분 나쁘신 건 아니죠? 아래층에 아무도 없기에 위층으로 가서 둘러보고 있었습니다."

"물론이지. 상관없네. 놀라서 그런 것뿐이라네."

소령은 딱 잘라 말했다.

"그럼, 이제 가 봐야겠습니다. 안녕히 계세요."

로널드가 가볍게 고개를 숙이며 말했다.

소령의 투덜거림 속에 로널드 가필드는 계단을 내려왔다.

"아, 참, 어디서…… 그러니까 그 일이 어디서 일어났는지 말씀해 주시겠습니까?"

로널드가 순진하게 물었다.

소령은 손으로 응접실 쪽을 가리켰다.

"아, 안을 둘러봐도 될까요?"

"그러고 싶다면."

소령은 못마땅해 말을 툭 내뱉었다.

로널드는 응접실 문을 열었다. 잠시 모습이 보이지 않더니 곧 되돌아 나왔다.

소령은 2층으로 올라갔지만 에번스는 현관 입구에 서 있었다. 그는 불도그 같은 모습으로 문을 지키고 있었다. 작고 움푹 들어간 눈이 로널드를 약간 심술궂게 살펴보고 있었다.

"핏자국은 절대 지워지지 않는다고 알고 있어요. 많이 지워졌지만 다시 나타날 겁니다. 아, 참…… 그분은 모래주머니로 얻어맞았다고 했지요? 내가 멍청했네요. 이것들 중 하나였나요?"

그는 문 아래에 놓여 있는 가늘고 긴 모래주머니 받침대를 집어 올렸다. 그러고는 신중하게 그것을 손 안에서 무게를 재 보고 균형을 잡아 보았다.

"멋진 장난감이에요, 그렇죠?"

그는 모래주머니를 시험 삼아 몇 번 휘둘러 보았다.

에번스는 가만히 지켜보았다.

"그럼, 이제 가 봐야겠군요. 내가 약간 눈치 없이 굴었군요. 그렇죠?"

로널드는 그 침묵이 별로 호의적인 것이 아니라는 걸 깨닫고 비굴한 표정을 지으며 말했다.

그는 고갯짓으로 위층을 가리켰다.

"두 분이 아주 친한 친구였다는 걸 까먹었어요. 죽이 잘 맞았죠, 안 그래요? 그럼, 이제 정말 가야겠어요. 내가 허튼소리를 했다면 미안해요."

그는 현관 입구를 지나 현관문을 나섰다. 에번스는 무표정하게 현관 입구에 서 있다가 대문을 닫고 나가는 소리가 들리고 나서야 계단을 올라가 버너비 소령에게로 갔다. 아무 말 없이 그는 곧장 방을 가로질러 들어가 신발을 넣어 두는 벽장 앞에서 무릎을 꿇고 하던 일을 다시 시작했다.

3시 30분이 되자 두 사람의 일이 끝났다. 옷을 넣은 트렁크 하나를 에번스가 가지기로 하고 나머지는 끈으로 묶어 시멘스 고아원으로 보내기로 했다. 서류와 청구서들은 서류 가방에 챙겨 넣었고 여러 가지 트로피와 동물 머리 박제품들은 버너비 소령의 집에 둘 공간이 없었기 때문에 에번스가 이삿짐센터에 보관하는 문제를 알아보기로 했다. 헤이즐무어는 가구가 딸린 채로 세를 얻었기 때문에 다른 문제는 없었다.

모든 일이 마무리되자 에번스는 불안하게 헛기침을 두어 번 하고는 말을 꺼냈다.

"죄송합니다만…… 대령님을 모셨던 것과 같이 신사분을 모시는 일을 얻고 싶습니다."

"그래, 그래, 내가 추천장을 써 줄 수 있을 걸세. 아무 문제도 없을 거야."

"죄송합니다만 제가 말하려던 건 그게 아닙니다. 제 아내 레베카와 저는 여러 번 이야기를 나누었는데, 혹시 소령님께서 저희를 쓰실 수 있는지 궁금합니다."

"아! 하지만 글쎄……. 알다시피 나는 혼자서도 잘 꾸려 간다네. 이름이 뭔지 기억나지 않는데 그 나이 든 여자가 하루에 한 번씩 와서 요리도 하고 몇 가지 일을 하고 있지. 그 정도가 음…… 내가 감당할 수 있는 정도야."

"돈은 그리 큰 문제가 아닙니다, 소령님. 저는 대령님을 아주 좋아했습니다. 소령님을 위해 일할 수 있다면 대령님과 똑같이 해 드릴 겁니다, 똑같이 말이죠. 제 말뜻을 아시겠지만……."

소령은 헛기침을 하고 눈길을 돌렸다.

"자넨 아주 친절하군, 이것 참……. 한번 생각해 보기로 하지."

그러고는 소령은 재빨리 그 자리를 빠져나와 거의 뛰다시피 도로로 나섰다. 에번스는 그의 뒷모습을 바라보며 알 것도 같다는 듯 미소를 지으며 중얼거렸다.

"한 콩깍지에 든 콩들 같다니까, 저분과 대령님 말이야."

그때 뭔가 헷갈리는 듯한 표정이 그의 얼굴에 떠올랐다.

"그런데 어디가 그렇게 닮은 거지? 약간 묘하군. 레베카는 어떻게 생각하는지 물어봐야겠어."

그가 혼자 중얼거렸다.

내러콧 경위, 사건을 설명하다

"저는 전혀 만족할 수 없습니다."

내러콧 경위가 말했다. 경찰서장은 무슨 말이냐는 듯 그를 바라보았다.

"이전처럼 기분이 좋지는 않다는 말입니다."

"우리가 진짜 범인을 잡지 않았다고 생각하나?"

"만족스럽지가 않습니다. 말하자면 시작부터 모든 것이 한 방향을 가리켰지만 지금은…… 좀 다릅니다."

"피어슨에게 불리한 증거들은 그대로일세."

"맞습니다. 그러나 새로 밝혀진 증거들도 꽤 많습니다, 서장님. 피어슨 가족 중에는 브라이언이라는 사람도 있습니다. 그를 아무리 해도 찾을 수가 없어 저는 그가 호주에 있다는 말을 받아들였습니다. 그런데 이제 브라이언이 영국에 있었다는 사실이 드러났습니다.

두 달 전에 영국으로 돌아온 것 같더군요. 게다가 월렛 모녀와 같은 배를 타고 말이지요. 여행 도중 월렛 아가씨와 눈이 맞났나 봅니다. 어쨌거나 무슨 이유였는지는 몰라도 그는 다른 가족들에게 연락하지 않았습니다. 가족들은 브라이언이 영국에 있는지도 몰랐습니다. 그는 지난주 목요일에 러셀 광장에 있는 옴스비 호텔에서 나와 패딩턴으로 차를 몰고 갔습니다. 그때부터 엔더비와 마주쳤던 화요일 밤까지의 행적을 전혀 말하지 않고 있습니다."

"그런 행동이 중대하다고 말했나?"

"자기는 신경 쓰지 않는다고 하더군요. 자기는 살인과 아무런 관련이 없고 만약 관련이 있다면 그것을 증명해 내는 것은 우리의 몫이라고 했습니다. 자기가 시간을 어떻게 사용했든 그건 자기 일이니 우리가 알 바가 아니라고 하면서 그간의 행적에 대해 말하기를 딱 잘라 거부했습니다."

"매우 특이한데?"

경찰서장은 고개를 갸웃거리며 말했다.

"예, 그렇습니다. 특이한 사건이지요. 사실에서 멀어지면 안 됩니다. 이 남자는 제임스 피어슨과는 아주 다른 타입입니다. 제임스 피어슨이 모래주머니로 늙은이의 뒤통수를 때리는 장면은 뭔가 어울리지가 않습니다. 반면에 브라이언 피어슨에게는 익숙한 일일지도 모릅니다. 그는 성질이 급하고 독선적인 청년이고…… 또한 대령의 유산으로 이득을 보게 됩니다. 기억하시지요?

그렇습니다. 그는 엔더비 씨와 함께 오늘 아침 이곳으로 왔습니다. 쾌활하고 공정하고 솔직한 태도였습니다. 하지만 그게 먹힐 리가 없죠, 그럴 순 없습니다."

"음…… 그 말은……."

"그런 태도로 사실을 가릴 수는 없습니다. 왜 좀 더 일찍 오지 않았을까요? 외삼촌이 살해된 사실은 토요일 여러 신문에 실렸습니다. 형은 월요일에 체포되었고요. 그런데도 그동안 코빼기도 보이지 않았습니다. 더군다나 그 기자가 어젯밤에 시태퍼드 하우스의 정원에서 그와 마주치지 않았다면 계속 그렇게 했을 겁니다."

"대체 거기서 무엇을 하고 있었다던가? 엔더비 말이야."

"기자들이 어떤 사람들인지 아시지 않습니까. 항상 여기저기 쑤시고 다니지요. 으스스한 작자들입니다."

"골칫거리일 때가 너무 많아 탈이야. 그래도 나름대로 쓸모가 있지."

"제 생각으로는 그 젊은 아가씨가 기자를 부추긴 것 같습니다."

내러콧 경위는 신중하게 말을 골랐다.

"젊은 아가씨라고?"

"에밀리 트레퍼시스 양 말입니다."

"그 여자가 어떻게 그 일에 대해 알게 된 건가?"

"시태퍼드에서 이것저것 알아보고 다녔더군요. 그리고 그녀는 서장님이 똑똑한 아가씨라 부를 만한 사람입니다. 그녀가 놓치고 지나가는 건 별로 없을 겁니다."

"브라이언 피어슨은 자신의 행적에 대해 뭐라고 하던가?"

"윌렛 양을 만나려고 시태퍼드 하우스로 왔다고 했습니다. 그녀가 모두 잠든 때 집에서 나와 그를 만났던 건 어머니가 모르기를 바랐기 때문이라는군요. 그들이 말한 건 이게 전부입니다."

내러콧 경위의 목소리에는 믿지 못하겠다는 기색이 뚜렷하게 묻어났다.

"서장님, 브라이언 피어슨은 엔더비가 그를 땅바닥에 쓰러뜨리지 않았다면 절대로 우리 앞에 나타나지 않았을 것입니다. 다시 호주로 돌아가서 그곳에서 유산 상속권을 주장했겠죠."

경찰서장의 입술에 희미한 미소가 스쳤다.

"성가시게 파고드는 기자들을 엄청 욕해 댔겠군."

서장의 중얼거림을 무시하고 경위가 말했다.

"새로 밝혀진 것이 또 하나 있습니다. 피어슨 가족이 세 명 있었던 것 기억하시겠죠. 그리고 실비아 피어슨이 소설가인 마틴 더링과 결혼했다는 것도요. 그는 제게 미국 출판업자와 점심 식사를 하고 오후를 함께 보낸 후 저녁에 문학인의 만찬에 갔다고 했지만 알고 보니 모임에 참석하지 않았더군요."

"누가 그러던가?"

"또 엔더비입니다."

경찰서장은 고개를 끄덕이며 말했다.

"엔더비를 한번 만나 봐야겠군. 이 수사에 정력적으로 참여하고 있는 듯해 말이야. 《데일리 와이어》 기자들 중에도 더러 똑똑한 젊은이가 있는 게 분명해."

"물론 사소하거나 아무것도 아닌 것으로 밝혀질지도 모릅니다. 트리벨리언 대령은 6시 전에 살해됐으니까 더링이 어디서 저녁을 보냈는가는 별로 상관이 없습니다. 그런데 왜 거짓말을 했을까요? 마음에 안 듭니다."

"그렇군. 그럴 필요가 없었을 텐데 말이지."

경찰서장은 경위의 말에 공감했다.

"이야기가 전부 거짓이라고 생각될 정도예요. 지나친 억측이긴 하지요. 그러나 더링은 12시 10분 기차를 타고 패딩턴을 떠났을지도 모릅니다. 익스햄프턴에 5시 조금 넘어 도착하고 대령을 죽인 후 6시 10분 기차를 타고 자정 전에 집으로 돌아갔을 수도 있으니까요. 어쨌거나 이 부분은 다시 조사해 보겠습니다, 서장님. 그의 경제 상황을 조사해서 절박하게 돈이 필요했는지 알아보아야 합니다. 그의 부인에게 들어오는 돈은 더링의 수중에 있는 거나 마찬가지입니다. 직접 만나 보면 아실 수 있을 겁니다. 그날 오후의 알리바이가 빈틈이 없는지 꼭 확인해 봐야 합니다."

"모든 게 특이해. 하지만 난 아직도 제임스 피어슨에게 불리한 증거들이 상당히 결정적이라고 생각한다네. 자네가 동의하지 않는다는 것은 알겠네. 엉뚱한 사람을 잡아 두고 있다는 느낌이 드나 보군."

내러콧 경위도 이 말은 인정했다.

"증거들은 문제가 없습니다. 상황도 그렇고 모든 걸 다 고려해 봐도 그렇습니다. 또 배심원들도 유죄를 선고할 겁니다. 그래도 서장님께서 말씀하신 것이 사실입니다. 그 사람은 살인자로 보이지 않습니다."

"약혼녀가 이 사건을 해결하려고 꽤나 적극적으로 움직이고 있지?"

"트레퍼시스 양 말이군요. 예, 그녀는 예사롭지 않은 사람일 뿐 아니라 실수가 없습니다. 정말 괜찮은 아가씨지요. 그리고 그를 빼내려고 단단히 결심한 모양입니다. 그 기자, 엔더비를 꽉 잡고 자기를 위해 일하도록 만들었습니다. 제임스 피어슨 씨와 비교하면 너무 아까운 여자입니다. 그는 잘생긴 얼굴 말고는 특징이라고 부를 만한 게 별로 없는 것 같습니다."

"하지만 군림하는 걸 좋아하는 여자라면 그런 타입을 좋아할 수 있지."

경찰서장은 뭔가 알겠다는 표정으로 말했다.

"음, 아무튼 사람마다 취향이 다르니까요. 그럼, 서장님 제가 더이상 시간을 끌지 않고 더링의 알리바이를 조사해도 되겠습니까?"

"그래, 지금 바로 조사하도록 하게. 유서에 있던 네 번째 상속인은 어떤가? 네 번째가 있지 않았나?"

"예, 여동생이 있습니다. 거기는 괜찮습니다. 제가 모두 조사했습니다. 그녀는 6시경 집에 있었습니다, 서장님. 곧바로 더링을 조사하겠습니다."

다섯 시간 후 내러콧 경위는 더링의 집 조그마한 거실에 앉아 있었다. 이번에는 더링 씨가 집에 있었다. 하녀는 처음엔 집필 중이라 그를 방해할 수 없다고 했다. 그러자 경위는 신분증을 보이며 바로 주인에게 데려가 달라고 명령했다. 그는 기다리면서 방 안을 왔다갔다 했다. 그의 머리는 바쁘게 돌아가고 있었다. 가끔씩 탁자에서 조그마한 물건을 집어 멍하니 쳐다보고 제자리에 놓았다. 바이올린 모양의 호주제 담배상자가 있었다. 브라이언 피어슨의 선물인 모양이었다. 그는 낡은 책 한 권을 집어 들었다. 『오만과 편견』이었다. 표지를 넘기니 속표지에 마사 라이크로프트라는 이름이 씌어 있는 희미해진 잉크 자국이 보였다. 라이크로프트라는 이름에 친숙한 느낌이 들었지만 그 순간에는 왜 그런지 기억해 내지 못했다. 그때 문이 열리고 마틴 더링이 들어왔다.

숱이 많은 짙은 밤색 머리에 중간 키의 남자로 약간 무거운 분위기의 미남이었으며 입술이 조금 두껍고 붉었다.

내러콧 경위는 그의 외모에 호감이 가지 않았다.

"안녕하십니까, 더링 씨. 이렇게 와서 또 폐를 끼쳐 죄송합니다."

"아, 괜찮습니다, 경위님. 하지만 제가 이미 말했던 것 말고는 더 말씀드릴 게 없군요."

"저희는 더링 씨의 처남인 브라이언 피어슨 씨가 호주에 있는 줄 알았습니다. 그런데 브라이언 씨가 지난 두 달 동안 영국에 있었다는 사실을 알게 됐죠. 제가 막연히 그런 인상을 받았던 것 같습니다. 더링 씨 부인이 그가 뉴사우스웨일스에 있다고 분명하게 말씀하셨거든요."

더링은 정말 놀란 것 같았다.

"브라이언이 영국에 있다고요! 제가 보증할 수 있습니다, 경위님. 저는 그 사실을 전혀 몰랐어요. 제 아내도 몰랐다는 건 확실합니다."

"그가 연락하지 않았나요?"

"절대 그런 일이 없습니다. 정말입니다. 실비아가 그동안 호주로 편지 두 통을 보낸 건 알고 있습니다."

"아, 그럼 제가 사과드립니다, 선생님. 저는 그가 당연히 친척들과 연락했고 선생님께서 사실을 숨기신 것으로 짐작해서 언짢았습니다."

"제가 말했듯이 저희는 아는 바가 없습니다. 담배 한 대 피우시겠습니까, 경위님? 그나저나 탈옥한 죄수가 잡혔다면서요?"

"예, 지난 화요일 밤에 잡았습니다. 안개가 끼어 운이 나빴죠. 제자리에서 맴을 돌듯 걸었답니다. 그렇게 30킬로미터쯤 걷고 나서야 실제로는 800미터쯤 떨어진 프린스타운 외곽에 도착했습니다."

"안개 속에서는 사람들이 빙빙 돌며 제자리에서 벗어나지 못하는 게 참 신기하군요. 금요일에 탈옥하지 않은 것이 다행입니다. 이 살인 혐의가 그에게 씌워졌을 테니까요."

"그는 위험한 사람입니다. 프리맨틀(호주의 도시명—옮긴이) 프레디라고 불리죠. 강도, 폭행 등의 전과가 있는 데다가 정말 특이한 이중생활을 해 왔습니다. 인생의 절반은 교양 있고 돈 많고 존경받을 만한 남자로 살아왔더군요. 저는 브로드무어 병원이 그에게 적합한 곳이라는 생각이 듭니다. 가끔씩 범죄를 저지르려는 정신병이 도지는 것 같아요. 어느 순간 사라졌다가 가장 저열한 인간성을 드러내곤 했지요."

"프린스타운에서 탈옥이 자주 있지는 않지요?"

"거의 불가능합니다. 하지만 이번 탈옥은 놀라울 정도로 치밀한 계획에 따라 이루어졌습니다. 아직 끝까지 조사하지 못했습니다."

더링이 일어서서 손목시계를 힐끗 보았다.

"더 할 이야기가 없으시다면 실례지만 제가 바쁜 사람이라서요."

"아, 하지만 할 이야기가 있습니다, 더링 씨. 왜 선생님이 금요일 밤 세실 호텔에서 있었던 문학인의 만찬에 참석했다고 저에게 말씀하셨는지 알고 싶군요."

"저…… 전 지금 무슨 말씀을 하시는지 잘 모르겠습니다, 경위님."

"아실 텐데요. 더링 씨는 만찬에 참석하지 않았습니다."

더링은 망설였다. 그의 눈은 경위의 얼굴에서 천장으로 문으로 자기 발밑으로 정처 없이 움직였다.

경위는 이에 아랑곳하지 않고 침착하게 기다렸다.

결국 마틴 더링이 먼저 말을 꺼냈다.

"좋아요, 참석하지 않았다고 칩시다. 도대체 그게 당신과 무슨 상관이 있다는 거죠? 내 처외삼촌이 살해된 지 다섯 시간 후에 내가 어떤 행동을 했든 당신이나 다른 누구에게 문제될 게 뭐 있습니까?"

"더링 씨, 당신은 저희에게 확실히 진술했습니다. 그리고 저는 그 진술을 확인하고 싶습니다. 지금 일부가 사실이 아닌 것이 증명된 이상 나머지 반도 확인해야 합니다. 선생님은 친구와 점심 식사를 하고 오후 시간을 함께 보냈다고 했습니다."

"그렇습니다, 내 미국 출판업자죠."

"그의 이름이 무엇입니까?"

"로젠크라운, 에드거 로젠크라운입니다."

"그래요, 그럼 주소는요?"

"영국을 떠났습니다. 지난 토요일에 떠났지요."

"뉴욕으로 말입니까?"

"예."

"그렇다면 지금 배를 타고 있겠군요. 어느 배를 탔는지 아십니까?"

"아, 기억이 안 나는군요."

"선박 회사 이름은요? 쿠나드였습니까, 아니면 화이트 스타였습니까?"

"저, 정말 기억이 나지 않습니다."

"아, 그럼 뉴욕에 있는 그의 회사에 연락을 해 봐야겠군요. 그들은 알겠지요."

"가르강튀아였습니다."

더링은 시무룩한 표정으로 말했다.

"고맙습니다, 더링 씨. 노력하면 기억나시리라 생각했습니다. 자, 지금 당신은 로젠크라운 씨와 식사를 하고 오후를 함께 보냈다고 진술했지요. 언제 그와 헤어졌습니까?"

"5시 정도라고 말할 수 있겠네요."

"그러고는요?"

"말하지 않겠습니다. 당신들이 상관할 일이 아닙니다. 원하는 건 다 말한 것 같은데요."

내러콧 경위는 신중하게 고개를 끄덕였다. 만약 로젠크라운이 더링의 진술을 확인해 준다면 그를 범인으로 보기는 힘들다. 그날 오후 그가 무슨 의심스러운 행동을 했든 이 사건에 영향을 줄 수 없었다.

"이제 무얼 하실 겁니까?"

더링이 거북해하며 물었다.

"가르강튀아에 있는 로젠크라운 씨에게 전보를 쳐야지요."

그러자 더링은 흥분해 외쳤다.

"이런 망할! 공개적으로 망신을 시키려고 작정을 했군요. 이것 보세요……."

그는 책상으로 가서 종이쪽지에 몇 자 휘갈겨 쓴 후 경위에게 가져다주었다.

"지금 하려는 일을 꼭 하셔야 되겠지요. 하지만 최소한 제 방식대로 해 주세요. 사람을 이 정도로 곤란하게 하는 건 옳지 않습니다."

종이에는 이렇게 씌어 있었다.

'가르강튀아'의 로젠크라운에게,

14일 금요일 제가 당신과 점심 시간부터 5시까지 같이 있었다는 제 진술을 확인해 주시길 요망합니다.

마틴 더링

"답신이 바로 경위님께 가도록 하죠……. 저는 이제 신경 쓰지 않겠습니다. 하지만 런던 경시청이나 경찰서로 보내지는 마시오. 경위님은 이 미국인이 어떤지 모릅니다. 제가 약간이라도 경찰 수사와 연관이 있다는 것을 안다면 지금 추진 중인 계약은 허사가 돼 버릴 겁니다. 조용히 개인적으로 처리해 주십시오, 경위님.”

“알았습니다, 더링 씨. 제가 원하는 건 진실뿐입니다. 제가 회신 비용까지 부담하고 엑서터에 있는 제 집 주소로 답신을 받도록 하겠습니다.”

“고맙습니다. 경위님은 좋은 사람이군요. 문학으로 생계를 꾸려 나가는 게 그리 쉽지 않은 일이랍니다, 경위님. 답신은 문제 없을 것입니다. 저녁 식사에 대해서는 거짓말을 했지만 사실을 말씀드리자면 아내에게 그곳에 갔다고 말했기 때문에 당신에게도 같은 이야기를 하는 게 좋을 것이라고 생각했습니다. 만약 그러지 않았다면 저는 큰 곤경에 처했을지도 모릅니다.”

“더링 씨, 만약 로젠크라운 씨가 당신의 진술을 확인해 준다면 아무것도 두려워하실 필요가 없습니다.”

그 집을 나오면서 경위는 생각했다.

‘기분 나쁜 인물이야. 하지만 이 미국 출판업자가 자기 말이 사실임을 확인해 주리라고 확신하고 있군.’

경위는 데번으로 돌아가는 기차에 뛰어오르는 순간 갑작스럽게 기억이 났다.

“라이크로프트, 바로 그거야. 시태퍼드의 방갈로에 사는 그 노인의 이름이었어. 희한한 우연인걸.”

델러스 카페에서

에밀리 트레퍼시스와 찰스 엔더비는 엑서터에 있는 델러스 카페의 작은 식탁에 앉아 있었다. 시간은 3시 30분이었고 식당을 겸한 카페는 비교적 조용했다. 몇몇 사람들이 차를 마시고 있었지만 식당 전체를 보면 거의 비어 있었다.
"그런데 그를 어떻게 생각해?"
엔더비의 질문에 에밀리는 인상을 찌푸렸다.
"뭐라 말하기 어렵네."
브라이언 피어슨은 경찰과의 면담이 끝난 후 그들과 점심 식사를 했다. 그는 에밀리에게 특별히 정중했는데 그녀가 보기에는 지나칠 정도였다. 이 예리한 여인은 그에게서 부자연스러움을 느꼈다. 젊은 남자가 비밀스러운 연애를 하고 있는 도중에 주제넘은 제3자가 끼어든 상황이었다. 그런데도 브라이언 피어슨은 이 일을 순순하게 받아들이고 차를 타고 경찰을 찾아가라는 엔더비의 말을 그대로 따랐다. 왜 이렇게 얌전히 순종하는 것일까? 에밀리가 판단한 그의 성격으로 볼 때 정말 이례적인 행동이었다.

"그러려면 차라리 지옥에나 가겠다!"라고 말하는 편이 훨씬 그의 성격에 어울렸을 터였다. 이런 어린 양 같은 태도가 오히려 수상했다. 그녀는 이런 느낌을 엔더비에게 전달하려고 했다.

"무슨 말인지 알겠어. 우리의 브라이언은 뭔가 숨기고 싶은 게 있기 때문에 본래의 고압적인 성격을 드러낼 수 없는 거로군."

엔더비는 고개를 끄덕이며 말했다.

"바로 그거야."

"그가 혹시 트리벨리언을 죽였을 수도 있다고 생각하는 거야?"

이 질문에 에밀리는 잠깐 생각에 잠겼다가 말했다.

"브라이언은 그는…… 음, 무시할 수 없는 사람이야. 양심적이지 않은 편이어서 만약 원하는 게 있을 때는 일반적인 관습 같은 건 신경 쓰지 않을 것 같아. 평범하고 유순한 영국인은 아니야."

"개인적인 문제들을 고려하지 않더라도 그가 그 일을 저질렀을 가능성이 제임스보다 더 크다고 생각하는 거야?"

에밀리는 고개를 끄덕였다.

"훨씬 더 크지. 그 일을 잘해 냈을 거야. 절대 기가 죽을 사람이 아니니까."

"솔직하게 말해 줘, 그가 범인일 거라고 생각하는 거야?"

"잘 모르겠어. 하지만 그 사람은 모든 조건에 맞아. 그런 사람으로는 유일하지."

"조건에 맞는다는 말이 무슨 뜻인데?"

그녀는 손가락을 접으며 항목들을 나열했다.

"음, 첫째는 동기. 같은 동기지. 2만 파운드라는 유산 말이야. 둘째는 기회. 아무도 그가 금요일 오후에 어디 있었는지 모르잖아. 알려도 되는 곳에 있었다면 당연히 말하지 않았겠어? 그래서 우리는 금요일에 그가 실제로 헤이즐무어 근처에 있었다고 추정하는 거지."

"익스햄프턴에서 그를 봤다고 하는 사람은 없었어. 상당히 눈에 띄는 사람인데도 말이야."

엔더비의 지적에 에밀리는 비웃듯 고개를 흔들었다.

"그는 익스햄프턴에 없었어. 모르겠어? 만약 그가 살인을 저질렀다면 미리 계획을 짰다는 말이 돼. 불쌍한 제임스만 바보처럼 내려와 거기에 머물렀던 거지. 리드퍼드나 차그퍼드, 엑서터가 근처에 있어. 리드퍼드에서 걸어왔을 수도 있지. 거기는 간선도로이고 눈도 통행이 불가능할 정도까지 쌓이지 않았을 거야. 그래서 크게 힘들이지 않고 걸을 수 있었겠지."

"돌아다니면서 물어봐야 되겠네."

"그건 경찰이 하고 있어. 그리고 그들이 우리보다 훨씬 잘할 거야. 공적인 일은 경찰들이 하는 게 결과가 훨씬 좋아. 커티스 부인의 이야기를 들어주거나 퍼스하우스 양에게서 힌트를 얻어 내거나 윌렛 모녀를 감시하는 일처럼 개인적이고 은밀한 일들이 바로 우리가 할 일이야."

"해내지 못할 수도 있어. 이 사건이 그럴지도…….."

엔더비는 신중하게 말했다.

"브라이언 피어슨이 조건에 맞는다는 이야기를 더해 보기로 하자. 지금 동기와 기회 두 개를 말했어. 그리고 세 번째가 있어. 내가 생각하기에 가장 중요한 요인이야."

"그게 뭐지?"

"음, 난 처음부터 그 기묘한 강령술 모임에서 했던 테이블 터닝을 무시할 수 없다고 생각했어. 그 일을 될 수 있는 대로 논리적이고 분명하게 바라보려고 노력했지. 세 가지 해답이 있어. 첫째, 초자연적인 현상이다. 물론 그럴 수도 있지만 개인적으로 이건 논외로 했어. 둘째, 고의였다. 누군가가 일부러 했을 수도 있지만 그렇게 할 이유를 찾을 수 없기 때문에 이것도 제외했지. 셋째, 우연히 그렇게 됐다. 누군가가 그럴 의도가 없었는데도 정말 자기 의지와는 반대로 본심을 드러내 보인 거야. 무의식적인 자기 현시라고 할 수 있지. 만약 그렇다면 그 여섯 명 중 누군가는 트리벨리언 대령님이 그날 오후 특정한 시각에 살해당할 거라는 사실이나, 아니면 어떤 사람이 폭력이 유발될 수 있는 대화를 그와 나눌 예정이라는 점을 확실히 알고 있었을 거야. 그들 중 누구도 살인자가 될 수는 없겠지만 그중 한 명은 반드시 살인자와 공모했을 거라고. 버너비 소령님은 다른 사람과 연결이 안 되고 라이크로프트 씨나 로널드 가필드 씨도 마찬가지야. 하지만 윌렛 모녀를 생각해 보면 이야기가 달라지지. 바이올렛은 브라이언 피어슨과 관련이 있어. 둘은 아주 가까운 사이일 뿐 아니라 그 아가씨는 살인 사건이 일어나자 몹시 불안해했어."

"그 아가씨가 알고 있었다고 생각하는 거야?"

"그 아가씨 아니면 그녀의 어머니, 둘 중 하나는 알고 있었을 거야."

"언급하지 않은 사람이 한 명 있네. 듀크 씨 말이야."

"알아. 이상한 부분이야. 우리는 그 사람에 대해서만 아무 정보도 가지고 있지 않아. 두 번이나 만나려 했지만 실패했어. 그는 트리벨리언 대령님이나 트리벨리언 대령님의 친척과도 아무 연관이 없고 이 사건과 연결되는 게 하나도 없지만 그래도……."

"그래도?"

"그런데도 내러콧 경위님이 그의 방갈로에서 나오는 것을 우리가 봤잖아. 그에 대해 내러콧 경위님은 알고 우리는 모르는 게 무엇일까? 알고 싶어."

"당신 생각은……."

"만약 듀크가 의심스러운 인물이고 경찰이 그걸 알고 있다고 가정해 봐. 또 트리벨리언 대령님이 듀크에 대해 무언가를 알아냈다고 쳐. 대령님이 세입자들에게 까다로웠다는 걸 기억해 봐. 그리고 경찰에게 자기가 알고 있는 것을 말하려고 했다고 가정해 봐. 그래서 듀크는 동료와 함께 그를 죽이려는 계획을 짰을 수도 있어. 아, 이렇게 말하고 보니 너무 통속극같이 들리지만 그래도, 어쨌든 그런 일이 가능할지도 몰라."

"확실히 그렇게 볼 수도 있겠네."

엔더비의 말을 끝으로 둘 다 각자 생각에 잠겨 잠자코 있었다.

침묵을 깨고 갑자기 에밀리가 말했다.

"누군가가 당신을 쳐다보고 있을 때 느끼는 그 묘한 느낌 알아? 지금 누군가 내 뒤통수를 뚫어져라 바라보는 느낌이 들어. 상상일까, 아님 진짜 누군가가 나를 쳐다보고 있어?"

엔더비는 자신의 의자를 조금 움직여서 카페 주위를 둘러보았다.

"창문 옆 테이블에 여자 한 명이 있어. 키가 크고 가무잡잡하고 잘생겼어. 그 여자가 당신을 노려보고 있네."

"젊어?"

"아니, 그렇게 젊지 않아. 안녕하세요!"

"뭐야?"

"로널드 가필드야. 방금 들어와서 그녀와 악수하고 같은 테이블에 앉았어. 내 생각으로는 그녀가 우리 이야기를 하는 것 같아."

에밀리는 핸드백을 열었다. 그녀는 약간 과시하듯 코에 분을 두드리며 작은 주머니 거울을 적당한 각도로 조정했다.

그녀는 속삭이듯 말했다.

"제니퍼 이모님이야. 그들이 일어서는데."

"나가고 있는걸. 그녀와 이야기하고 싶어?"

"아니, 못 본 척하는 게 더 좋을 것 같아."

"결국 제니퍼 이모와 로널드 가필드가 아는 사이라는 소린데, 차 한 잔 같이 못 마실 이유라도 있어?"

"왜 그래야 할까?"

에밀리가 되물었다.

"왜 그러지 말아야 하는 건데?"

"아, 제발, 엔더비, 그런 식으로 말하지 마. 해야 한다, 하지 말아야 한다, 해야 한다, 하지 말아야 한다. 당연히 말이 안 되는 소리라고. 그리고 아무 의미도 없잖아! 하지만 우리는 방금 그 강령회에 있던 다른 사람들이 이 가족과 아무 연관이 없다는 말을 하고 있었는데 단 5분도 지나지 않아서 로널드 가필드와 트리벨리언 대령님의 여동생이 함께 차를 마시는 모습을 본 거라고."

"그 말은 결코 알 수 없다는 거지."

"그 말은 언제나 다시 시작해야 된다는 뜻이지."

"여러 가지 방법으로 말이야."

에밀리는 그를 바라보았다.

"무슨 말이야?"

"현재로서는 아무것도 아니야."

엔더비는 이렇게 말하면서 자신의 손을 그녀의 손 위에 올려놓았다. 에밀리는 손을 빼지 않았다.

"우린 이 일을 반드시 해결해야 해. 그 다음에는······."

"그 다음엔?"

에밀리가 조용히 물었다.

"당신을 위해서라면 뭐든지 할 거야, 에밀리. 정말 어떤 일이라도······."

"정말? 진짜 고마워, 사랑스러운 찰스."

로버트 가드너

20분 후 에밀리는 로렌스의 초인종을 누르고 있었다. 갑작스러운 충동 때문에 찾아왔던 것이다.

제니퍼 이모는 그녀가 알기로는 아직 로널드 가필드와 함께 있을 터였다. 비어트리스가 문을 열어 주자 그녀는 환하게 미소 지었다.

"또 저예요. 가드너 부인이 지금 계시지 않은 건 알아요. 그래도 가드너 씨는 볼 수 있지요?"

확실히 이례적인 요청이었다. 비어트리스는 의심스러운 표정으로 말했다.

"글쎄요, 잘 모르겠네요. 한번 올라가서 여쭤볼까요?"

"예, 부탁해요."

비어트리스는 복도에 에밀리를 세워 둔 채로 위층으로 올라갔다. 잠시 후 돌아온 그녀는 에밀리를 안내했다.

로버트 가드너는 2층 커다란 방의 창문 옆에 있는 긴 의자에 누워 있었다. 그는 덩치가 크고 푸른 눈에 금발이었다. 바그너의 「트리스탄과 이졸데」의 3막에 나오는 트리스탄을 연기했던 그 어떤 테너보다도 그가 훨씬 나아 보인다고 에밀리는 생각했다.

"안녕, 아가씨가 범인의 약혼녀인가요?"

"맞습니다, 로버트 외삼촌. 제가 로버트 외삼촌이라고 불러야 하지요. 맞나요?"

에밀리는 웃으며 물었다.

"제니퍼가 허락한다면요. 젊은 사람이 감옥에서 고생하는 걸 보는 기분이 어떤가요?"

에밀리는 그가 잔인한 남자라고 판단했다. 상대방의 아픈 곳을 날카롭게 찔러 심술궂은 기쁨을 즐기는 그런 종류의 사람이었다. 하지만 그를 상대할 수 있었다. 에밀리는 생긋 웃으면서 말했다.

"아주 스릴 만점이에요."

"제임스에게는 그다지 스릴 넘치지 않겠지, 안 그래요?"

"아, 뭐. 그래도 다 경험이 되겠죠, 안 그런가요?"

로버트 가드너는 또다시 심술궂게 말했다.

"인생이 장난이 아니란 걸 배우겠지. 나이가 어려 제1차 세계대전에서 싸우지는 못했을 텐데, 안 그런가요? 그동안 편하게, 쉽게, 쉽게 살았을 거야. 그런데…… 엉뚱한 데서 호되게 당한 거로군."

그는 호기심에 찬 눈으로 그녀를 바라보았다.

"왜 나를 찾아온 거죠, 응?"

뭔가 의심하는 듯한 기미가 목소리에 실려 있었다.

"결혼해서 가족의 일원이 되려면 친척될 분들을 미리 만나는 것도 좋지요."

"더 늦기 전에 최악의 것을 알아놓겠다는 말이군요. 그래서 아가씨는 정말로 제임스와 결혼할 건가요, 응?"

"안 될 건 뭐예요?"

"살인 혐의에도 불구하고?"

"살인 혐의에도 불구하고요."

"이야, 난 이보다 더 갈 데까지 간 사람을 못 봤어요. 누구라도 아가씨가 재미로 이러는 줄로 생각할 걸요."

"맞아요. 살인자의 뒤를 쫓는 건 무섭도록 스릴 넘치는 일이지요."

"으응?"

"살인자를 쫓는 건 무섭도록 스릴 넘치는 일이라고요."

에밀리는 다시 한 번 강조하듯 말했다.

로버트 가드너는 잔뜩 찌푸린 채 그녀를 노려보더니 베개에 몸을 파묻었다.

그리고 짜증난 목소리로 말했다.

"피곤하군요. 더 이상 말하고 싶지 않아요. 간호사, 간호사 어디 있나? 간호사, 나 피곤하다고."

옆방에 있던 데이비스 간호사가 재빨리 들어왔다.

"가드너 씨는 아주 쉽게 지친답니다. 트레퍼시스 양이 괜찮다면 지금 떠나시는 게 좋겠어요."

에밀리는 자리에서 일어나 밝은 표정으로 고개를 끄떡이며 말했다.

"안녕히 계세요, 로버트 외삼촌. 언젠가 또 올지도 모르겠네요."

"그게 무슨 말이죠?"

"오 르브와르(또 봐요)."

그녀는 현관을 나가려다 걸음을 멈췄다. 그리고 비어트리스에게 말했다.

"아! 제 장갑을 두고 나왔어요."

"제가 가지러 가겠어요."

"오, 아니에요. 제가 가겠어요."

그녀는 가볍게 계단을 뛰어올라 문을 두드리지도 않고 방으로 들어갔다.

"이런, 용서해 주세요. 정말 죄송합니다. 장갑을 두고 갈 뻔했어요."

그녀는 과장된 동작으로 장갑을 집어 올린 후 방 안에서 손을 맞잡고 앉아 있던 두 사람에게 상냥하게 미소 짓고는 계단을 뛰어내려 왔다.

에밀리가 혼잣말을 했다.

"장갑을 두고 오는 수법이 꽤나 잘 먹히는걸. 이번이 두 번째 성공이네. 불쌍한 제니퍼 이모……. 그분이 이 사실을 아시는지 궁금하네. 아마 모르실 거야. 서둘러야겠다, 엔더비가 기다리겠어."

엔더비는 약속한 장소에서 엘머의 포드 자동차에 탄 채 기다리고 있었다.

"일은 잘 됐어?"

그는 그녀에게 무릎덮개를 덮어 주며 물었다.

"어떤 면에서는 그렇다고 할 수 있어. 하지만 확실한 건 아니야."

엔더비는 설명해 달라는 듯이 그녀를 바라보았다.

에밀리가 그의 눈길에 대답했다.

"안 돼. 말하지 않을 거야. 아무 관련도 없을지도 모르니까……. 관련이 있다 해도 정정당당한 일은 아니고."

엔더비는 한숨을 쉬었다.

"어렵군."

"미안해. 하지만 어쩔 수가 없어."

에밀리는 단호하게 말했다. 그러자 엔더비도 차갑게 대꾸했다.

"좋을 대로 해."

그들은 침묵 속에 차를 타고 달렸다. 엔더비로서는 화가 나서 말이 없던 거지만 에밀리는 그걸 까맣게 몰랐다.

익스햄프턴에 거의 도착할 무렵 그녀는 뜻밖의 말을 꺼냈다.

"브리지 게임 해?"

"응, 하지. 왜?"

"이런 생각을 하고 있었어. 자기가 들고 있는 패의 가치를 평가할 때 어떻게 하지? 수비하는 쪽이면 이기는 패를 세고 공격하는 쪽이면 지는 패를 세라. 지금 우리는 공격을 하는 쪽이야……. 하지만 지금까지 우리는 잘못된 방법으로 해 왔는지도 몰라."

"무슨 뜻이야?"

"음, 지금까지 우리는 이기는 패만 생각했어, 안 그래? 내 말은 우리가 트리벨리언 대령님을 죽였을 가능성이 있는 사람들만 생각했단 말이야. 불가능해 보이는 경우까지 말이지. 어쩌면 그 때문에 이처럼 끔찍하게 엉망진창이 되어 있는지도 몰라."

"나는 엉망진창이 아닌데."

"그럼 나만 그렇다고 해 두지. 난 머리가 혼란스러워 생각을 제대로 할 수가 없을 정도야. 다른 방향으로 접근해 보자고. 지는 패, 그러니까 트리벨리언 대령님을 절대 죽일 수 없는 사람들을 생각해 보자."

엔더비는 차분히 생각을 모았다.

"음, 어디 보자……. 일단 윌렛 모녀가 있고 버너비 소령님, 그리고 라이크로프트 씨와 로널드…… 아! 그리고 듀크 씨도 있네."

에밀리도 즉시 동의했다.

"맞아. 그들은 대령을 살해할 수 없었어. 그가 죽었을 때 그들은 모두 시태퍼드 저택에서 서로 마주보고 있었고, 또 그들 모두가 한꺼번에 거짓말을 할 수는 없으니까. 맞아, 그들 모두 제외야."

그는 운전자가 들을까 봐 목소리를 낮췄다.

"사실 시태퍼드에 있는 사람들 모두를 제외시켜야지. 엘머도 마찬가지. 왜냐하면 금요일에 시태퍼드로 가는 도로에는 차가 다니지 못했으니까."

에밀리님 역시 낮은 목소리로 말했다.

"걸어갔을 수도 있지. 만약 버너비 소령님이 그날 저녁에 그곳에 도착할 수 있었다면 엘머도 점심시간에 출발해서…… 익스햄프턴에 5시쯤 도착한 후 그를 살해하고 다시 걸어왔을 수도 있어."

엔더비는 고개를 저었다.

"다시 걸어왔을 거라고 생각지는 않아. 6시 30분 정도에 눈이 내리기 시작한 걸로 기억해. 어쨌거나 엘머 씨를 의심하는 건 아니지?"

"아니야. 하지만 그가 살인광일지도 모르잖아."

"쉿, 엘머 씨가 들으면 상처받겠어."

"어쨌거나 엘머 씨가 트리벨리언 대령님을 죽일 수 없었다고는 확실하게 말 못해."

"그렇긴 하지만 그가 시태퍼드를 떠나 익스햄프턴까지 갔다가 돌아왔다면 사람들 눈에 띄어 온 동네에 이상하다고 소문이 돌았을 거라고."

에밀리도 동의했다.

"확실히 모두가 모두를 아는 곳이긴 해."

"그러게. 그리고 그게 내가 시태퍼드 사람들을 제외시켜야 한다고 생각한 이유야. 윌렛 모녀의 집에 없었던 퍼스하우스 양과 와이엇 대령님은 병자들이어서 눈보라를 뚫고 돌아다니질 못해. 그리고 노인인 커티스 씨와 부인도 마찬가지고. 만약 그들 중 한 명이 범인이라면 편안하게 주말을 이용해 금요일 저녁 익스햄프턴까지 가서 주말이 다 끝난 월요일 아침에야 돌아왔을 거야."

에밀리는 소리 내어 웃었다.

"시태퍼드에서는 다른 사람들 모르게 주말에 집을 비울 수 없을 거야. 확실하게."

"커티스 부인이 그랬다면 너무 조용해서 커티스 씨가 눈치 챘을 거고."

엔더비가 맞장구를 쳤다.

"물론이야. 압둘이라면 적당하겠다. 책에 나오는 것처럼 전형적인 이야기가 만들어지겠는걸. 그는 원래 인도인 선원이었는데 트리벨리언 대령님이 선상 반란이 일어나자 그의 형제를 바다로 던졌다거나 뭐 그런 이야기 말이야."

"나는 기가 다 죽어 있는 그 가엾은 인도인이 살인을 저질렀다고 믿고 싶지 않아. 아, 알겠어!"

그는 말하다가 갑자기 어조를 높였다.

"뭘?"

에밀리가 눈을 반짝이며 물었다.

"범인은 철공소 주인의 부인이야. 여덟 번째 아이를 임신하고 있는 부인 말이야. 그 용감한 부인은 만삭의 몸인데도 불구하고 익스햄프턴까지 걸어가서 모래주머니로 그의 뒤통수를 내려쳤어."

"이유는? 말해 봐."

"비록 철공소 주인이 일곱 아이의 아버지였지만 이번에 낳을 아이는 바로 트리벨리언 대령님의 자식이었기 때문이지."

"찰스, 무례한 말은 하지 마. 그리고 어쨌거나 부인보다는 철공소 주인이었을 가능성이 더 커. 아주 순조로웠겠지. 억센 팔뚝이 모래주머니를 휘두르는 모습을 상상해 봐! 그리고 부인은 일곱 아이를 돌보느라 그가 없어져도 눈치 채지 못했을 거야. 남자 하나쯤이야 있는지 없는지 신경 쓸 시간도 없었겠지."

"점점 바보 같은 이야기로 변해 가는군."

에밀리도 같은 생각이었다.

"그렇네. 지는 패를 살펴보는 건 별로 소득이 없을 것 같아."

"당신은?"

"내가 뭘?"

"범행이 일어났을 때 어디에 있었어?"

"정말 이상하네! 그건 전혀 생각지도 못했어. 난 물론 런던에 있었지. 하지만 증명할 길이 없네. 아파트에 혼자 있었거든."

"그것 봐. 동기도 있고 모든 게 다 있어. 당신 약혼자에게 2만 파운드가 생긴다면 뭘 더 바라겠어?"

"똑똑한데, 찰스. 내가 가장 의심스러운 인물이란 걸 알겠어. 지금까지 한 번도 그런 생각을 하지 못했지만."

내러콧 경위의 활동

이틀 후 아침 에밀리는 내러콧 경위의 사무실에 앉아 있었다. 그녀는 그날 아침에 시태퍼드를 출발했다.

내러콧 경위는 그녀를 평가하듯 바라보았다. 그는 에밀리의 용기와 포기하지 않는 굳은 의지와 변함없는 쾌활함에 감탄했다. 그녀는 투사였고 내러콧 경위는 투사들을 존경했다. 그의 개인적인 견해로는 제임스 피어슨이 무죄라 하더라도 제임스에게 그녀는 정말 과분한 사람이었다.

"일반적으로 책에서는 경찰이 범인을 잡는 데 혈안이 되어 있어 기소할 증거만 충분하다면 범인이 무죄인지 아닌지는 신경도 안 쓴다고 나와 있지요. 하지만 트레퍼시스 양, 그건 사실이 아닙니다. 우리가 원하는 건 진짜 범인일 뿐입니다."

"내러콧 경위님, 정말 제임스가 유죄라고 믿으시나요?"

"트레퍼시스 양, 그 점에 대해서는 공식적인 답을 드릴 수가 없습니다. 하지만 이건 말할 수 있습니다. 우리는 그에게 불리한 증거뿐만 아니라 다른 사람에게도 불리한 증거들을 아주 조심스럽게 검토하고 있습니다."

"제임스의 동생 브라이언을 말씀하시는 건가요?"

"브라이언 피어슨 씨는 아주 마음에 들지 않는 신사더군요. 질문에 대답하길 거부하고 자신에 대한 정보를 주지 않지만 제 생각에는……."

내러콧 경위의 얼굴에 데번 주 출신 특유의 느릿한 미소가 퍼졌다.

"그의 행동을 보면 꽤 그럴듯한 추측을 할 수 있을 것 같습니다. 만약 제 생각이 맞다면 30분 정도 지나면 알 수 있을 겁니다. 그리고 그 숙녀분의 남편도 있습니다. 더링 씨이지요."

"그분을 만나 보셨나요?"

에밀리가 호기심에 차서 물어보았다.

내러콧 경위는 그녀의 생기발랄한 얼굴을 보고 직업적인 경계심을 풀고 싶다는 유혹을 느꼈다. 의자에 등을 기대면서 그는 더링 씨와 나눴던 대화를 떠올린 후 팔꿈치 부근에 있던 서류철에서 로젠크라운 씨에게 보냈던 전보의 복사본을 꺼냈다.

"이게 제가 보낸 것입니다. 그리고 이것이 회신입니다."

에밀리는 그것을 읽었다.

내러콧, 엑서터 드라이스데일 가 2번지. 더링 씨의 진술을 분명히 확인함. 그는 금요일 오후 내내 나와 함께 있었음.

로젠크라운

"오! 지긋지긋해."

에밀리는 경찰이 구식이고 쉽게 충격받는다는 것을 알기 때문에 원래 쓰려던 단어보다 순한 것을 골라 썼다.

내러콧 경위가 반사적으로 말했다.

"예에. 짜증나죠, 그렇죠?"

그리고 데번 주 특유의 느릿한 미소를 다시 지었다.

"하지만 저는 의심이 많은 사람이랍니다, 트레퍼시스 양. 더링 씨의 핑계는 아주 그럴싸했지만, 저는 그의 손에서 완벽히 놀아난다는 건 애석한 일이라고 생각했지요. 그래서 전보를 또 보냈답니다."

그는 다시 종이 두 장을 건네주었다.

첫 번째는 이런 내용이었다.

트리벨리언 대령의 살인 사건에 관한 정보 요망. 귀하는 마틴 더링의 금요일 오후 알리바이 증언을 지지합니까?

엑서터에서,
내러콧 경위

그 전보에 대한 회신에는 전보 요금은 안중에 두지 않은 불안한 심정이 엿보였다.

범죄 사건인 줄 전혀 몰랐음. 마틴 더링을 금요일에 보지 않았음. 친구로서 그의 증언을 지지하기로 합의했음. 이혼 문제로 그의 아내가 그에게 감시를 붙인 것으로 알고 있음.

"오. 이런! 경위님은 정말 현명하시군요."

경위도 자신이 꽤 현명하게 처리했다고 생각하는 중이었다. 그래서 그는 부드럽고 흡족한 미소를 지었다.

에밀리는 전보를 보면서 말했다.

"남자들은 정말 서로를 위해 주는군요. 가엾은 실비아. 어떤 면에서 저는 남자들이 짐승이라고 생각해요. 그래서인지 의지할 수 있는 남자가 있다는 건 너무 행복해요."

그러고는 경위를 보며 감탄스러운 듯 생긋 웃었다.

경위는 그녀에게 주의를 주었다.

"자, 이 모든 것은 비밀입니다, 트레퍼시스 양. 제가 이 일에 대해 알려 드려야 할 것보다 더 많이 알려 드렸군요."

"정말 존경스러운 분이세요. 결코, 결코 잊지 않겠어요."

경위는 다시 한 번 그녀에게 주의를 주었다.

"음, 유념하세요. 누구에게든 한 마디라도 누설해서는 안 됩니다."

"엔더비에게 말하면 안 된다는 뜻이군요."

내러콧 경위는 딱 잘라 말했다.

"기자는 어디까지나 기자입니다. 당신이 그를 길들였다 해도 어쨌든 뉴스거리를 보면 달라질 거 아닙니까?"

"그에게 말하지 않겠어요. 제가 충분히 그의 입을 막은 것 같지만 말씀하신 대로 신문기자는 본성을 버릴 수 없지요."

"절대로 불필요하게 정보를 흘리지 마십시오. 그게 제 철칙입니다." 내러콧 경위는 단호하게 말했다.

에밀리의 눈이 순간적으로 반짝였다. 그녀는 속으로 내러콧 경위는 지난 30분 동안 그 철칙을 상당히 어겼다고 생각했다.

지금 일과 상관 있는 것은 아니지만 어떤 기억 하나가 그녀의 머릿속에 불쑥 떠올랐다. 모든 것이 전혀 다른 방향을 가리키고 있는 것 같았다. 그래도 알아 두면 좋을 정보였다.

"내러콧 경위님, 듀크 씨가 누구지요?"

"듀크 씨요?"

그녀는 경위가 그 질문에 당황하는 듯한 느낌을 받았다.

"기억하실 텐데요. 시태퍼드에서 듀크 씨의 집에서 나오면서 저희와 마주치셨잖아요."

"아, 예. 예, 기억합니다. 솔직히 말해서 트레퍼시스 양, 전 테이블 터닝에 대해 다른 사람의 영향을 받지 않은 독자적인 설명을 듣고 싶었습니다. 버너비 소령님은 그런 설명을 잘하지 못하니까요."

에밀리는 신중하게 말을 골랐다.

"그래도 제가 경위님이었다면 라이크로프트 씨 같은 분에게 갔을 거예요. 왜 듀크 씨에게 가신 거죠?"

한동안 잠자코 있던 경위가 한마디 했다.

"그저 견해 차이일 겁니다."

"글쎄요. 듀크 씨에 관해 경찰이 뭔가 알고 있는 게 아닌가 하는 생각이 들어서요."

내러콧 경위는 아무 대답도 하지 않았다. 그는 압지에 시선을 고정시켜 놓고 있었다.

"흠 없는 삶을 사는 사람! 듀크 씨를 아주 정확히 표현하는 말 같군요. 하지만 그가 흠이 없지만은 않다면요? 혹시 경찰이 그것을 알고 있는 건가요?"

그녀는 내러콧 경위가 미소를 감추느라고 얼굴이 희미하게 떨리는 것을 보았다.

"추측하는 걸 좋아하시는군요. 그렇지 않습니까, 트레퍼시스 양?"

그는 상냥하게 말했다.

"사람들이 말을 안 해 주면 추측할 수밖에 없지요!"

에밀리는 반격하듯 말했다.

"만약 어떤 사람이 말하신 대로 흠 없는 삶을 살고 있다면, 그리고 자신의 과거가 파헤쳐지는 것이 귀찮고 불편하다면 경찰은 잠자코 있을 수도 있답니다. 우린 다른 사람의 비밀을 드러내고 싶은 생각이 전혀 없습니다."

"알겠어요. 그렇다고 해도 그를 보러 간 건 맞으시잖아요. 그렇지 않나요? 그렇다면 이유야 어찌 되었든 간에 그가 이 사건에 개입됐을 수 있다고 생각하신 것 같은데요. 저는…… 저는 듀크 씨가 진짜로 어떤 사람인지 알았으면 좋겠어요. 그리고 과거에 그가 어떤 범죄를 저질렀는가 하는 것도요."

에밀리는 내러콧 경위를 호소하듯 바라보았지만 그는 딱딱한 표정을 유지했다. 이번에는 그의 마음을 도저히 바꿀 수 없다는 것을 깨닫고 에밀리는 한숨을 쉬었다.

그녀가 떠나자 경위는 아직 미소를 띤 채로 앉아 압지를 뚫어져라 바라보았다. 그러고는 벨을 눌렀고 그의 부하 하나가 들어왔다.

"어때?"

내러콧 경위가 캐물었다.

"맞았습니다, 경위님. 하지만 프린스타운의 더치가 아니라 투브리지스의 호텔이었습니다."

"아하!"

경위는 부하가 건네준 서류를 받았다.

"음. 이제 설명이 되는군. 금요일에 다른 젊은이의 행적을 따라가 보았나?"

"확실히 마지막 기차로 익스햄프턴에 도착했지만 그가 런던에서 몇 시에 떠났는지는 알아내지 못했습니다. 지금 조사가 진행되고 있습니다."

내러콧 경위는 고개를 끄떡였다.

"서머싯 하우스(런던에 있는 호적등록 본청 건물—옮긴이)의 기록입니다, 경위님."

내러콧 경위는 그 서류를 펼쳐보았다. 그것은 1894년 윌리엄 마틴 더링과 마사 엘리자베스 라이크로프트 간의 결혼 기록이었다.

"아! 더 이상은 없나?"

"있습니다, 경위님. 브라이언 피어슨 씨는 호주에서부터 파란 굴뚝 기선 피디아스 호를 타고 항해했습니다. 그 배는 케이프타운에 도착했지만 윌렛이라는 이름의 승객은 타고 있지 않았습니다. 남아프리카에서 온 모녀는 아예 없었습니다. 하지만 멜버른에서 온 에번스 모녀와 존슨 모녀가 있었습니다. 후자가 윌렛 모녀의 인상착의와 일치합니다."

"흐음, 존슨이라. 아마 존슨이나 윌렛 둘 다 진짜 이름은 아니겠지. 내 생각에 그들의 정체는 완전히 파악된 것 같군. 더 있나?"

더 이상의 정보는 없을 것 같았다.

"좋아, 필요한 정보는 충분히 얻은 것 같군."

장화

"하지만 아가씨, 헤이즐무어에서 도대체 무엇을 찾아내겠다는 겁니까? 트리벨리언 대령님의 유품들은 모두 정리됐어요. 경찰이 집을 철저하게 조사했죠. 아가씨의 입장을 충분히 이해하고, 할 수만 있다면 피어슨 씨가, 음…… 혐의를 벗기를 간절히 바라고 있다는 건 알아요. 하지만 뭘 할 수 있겠어요?"

커크우드 씨는 이해할 수 없다는 듯 말했다.

"뭘 찾아낸다거나 경찰이 놓친 부분을 알아내기를 기대하는 건 아니에요. 뭐라 설명 드리기는 어려워요, 커크우드 씨. 저는…… 저는 그곳의 분위기를 느껴 보고 싶어요. 저에게 열쇠를 주세요. 해로울 건 없잖아요."

"확실히 해가 될 건 없겠죠."

커크우드 씨는 위엄 있게 말했다.

"그럼 친절을 베풀어 주시길 바랍니다."

커크우드 씨는 결국 친절하게 너그러운 미소를 띠며 열쇠를 건네주었다. 그는 에밀리를 도와주려고 최선을 다했다. 오직 에밀리의 뛰어난 재치와 확고한 태도로만 비극적 결말을 막을 수 있었다.

그날 아침 에밀리는 편지 한 통을 받았다. 그 내용은 다음과 같았다.

친애하는 트레퍼시스 양,

아무리 사소하더라도, 또 중요한 일이 아니더라도 알려 달라고 트레퍼시스 양이 말했지요. 이 일은 그리 중요하지는 않을지라도 좀 이상한 일이기에 저는 아가씨에게 즉시 알리는 것이 의무라고 생각했어요. 이 편지가 오늘밤 마지막 우편배달이나 내일 아침 첫 배달로 도착하길 바랍니다. 제 조카딸이 와서 이게 중요한 건 아니지만 이상하다고 말했는데 저도 같은 생각이에요. 경찰도 그렇게 말했고 다른 사람들도 모두 그렇게 생각하는데 트리벨리언 대령님의 집에서는 단서가 될 물건이 발견되지 않았고 없어진 것도 없었지요. 하지만 그 당시에는 알아차리지 못했는데 없어진 물건이 있답니다. 그건 대령님의 장화인데 에번스가 버너비 소령님과 물건을 정리할 때 그것이 없어졌다는 걸 알았다고 합니다. 별로 중요한 일은 아니라고 생각했지만 아가씨가 알고 싶어 할 것 같아서요. 그 장화는 구두약을 문질러 발라야 하는 두꺼운 재질이었는데 대령님이 밖으로 나가셨다면 신었을 테지만 그런 일이 없었기에 이상한 겁니다. 하지만 그것이 없어졌으니 누가 가져갔는지 아무도 모르지요. 이 일이 중요하지 않다는 건 잘 알고 있지만 알려 줘야 할 것 같았어요. 아가씨에게 이 편지가 빨리 전해지길 바라고, 더불어 아가씨가 그 젊은 신사분 때문에 너무 걱정 말기를 빌어요.

당신의 친구 벨링 부인

에밀리는 이 편지를 읽고 또 읽었다. 그리고 찰스 엔더비와도 상의했다.

엔더비가 생각에 잠겨 말했다.

"장화라······. 별로 상관이 없는 것 같은데."

"아니야. 반드시 뭔가 의미가 있어. 내 말은 하필이면 왜 장화 한 켤레만 없어졌을까 하는 거야."

"에번스가 지어낸 이야기라고는 생각하지 않아?"

"그럴 이유가 어디 있겠어? 지어낸다면 뭔가 말이 되는 걸 지어내겠지. 이처럼 시시하고 무의미한 게 아니라."

엔더비는 골똘히 생각하며 말했다.

"장화는 발자국과 상관이 있는데. 맞아. 하지만 이 사건에서 발자국은 전혀 관계가 없는 것 같은걸. 다시 눈이 오지 않았다면······."

"그래, 아마도. 하지만 그래도······."

"혹시 대령님이 그 장화를 떠돌이에게 주지 않았을까? 그리고 그 떠돌이가 장화를 신고 가 버렸을 수도 있잖아."

찰스 엔더비가 의견을 내놓았다.

"그것도 가능할 것 같네. 하지만 트리벨리언 대령님이 그랬을 리가 없어. 그는 그런 사람을 봤다면 일거리를 주거나 몇 푼 집어 주었을지는 몰라도 자기가 아끼는 겨울 장화를 주려고 하지는 않았을 거야."

"그럼, 나는 포기."

"나는 포기하지 않을 거야. 무슨 수를 써서라도 밝혀 내고야 말겠어."

그래서 그녀는 익스햄프턴으로 와서 먼저 스리 크라운스 여관부터 찾았다. 벨링 부인은 반가운 표정으로 그녀를 맞았다.

"아가씨의 젊은 신사분은 아직도 감옥에 있더군요! 어쨌든 지독하게도 딱한 일이에요. 우리는 아무도 그가 범인이라고 생각지 않아요. 적어도 사람들 얘기를 들어 보면 그래요. 그런데 내 편지 받았어요? 에번스를 만나 보고 싶어요? 그 사람은 바로 저 모퉁이를 돌면 있는 포어 가 85번지에 살고 있어요. 나도 같이 갔으면 좋겠지만 이곳을 떠날 수가 없어요. 하지만 찾기 쉬울 거예요."

에밀리는 바로 그 집을 찾았다. 에번스는 외출하고 없었지만 그 부인이 그녀를 맞아 집 안으로 안내했다. 에밀리는 먼저 앉아 에번스 부인도 앉게 하고 바로 본론으로 들어갔다.

"남편분이 벨링 부인에게 했던 이야기를 의논하려고 왔어요. 트리벨리언 대령님의 장화 한 켤레가 없어졌다는 것 말이에요."

"그건 정말 이상한 일이에요."

"남편분이 그게 확실하다고 말했나요?"

"아, 그럼요. 대령님은 겨울에 그 장화를 늘 신으셨어요. 장화가 발에 좀 큰 편이었죠. 그래서 대령님은 양말을 두어 켤레 겹쳐 신으셔야 했어요."

에밀리는 고개를 끄덕이며 물었다.

"수선하러 보냈거나 그런 건 아닐까요?"

"그랬다면 에번스가 알고 있었을 거예요."

에번스 부인이 자랑스럽게 말했다.

"그렇겠군요."

"이상하기는 하지만 살인 사건과 관계가 있는 건 아닐 거예요, 그렇죠, 아가씨?"

"관계 있을 것 같지는 않네요."

에밀리도 동의했다.

"새로운 걸 발견했나요?"

부인의 목소리가 열의에 차 있었다.

"예, 한두 가지……. 그리 중요한 건 아니고요."

"엑서터에서 온 경위님이 오늘 이곳을 찾아왔는데 뭔가를 찾은 건 아닌가 생각했어요."

"내러콧 경위님이요?"

에밀리는 유심히 그녀를 바라보았다.

"예, 바로 그분이었어요. 아가씨. 그분이 남편에게 물어보더라고요. 저는 그냥 지나쳤는데 남편이 그 일을 말해 주었어요. 남편은 뭐든 주의 깊게 보거든요. 남편은 그 젊은 신사분의 짐에 꼬리표가 두 개 붙어 있었는데 하나는 엑서터이고 하나는 익스햄프턴이었다고 기억해 냈어요."

에밀리는 찰스 엔더비가 특종을 만들어 내려고 범죄를 저지르는 모습을 상상해 보다가 불쑥 미소를 지었다. 누군가 그런 주제로 짧고 소름 끼치는 소설을 한 편 쓸 수도 있겠다고 생각했다. 그러나 그녀는 내러콧 경위가 범죄와는 아무리 거리가 먼 사람들이라도 모든 사람들의 세세한 부분까지 완벽하게 조사하는 태도에 감탄했다. 그는 그녀와 면담을 한 뒤 즉시 엑서터를 떠났음에 분명했다. 빠른 자동차라면 기차 정도는 쉽게 앞지를 수 있었을 것이고, 어쨌든 그녀는 엑서터에서 점심을 먹고 늦게 출발했던 터였다.

"그 후 경위님은 어디로 갔나요?"

"시태퍼드로요, 아가씨. 경위님이 운전사에게 그렇게 말하는 걸 남편이 들었대요."

"시태퍼드 하우스로요?"

브라이언 피어슨이 아직 시태퍼드 하우스에 윌렛 모녀와 함께 있다는 걸 그녀는 알고 있었다.

"아니에요, 아가씨. 듀크 씨에게 갔어요."

듀크 씨라는 대답에 에밀리는 짜증이 나고 어리둥절했다. 언제나 듀크 씨다. 에밀리로서는 알 수 없는 부분이었다. 그녀는 드러난 것들을 보고 그가 어떤 사람인지 추측할 수 있었지만 모든 사람들이 듀크 씨가 정상적이고 평범하며 유쾌한 사람이라는 인상을 품고 있는 것 같았다.

"그를 만나 봐야겠어요. 시태퍼드로 돌아가자마자 곧장 거기로 가야겠어요."

그녀는 에번스 부인에게 감사를 표한 후 커크우드 씨 사무실로 가서 열쇠를 받아 헤이즐무어로 왔다. 그녀는 현관 입구에 서서 무슨 분위기를 어떻게 느낄 것이라고 기대하는지 스스로 궁금해하고 있었다.

그녀는 천천히 계단을 올라가 2층에 있는 첫 번째 방으로 들어갔다. 트리벨리언 대령의 침실임에 분명했다. 커크우드 씨가 말했듯이 그 방에는 개인적인 물건들은 다 치워져 있었다. 침구는 단정하게 개켜졌고 서랍들은 비었으며 벽장에는 옷걸이 정도만 남아 있었다. 신발장도 빈 선반만 보일 뿐 텅 비어 있었다.

에밀리는 한숨을 쉬고 돌아서 아래층으로 내려가 죽은 사람이 발견됐던 방으로 들어갔다. 열린 창문으로 눈발이 날려 들어와 있었다.

그녀는 애서 그 장면을 떠올려 보았다. 누가 무슨 이유로 트리벨리언 대령을 쓰러뜨린 걸까? 대령은 사람들이 믿는 것처럼 5시 25분에 살해됐던 걸까? 아니면 제임스가 정말로 겁을 집어먹고 거짓말을 한 걸까? 제임스는 현관문을 두드려도 아무 대답이 없자 창문 쪽으로 돌아와서 방 안을 들여다보고 외삼촌의 시체를 발견한 후 끔찍한 공포 때문에 도망쳤던 걸까? 그걸 알고 싶었다. 데이크러스 씨의 말로는 제임스가 자기 말을 고집하고 있다고 했다. 그렇다. 하지만 제임스는 겁이 났을지도 모른다. 그녀는 그 점에 대해 확신할 수가 없었다.

라이크로프트 씨가 말했던 것처럼 집 안에 다른 사람이 있었던 걸까? 누군가가 말다툼 소리를 듣고는 그 기회를 이용한 것일까?

그렇다면 그 점이 장화 문제와 어떤 관련이라도 있는 걸까? 누군가가 2층에 있었던 걸까? 아마도 트리벨리언 대령의 침실에? 에밀리는 현관 입구를 다시 지나쳤다. 그녀는 식당을 힐끗 들여다보았다. 거기에는 단정하게 끈으로 묶이고 꼬리표가 붙은 트렁크 두 개가 있었다. 찬장은 비어 있었다. 은제 컵들은 이미 버너비 소령의 집으로 옮겨졌다.

그러나 상으로 받은 소설 세 권을 옮기는 건 잊었는지 책들이 의자 위에 초라하게 놓여 있었다. 찰스 엔더비가 에번스에게 사연을 듣고 재미있게 윤색해서 이야기해 주었던 소설들이었다.

에밀리는 방을 둘러보고 고개를 저었다. 아무것도 없었다.

그녀는 계단을 올라가 침실로 다시 들어갔다.

그녀는 그 장화가 없어진 이유를 꼭 알아내야 했다! 장화가 없어진 이유를 자기가 납득할 만한 이론으로 만들어 내지 않고는 그 생각을 지워 버릴 수가 없었다. 다른 문제가 도외시될 만큼 장화 문제가 터무니없이 커다란 문제로 떠올랐다. 도움이 될 만한 단서가 없을까?

에밀리는 서랍을 하나하나 빼 보고 그 뒤를 더듬어 봤다. 탐정 소설에서는 늘 단서가 되는 종이쪽지가 나타나곤 했다. 하지만 현실에서는 그런 행운을 기대할 수 없었다. 아니면 내러콧 경위와 부하들이 완벽하게 철저히 조사했든가. 그녀는 빈 선반도 더듬어 보고

카펫의 가장자리를 손가락으로 더듬어도 보았다. 침대의 매트리스도 살펴보았다. 여기서 무엇을 찾으려 하는지 자신도 몰랐지만 그녀는 집요한 인내력으로 계속 찾아보았다.

그녀가 허리를 펴고 똑바로 섰을 때 이 말끔히 정돈된 방에서 한 가지 눈에 거슬리는 게 보였다. 벽난로의 쇠 살대 안에 작은 그을음 덩어리가 있었던 것이다.

에밀리는 뱀을 잡으려는 새처럼 그것에 매료돼 노려보았다. 그녀는 그것을 바라보며 가까이 다가갔다. 이론적으로 생각해 낸 것이 아니었고 인과관계도 없었지만 단지 그 그을음 덩어리를 보는 순간 어떤 가능성을 떠올리게 되었기 때문이다. 에밀리는 소매를 걷어붙이고 두 팔을 굴뚝 안 위쪽으로 밀어 넣었다.

잠시 후 그녀는 신문지로 단정하게 싸 놓은 꾸러미를 믿을 수 없다는 듯 기쁜 표정으로 바라보았다. 단숨에 신문지를 벗겼더니 없어졌다던 장화 한 켤레가 드러났다.

에밀리는 혼자 중얼거렸다.

"그렇지만 이유가 뭐지? 장화가 여기 있어. 하지만 왜? 왜? 왜? 어째서?"

그녀는 장화를 뚫어지게 바라보았다. 뒤집어도 보았다. 겉과 안을 모두 조사해 보았지만 "왜?"라는 똑같은 질문만 그녀의 머리를 단조롭게 두드리고 있었다.

누군가가 트리벨리언 대령의 장화를 옮겨 굴뚝 안에 숨겨 놓았다고 가정해 보았다. 그런데 왜 그랬을까?

"아, 미치겠어!"

에밀리는 절망적으로 소리를 질렀다.

그녀는 장화를 조심스럽게 마루 가운데 놓고 맞은편에 의자를 끌어와 앉았다. 그러고는 자기가 알아낸 사실들과 다른 사람들에게서 알아낸 사실을 처음부터 세세한 사항들까지 다 짚어 가며 면밀하게 생각해 보았다. 그녀는 이 드라마에 등장하는 중요한 사람들과 드라마 바깥의 사람들까지 모두 검토해 보았다.

갑자기 기묘하고 모호한 생각이 형체를 갖추기 시작했다. 마루 위에 멍청하게 놓여 있는 그 장화 한 켤레가 암시를 준 것이었다.

"하지만 그렇다면…… 그렇다면……."

그녀는 장화를 손에 집어 들고 재빠르게 아래층으로 내려갔다. 그리고 식당 문을 밀어 열고는 구석에 있는 벽장으로 갔다. 여기에는 트리벨리언 대령의 운동 트로피들과 수집품들이 들어 있었다. 여자 세입자들의 손이 닿지 않도록 모든 것을 여기에 갖다 놓았던 것이다. 스키, 보트 젓는 노, 코끼리 발, 상아, 낚시도구 등 모든 것이 기술적으로 포장해 줄 이삿짐센터 사람들의 손길을 기다리고 있었다.

에밀리는 장화를 손에 든 채 몸을 아래로 굽혔다.

잠시 후 그녀는 얼굴이 상기된 채 믿을 수 없다는 표정을 하고 일어섰다.

"그러면 그렇게 된 거로군. 그렇게 된 거야."

그녀는 의자에 털썩 주저앉았다. 하지만 이해하지 못할 부분이 아직도 많았다.

그러다 벌떡 일어서며 말했다.

"나는 누가 트리벨리언 대령을 죽였는지 알고 있어. 하지만 왜 죽였는지는 모르겠어. 아직 그 이유를 모르겠어. 그래도 시간을 낭비해서는 안 돼."

에밀리는 서둘러 헤이즐무어를 나왔다. 시태퍼드까지 데려다 줄 차를 찾는 데 몇 분이 걸렸다. 그녀는 운전사에게 듀크 씨의 방갈로까지 태워 달라고 말했다. 도착해서 차비를 치르고는 길을 부지런히 걸어올라 갔다.

그녀는 문에 있는 노크용 쇠고리를 들어 올려 요란스럽게 소리를 냈다.

잠시 후 문이 열리면서 덩치가 크고 건장한 남자가 약간 냉담한 표정으로 나타났다.

에밀리는 처음으로 듀크 씨를 만나게 됐다.

"듀크 씨 되세요?"

"그렇습니다."

"저는 트레퍼시스라고 합니다. 들어가도 될까요?"

듀크 씨는 잠시 주저하더니 그녀가 들어오도록 옆으로 비켜서 주었다. 에밀리가 거실로 들어가자 그는 현관문을 닫고 따라들어 왔다.

"저는 내러콧 경위님을 만나고 싶어요. 여기 계시나요?"

에밀리의 물음에 그는 잠시 머뭇거렸다. 듀크 씨는 어떻게 대답해야 할지 모르겠다는 표정이었다. 마침내 그는 마음을 정한 듯 보였다. 그는 싱긋 웃었다. 약간 이상한 미소였다.

"내러콧 경위는 여기 있습니다. 그런데 무엇 때문에 그를 만나려고 하는 겁니까?"

에밀리는 가지고 온 꾸러미를 꺼내 포장을 풀었다. 장화 한 켤레를 꺼내 그의 앞에 있는 탁자에 놓았다.

"경위님이 이 장화를 보셨으면 해서요."

두 번째 강령회

"안녕, 안녕, 안녕하세요."

로널드 가필드가 인사를 했다.

우체국에서부터 가파르게 비탈져 올라가는 골목길을 천천히 걷고 있던 라이크로프트 씨는 걸음을 멈추고 로널드가 따라잡을 때까지 서 있었다.

"이 동네의 해러즈 백화점에 다녀오시는 건가요? 히버트 어머니네 가게 말이에요."

로널드의 물음에 라이크로프트 씨는 심드렁하게 대답했다.

"아닐세. 철공소를 지나 잠시 산책을 하고 오는 길이라네. 오늘 날씨가 무척 쾌청하구먼."

로널드도 푸른 하늘을 올려다보았다.

"그렇군요. 지난주와는 좀 달라요. 그런데 월렛 모녀에게 가시는 건가요?"

"그렇다네. 자네도?"

"예, 시태퍼드에서 가장 빛나는 장소죠. 윌렛 모녀의 집 말이에요. 우울한 채로 있으면 안 된다는 게 그들의 좌우명이에요. 평소처럼 지내고 있더군요. 제 고모님은 장례식이 끝난 지 얼마 되지 않았는데 사람들에게 차를 마시러 오라고 초대하는 건 지각 없는 행동이라고 말씀하셨어요. 하지만 괜한 소리예요. 고모님은 그냥 페루의 황제 때문에 혼란스러워서 그러시는 것뿐이에요."

"페루의 황제라고?"

라이크로프트 씨는 그게 무슨 소리냐고 물었다.

"그 지긋지긋한 고양이들 중 한 마리 이름이에요. 그게 수놈이 아니라 암놈인 것으로 밝혀진 거죠. 고모님은 당연히 기분이 나쁘셨겠죠. 이런 성별 문제를 싫어하시거든요. 그래서 제가 말했듯이 고모님은 윌렛 모녀에 대해 험담하는 걸로 속을 가라앉히셨죠. 그 모녀가 사람들을 초대하지 못할 이유가 어디 있어요? 트리벨리언 대령님이 친척도 뭐도 아닌데 말이죠."

"맞는 말일세."

라이크로프트 씨는 날아가는 새를 보러 고개를 돌리면서 그 새가 희귀종이라고 속으로 생각했다.

"안경을 가지고 오지 않았다니 짜증이 나는군."

"이런! 저, 트리벨리언 대령님에 관한 것인데요, 윌렛 부인이 우리에게 말한 것보다는 대령님을 더 잘 알고 있었던 건 아닐까요?"

"왜 그렇게 생각하나?"

"그 부인이 변한 것 같아서요. 눈치 채지 못하셨나요? 지난 일주일 동안 거의 20년은 늙어 버린 것 같아요. 눈치 채셨을 텐데요."

"그렇군. 나도 눈치 챘어."

"그것 보세요. 트리벨리언 대령님의 죽음이 어떤 식으로든 그 부인에게 끔찍한 충격이었던 게 분명해요. 혹시 대령님이 젊은 시절에 버리고는 잊어버렸던 아내가 아닐까요? 그래 놓고 알아보지 못한 거 아닐까요?"

"그럴 가능성은 거의 없네, 가필드."

"너무 영화 같은 이야기일까요? 그래도 아주 이상한 일이 일어나기도 하잖아요. 《데일리 와이어》에서 아주 놀라운 기사를 읽은 적이 있어요……. 신문에 실리지 않았다면 도저히 믿을 수 없는 그런 일이었죠."

"그런 점에서 신문이 신뢰받을 일이 아직까지 남아 있나?"

라이크로프트 씨가 신랄하게 물었다.

"엔더비라는 젊은이를 싫어하세요?"

"나는 자기와 상관없는 일에 코를 킁킁대며 돌아다니는 버릇없는 것들은 딱 질색일세."

로널드가 우겨 댔다.

"그렇군요. 하지만 그 사람이랑 아무 상관없다고는 할 수 없어요. 제 말은 여기저기 냄새를 맡고 돌아다니는 건 그 가엾은 친구의 직업이라는 거죠. 그는 버너비 소령님을 길들인 것 같더군요. 우습게도 소령님은 제가 눈에 띄기만 하면 참지를 못해요. 마치 투우가 붉은 천을 보듯 한다니까요."

이 말에 라이크로프트 씨는 잠자코 있었다.

로널드는 하늘을 힐끗 쳐다보며 계속 말했다.

"어이쿠, 오늘이 금요일인 것 아세요? 바로 일주일 전 오늘, 이 시간쯤 우리는 힘들게 눈 속을 걸어 윌렛 모녀에게 가고 있었죠. 바로 지금처럼요. 그래도 날씨는 다르네요."

"일주일 전이라. 끝없이 길게 느껴졌는데."

"일 년도 더 된 것 같아요, 그렇죠? 안녕, 압둘."

그들은 우울한 표정의 인도 하인이 기대서 있는 와이엇 대령의 집 대문을 지나가고 있었다.

"잘 있었나? 압둘, 주인장은 어떠신가?"

라이크로프트 씨가 물었다.

인도인은 고개를 저었다.

"주인님은 오늘 기분이 좋지 않으십니다. 아무도 만나지 않으십니다. 오랫동안 아무도 만나지 않으셨습니다."

로널드는 그 집을 지나가며 말했다.

"저 친구는 와이엇 대령님을 아주 쉽게 살해할 수도 있을 거예요. 아무도 모르겠죠. 몇 주일이라도 저렇게 고개를 저으며 주인님은 아무도 만나지 않으려 한다고 말해도 누구 하나 이상하게 생각하지 않을 테니까요."

라이크로프트 씨는 그럴 수 있다고 인정하면서도 한 가지 점을 지적했다.

"하지만 시체를 치우는 문제가 여전히 남아 있지 않겠나."

"그렇겠죠. 그게 곤란한 점이죠. 인간의 시체란 귀찮은 거예요."

그들이 버너비 소령의 집을 지나갈 때였다. 소령은 정원에서 엉뚱한 곳에 자라난 잡초 한 포기를 험악한 표정으로 바라보고 있었다.

라이크로프트 씨가 인사를 했다.

"안녕하십니까, 소령님. 시태퍼드 하우스에 같이 가겠습니까?"

버너비 소령은 코를 문지르며 대답했다.

"안 갈 겁니다. 초대장은 받았지만, 글쎄요⋯⋯. 가고 싶지 않아요. 이해하리라 믿습니다."

라이크로프트 씨는 알겠다는 표시로 고개를 끄덕였다.

"그래도 같이 갔으면 합니다. 그럴 이유가 있어요."

"이유라니, 무슨 이유요?"

순간 라이크로프트 씨는 머뭇거렸다. 옆에 로널드 가필드가 있어서 자제하는 게 분명했다. 그러나 로널드는 그런 사정을 모른 채 호기심을 숨김없이 드러내며 귀를 기울이고 있었다.

"나는 실험을 하고 싶어요."

라이크로프트 씨가 마침내 느릿느릿 말했다.

"무슨 실험 말입니까?"

버너비 소령의 질문에 라이크로프트 씨는 잠시 주저했다.

"먼저 말하고 싶지 않아요. 하지만 소령님이 간다면 내가 어떤 걸 제안하든 내 주장을 뒷받침해 주기 바랍니다."

이 말에 버너비 소령은 부쩍 호기심이 생겼다.

"좋습니다. 가지요. 나를 믿어도 될 겁니다. 모자가 어디 갔지?"

그는 모자를 손에 들고 금세 그들과 합류했고 세 사람은 시태퍼드 하우스의 대문에 이르렀다.

"누군가 올 사람이 있다고 들었습니다, 라이크로프트 씨."

버너비 소령이 격의 없이 말했다.

라이크로프트 씨의 얼굴에 짜증스러운 빛이 지나갔다.

"누가 말해 주었습니까?"

"까치같이 지저귀는 수다쟁이 커티스 부인이 말해 주었어요. 그 여자는 깔끔하고 정직하긴 한데 입을 잠시도 그냥 두지 못하더군요. 게다가 다른 사람이 듣든지 말든지 개의치도 않아요."

라이크로프트 씨도 수긍했다.

"정말 그래요. 내 조카 더링과 그 부인이 내일 올 겁니다."

그들이 현관에 도착해 초인종을 누르자 브라이언 피어슨이 문을 열어 주었다. 그들이 현관 입구에서 외투를 벗을 때 라이크로프트 씨는 키가 크고 어깨가 벌어진 젊은이를 유심히 바라보았다.

그는 속으로 감탄했다.

'훌륭한 표본이군. 아주 훌륭해. 강한 성격에 턱의 각도도 독특해. 어떤 상황에서는 비열한 사람이 될 수도 있지. 위험스러운 젊은이라고 불릴 사람이군.'

버너비 소령은 응접실로 들어가면서 비현실적인 이상한 느낌을 받았다. 윌렛 부인이 일어나 그를 반겼다.

"이렇게 와 주셔서 정말 감사합니다."

지난주 방문했을 때와 똑같은 인사말이었다. 벽난로에도 똑같이 불이 타오르고 있었다. 그는 두 여자가 똑같은 옷을 입고 있다고 생각했지만 확실하지는 않았다.

그는 정말 이상한 기분이 들었다. 지난주의 그날과 비슷하다는 느낌이었다. 마치 조 트리벨리언이 죽지 않은 것처럼……. 아무 일도 없었고 변한 것도 없는 것처럼 말이다.

'그만해, 잘못된 생각이야. 저 윌렛이란 여자는 변했잖아. 난파선이란 단어가 저 여자에게 꼭 어울리겠어. 부유하고 단호하던 여자의 모습은 사라지고 평소와 다름없이 보이려고 애쓰는 게 신경쇠약에 걸린 인간 같군. 하지만 조의 죽음이 저 여자에게 무슨 의미라도 있다면 내 목이라도 내놓겠어.'

버너비 소령은 속으로 생각했다. 그는 윌렛 모녀를 볼 때마다 뭔가 이상한 데가 있다는 인상을 수시로 받았다.

그는 생각에서 깨어나 평소처럼 자신이 침묵하고 있었고 누군가가 자기에게 말을 하고 있다는 것을 깨달았다.

"아쉽지만 우리의 마지막 작은 모임이에요."

윌렛 부인이 먼저 말을 꺼냈다.

"무슨 말씀이세요?"

로널드 가필드가 머리를 번쩍 치켜들고 물었다.

윌렛 부인은 미소를 지으려다 말고 고개를 흔들었다.

"정말이에요. 우리는 시태퍼드에서 남은 겨울을 다 보내지 못하고 떠나야 해요. 물론 저 개인적으로는 이곳의 눈과 바위산, 그리고 이 모든 황량함을 좋아해요. 하지만 집안 문제 때문에! 집안 문제가 너무 힘들어져서…… 제가 이겨 내지 못하겠어요!"

"운전사 겸 집사와 잡일 하는 사람을 구하실 거라고 생각했는데요."

버너비 소령의 말에 윌렛 부인은 몸을 부르르 떨었다.

"아니에요. 저는…… 저는 그 일을 포기했어요."

그러자 라이크로프트 씨가 말했다.

"이런, 이 소식은 우리 모두에게 큰 충격입니다. 정말 슬프군요. 부인 가족이 떠나고 나면 우리는 틀에 박힌 생활로 다시 돌아갈 겁니다. 그건 그렇고 언제 갑니까?"

윌렛 부인이 아쉬운 듯 말했다.

"월요일이 될 거예요. 내일 떠나지 못하면요. 하인들이 없으니 너무 불편하군요. 물론 커크우드 씨와 의논해 봐야 한답니다. 이 집을 넉 달간 빌렸으니까요."

"런던으로 가실 건가요?"

또다시 라이크로프트 씨가 물었다.

"예, 아마도. 어쨌든 시작은 거기서 해야죠. 그 후에는 리비에라로 가려고 해요."

"우리에겐 큰 손실이군요."

라이크로프트 씨는 아쉽다는 듯 말했다.

그러자 윌렛 부인은 의미 없이 킥킥 이상한 웃음소리를 내더니 말했다.

"정말 친절하세요, 라이크로프트 씨. 자, 우리 차나 마실까요?"

차는 미리 준비돼 있었다. 월렛 부인이 차를 따랐다. 로널드 가필드와 브라이언 피어슨이 찻잔을 날랐다. 사람들 사이엔 어색함 같은 것이 떠돌고 있었다.

"자네는 어떻게 할 건가? 자네도 가나?"

버너비 소령이 불쑥 브라이언 피어슨에게 물었다.

"런던으로요, 그렇습니다. 이 일이 마무리되기 전에는 외국으로 갈 수 없거든요."

"이 일이라니?"

"제 형이 이런 말도 안 되는 혐의를 깨끗이 벗기 전까지라는 말입니다."

그가 아주 도전적인 태도로 쏘아붙였기 때문에 아무도 섣불리 말을 꺼내지 못했다. 그러자 버너비 소령이 분위기를 누그러뜨리기 위해 말을 꺼냈다.

"그가 그런 일을 저질렀다고 생각해 본 적이 없다네. 한순간도."

바이올렛은 고마운 듯 소령을 힐끗 보며 말했다.

"우리 모두 그렇게 생각지 않았어요."

침묵이 이어지는 가운데 초인종 소리가 났다.

"듀크 씨예요. 브라이언, 문을 열어 드려요."

월렛 부인이 말했다.

브라이언 피어슨이 창가로 가서 내다보더니 말했다.

"듀크 씨가 아니에요. 그 빌어먹을 기자군요."

"오! 이런. 그래도 어쨌든 들어오게 해야죠."

월렛 부인의 말에 브라이언은 고개를 끄덕이고 나가더니 찰스 엔더비와 함께 들어왔다.

그는 평소처럼 만족스러운 빛이 완연한 솔직한 모습이었다. 자기가 환영받지 못할 거라는 생각은 추호도 하지 않는 것 같았다.

"안녕하세요, 월렛 부인, 잘 지내십니까? 어떻게 지내시는지 궁금해서 그냥 들렀습니다. 시태퍼드에 사는 분들이 모두 어디 가셨나 했더니 여기들 계셨군요."

"차 마시겠어요, 엔더비 씨?"

"정말 고맙습니다. 에밀리는 여기 없군요. 그녀는 가필드 씨의 고모님과 함께 있는 모양이군요."

"제가 알기론 그렇지 않은데요. 저는 그녀가 익스햄프턴으로 갔나 보다고 생각했어요."

로널드가 시큰둥하게 대답했다.

"아! 하지만 거기서 돌아왔어요. 어떻게 아느냐고요? 작은 새가 말해 줬죠. 정확히 말하면 커티스란 이름의 새가요. 자동차가 우체국을 지나서 골목길을 올라갔다가 빈 차로 돌아오는 걸 보았다고 하네요. 에밀리는 5번 방갈로에도 없고 시태퍼드 하우스에도 없군요. 이상하네요……. 어디 있을까요? 퍼스하우스 양과 같이 있는 게 아니라면 난봉꾼인 와이엇 대령님과 함께 차를 마시고 있는 게 틀림없어요."

"해지는 모습을 보려고 시태퍼드 바위산에 올라갔는지도 모르죠."

라이크로프트 씨가 거들고 나서자 버너비 소령이 말했다.

"그렇지 않을걸요. 거기 갔다면 제 눈에 띄었을 겁니다. 여기 오기 전까지 정원에 있었거든요."

그때 엔더비가 쾌활하게 말했다.

"그게 그리 중요한 문제는 아닙니다. 그녀가 납치됐거나 살해당했거나, 뭐 그런 것만 아니라면 말이죠."

"그렇게 되면 당신 신문으로서는 유감스러운 일이겠습니다, 안 그래요?"

브라이언이 빈정거리듯 물었다.

"기사가 아무리 중요하다 해도 에밀리를 희생시키지는 않을 겁니다."

엔더비는 사려 깊게 덧붙였다.

"에밀리는 특별하니까요."

그러자 라이크로프트 씨가 거들었다.

"아주 매력적이기도 하죠. 정말 매력적이에요. 우리는…… 저어…… 협력자죠, 그녀와 나 말입니다."

"모두 하실 말씀 다 하셨나요? 브리지 게임을 하는 건 어때요?"

어수선한 분위기를 정리하기 위해 윌렛 부인이 말했다.

"저, 잠깐만요."

라이크로프트 씨가 윌렛 부인의 말을 가로막았다.

라이크로프트 씨는 거드름을 피우며 헛기침을 했다. 사람들 모두 그를 쳐다보았다.

"윌렛 부인, 아시다시피 저는 심령 현상에 대해 깊은 관심을 가지고 있습니다. 일주일 전 오늘, 바로 이 방에서 우리는 두려움을 품게 하는 정말 놀라운 경험을 했지요."

바이올렛이 희미하게 소리를 냈다. 라이크로프트 씨가 그녀를 향해 돌아섰다.

"알아요, 바이올렛 양, 저도 알아요. 그 일로 많이 놀랐을 거예요. 정말 황당한 일이었어요. 부정하지는 못하겠군요. 이제, 사건이 일어난 후로 경찰력이 동원되어 트리벨리언 대령님을 살해한 자를 찾고 있습니다. 경찰은 한 명을 체포했지요. 하지만 적어도 이 방에 있는 우리 중 몇 사람은 제임스 피어슨이 범인이라는 걸 믿지 않습니다. 제가 제안하고 싶은 건 지난 금요일 했던 그 실험을 다시 해 보자는 겁니다. 비록 이번에는 다른 혼령에게 말을 걸어야 하겠지만."

"싫어요."

바이올렛은 공포에 질려 소리쳤다.

"오! 이것 참. 너무 지나친 제안이군요. 저는 어쨌든 제외시켜 주십시오."

로널드의 불만을 라이크로프트 씨는 조금도 신경 쓰지 않았다.

"윌렛 부인, 어떻습니까?"

그녀는 머뭇거리다가 말했다.

"라이크로프트 씨, 저는 솔직히 그 생각이 마음에 들지 않아요. 전혀 하고 싶지 않아요. 지난주의 비참한 사건 때문에 아주 나쁜 인상을 받았어요. 당분간 잊기 어려울 것 같아요."

이때 흥미를 느낀 엔더비가 물었다.

"정확히 무엇을 알고 싶으신 겁니까? 혼령이 트리벨리언 대령님을 살해한 자의 이름을 알려 줄 거라고 생각합니까? 상당히 터무니없는 일 같군요."

"엔더비 씨가 말했다시피 터무니없는 일이라고 생각했죠. 지난주에 트리벨리언 대령님이 죽었다는 메시지가 전달됐을 때 말이오."

엔더비도 동의했다.

"그건 그래요. 하지만…… 그러니까…… 라이크로프트 씨의 생각은 예상하지 못했던 결과를 낳을 수도 있다는 말씀입니까?"

"예를 들면?"

"이름 하나가 언급된다고 칩시다. 확신할 수 있을까요? 누군가 테이블에 앉은 사람이 의도적으로······."

그가 말을 멈추자 로널드 가필드가 끝말을 맺었다.

"의도적으로 테이블을 흔들지 않았다는 걸 확신할 수 있느냐는 말이죠. 이게 엔더비 씨가 하려던 말이에요. 누군가가 고의적으로 테이블을 흔들어서 특정한 이름을 만들어 낸다는 거죠."

그러자 라이크로프트 씨가 부드럽게 말했다.

"이건 심각한 실험입니다. 어느 누구도 그런 짓은 하지 않을 거예요."

로널드가 의심스러운 듯 말했다.

"과연 그럴까요? 그런 짓을 하고도 남을 거라고 저는 생각합니다. 제가 그렇다는 건 아니고요. 저는 맹세코 그런 짓을 하지 않을 거지만 모두 제가 한 짓이라고 주장한다고 가정해 보자고요. 대단히 꼴사나워 보일 거예요."

작은 몸집의 노인은 로널드의 말을 무시했다.

"윌렛 부인, 저는 진지하게 제안하는 겁니다. 부탁합니다. 이렇게 모였으니 실험을 해 봅시다."

윌렛 부인이 고개를 흔들었다.

"전 싫어요. 정말 싫어요. 저는……."

그녀는 마치 도망칠 곳을 찾는 것처럼 주위를 불안하게 둘러보았다.

"버너비 소령님은 트리벨리언 대령님의 친구셨잖아요. 어떻게 생각하세요?"

소령의 눈과 라이크로프트 씨의 눈이 마주쳤다. 소령은 바로 이 일이 라이크로프트 씨가 아까 이 집에 오기 전 미리 암시했던 우발적 상황이란 걸 알아차렸다.

"안 될 것 없죠."

그는 무뚝뚝하게 대답했다.

그 말이 계기가 되어 찬성 쪽으로 의견이 모아졌다.

로널드는 옆방에 가서 전에 사용했던 작은 테이블을 가지고 왔다. 그는 그것을 방 가운데 놓고 의자 몇 개도 가져다 놓았다. 아무도 말을 하지 않았다. 모두 그 실험을 썩 내켜하는 분위기는 분명 아니었다.

라이크로프트 씨가 말을 꺼냈다.

"이만하면 맞는 것 같군요. 지난 금요일에 했던 실험을 정확히 같은 조건에서 반복해 보기로 합시다."

이때 윌렛 부인이 지적했다.

"똑같지 않아요. 듀크 씨가 빠졌어요."

라이크로프트 씨가 고개를 끄덕이며 말했다.

"그렇군요. 듀크 씨가 이곳에 없어 유감이군요. 대단히 유감스러워요. 그러면 저…… 브라이언 피어슨 씨가 그를 대신하는 건 어떻습니까?"

"브라이언, 끼어들지 말아요. 부탁이에요, 제발."

바이올렛이 절박한 목소리로 외쳤다.

"무슨 상관이 있겠어요? 어쨌든 엉터리 짓일 텐데."

"그건 나쁜 영혼의 소리군요."

라이크로프트 씨가 엄하게 말했다.

브라이언 피어슨은 대답하지 않고 바이올렛의 옆에 자리를 잡았다.

"엔더비 씨."

라이크로프트 씨가 무슨 말을 꺼내려 하자 엔더비는 말을 가로챘다.

"저는 지난번에 여기 없었습니다. 게다가 제가 기자이기 때문에 여러분은 저를 믿지 않으실 겁니다. 대신 무슨 현상이라도 일어나면 속기로 기록하겠어요. 그 현상이란 건 바로 단어들이죠? 그렇죠?"

일은 그렇게 정리됐다. 여섯 사람은 테이블 주위에 둥글게 둘러

앉았다. 엔더비는 전등을 끄고 난롯가에 앉았다.

"잠깐만요, 지금 몇 시입니까?"

그는 손목시계를 난로의 불빛에 비춰 보더니 긴장된 목소리로 이렇게 말했다.

"이상하군요."

"뭐가 이상해요?"

"지금이 바로 5시 25분입니다."

바이올렛이 약하게 비명을 지르자 라이크로프트 씨가 엄한 목소리로 타일렀다.

"조용히 해요."

시간이 흘러갔다. 일주일 전과는 완전히 다른 분위기였다. 숨죽인 웃음도 없었고 속삭임도 없었다······. 오직 침묵만이 흘렀다. 마침내 침묵을 깨고 테이블에서 살짝 삐걱거리는 소리가 났다.

라이크로프트 씨가 목소리를 높였다.

"아무도 없습니까?"

희미하게 삐걱거리는 소리가 또 한 번 났다. 어두운 방에서 들으니 어쩐지 오싹했다.

"누구 안 계십니까?"

이번에는 삐걱거리는 소리가 아닌 문을 두드리는 소리가 귀청이 떨어져 나갈 것처럼 엄청나게 크게 들렸다.

바이올렛이 비명을 지르자 윌렛 부인도 외마디 소리를 질렀다.

브라이언 피어슨이 안심시키려고 목소리를 높여 말했다.

"괜찮아요. 현관문 두드리는 소리입니다. 제가 나가서 문을 열지요."

그는 방을 성큼성큼 걸어 나갔다. 여전히 어느 누구도 입을 열지 않았다.

갑자기 문이 활짝 열리더니 전등이 켜졌다.

문간에는 내러콧 경위가 있었다. 그의 뒤에는 에밀리 트레퍼시스 양과 듀크 씨가 있었다.

내러콧 경위는 방으로 한 걸음 들어서며 말했다.

"존 버너비, 당신을 이달 14일 금요일 조지프 트리벨리언을 살해한 혐의로 체포합니다. 그리고 이에 의해 당신이 하는 말은 전부 기록될 것이며 증거로 사용될 수 있다는 것을 경고합니다."

에밀리, 설명하다

에밀리 주변에 모여 있던 사람들은 너무 놀라 아무 말도 하지 못했다.

내러콧 경위가 범인을 방에서 데리고 나갔다. 찰스 엔더비가 제일 먼저 말을 꺼냈다.

"제발, 에밀리, 어서 말해봐. 나는 우체국에 전보를 치러 가야 해. 순간순간이 정말 중요하다고."

"트리벨리언 대령님을 죽인 사람은 버너비 소령님이야."

"글쎄, 나도 내러콧 경위님이 그를 체포하는 걸 봤어. 그 사람 제정신이겠지? 갑자기 돌아버린 건 아니겠지. 하지만 어떻게 소령님이 트리벨리언 대령님을 죽일 수 있어? 그게 인간적으로 가능하기나 한 일이야? 대령님이 5시 25분에 살해당했다면……."

"그렇지 않아. 그는 5시 45분쯤에 살해당했어."

"하지만 그렇더라도…….."

"알아. 그걸 생각하지 않았다면 절대 상상도 못 했을 거야. 스키 말이야. 그게 핵심이었어. 스키가."

"스키?"

사람들 모두 그 말을 되뇌었다.

그러자 에밀리가 고개를 끄덕였다.

"그래. 소령님은 테이블 터닝을 교묘하게 이용한 거야. 그건 우연도 아니었고 우리가 생각했듯이 무의식적으로 그렇게 된 것도 아니야, 찰스. 우리가 제외시켰던 두 번째 대안, 즉 의도적으로 했다는 그 생각이 맞았어. 그는 얼마 후 눈이 내릴 것이라는 걸 알고 있었어. 눈이 내리면 발자국을 덮어 버리게 되니 모든 게 안전해지는 거지. 그는 트리벨리언 대령님이 죽었다는 인상을 받도록 조작해서 사람들을 깜짝 놀라게 했어. 그 후 몹시 걱정하는 척하면서 익스햄프턴으로 가겠다고 고집을 부렸고.

그러고는 자기 집으로 가서 스키를 신고 출발했어. 스키는 정원 헛간에 다른 도구들과 함께 보관돼 있었지. 그는 스키 전문가야. 익스햄프턴까지는 전부 내리막길이잖아. 신나게 달렸겠지. 아마 10분밖에 안 걸렸을걸.

그는 트리벨리언 대령님 집의 창문가에 가서 창문을 두드렸어. 대령님은 아무 의심 없이 그를 들어오게 했지. 그 후 트리벨리언 대령님이 등을 보이고 돌아섰을 때 버너비 소령님은 기회를 놓치지 않고 모래주머니를 집어 올려서…… 대령님을 죽인 거지. 아휴! 생각만 해도 속이 울렁거려."

그녀는 몸을 떨면서 계속 말했다.

"모든 게 너무 간단했어. 시간은 충분했지. 소령님은 스키를 깨끗이 닦아 내고 식당 벽장에 있는 다른 물건들 사이에 집어넣었어. 그러고는 창문을 깨 놓고 서랍과 물건들을 전부 끄집어냈어······. 누군가가 침입한 것처럼 보이게 하려고.

그런 후 8시 직전에 나가서는 오르막길로 돌아간 다음 시태퍼드에서부터 줄곧 걸어온 것처럼 숨을 헐떡이며 익스햄프턴으로 다시 온 거야. 스키에 대해 의심을 품는 사람만 없었다면 완벽했지. 의사는 트리벨리언 대령님이 적어도 두 시간 전에 죽었다고 말했으니까, 버너비 소령님은 완벽한 알리바이를 갖게 된 거지."

라이크로프트 씨는 여전히 의심스럽다는 듯이 말했다.

"하지만 버너비와 트리벨리언 두 사람은 친구였습니다. 아주 오랜 친구. 그 많은 세월을 친구로 지냈는데, 믿을 수가 없어요."

"저도 알아요. 제 생각도 그랬어요. 이유가 무엇인지 알 수 없었죠. 저는 궁리에 궁리를 거듭하다가 마침내 내러콧 경위님과 듀크 씨를 찾아갔죠."

그녀는 말을 멈추고 잠시 듀크 씨의 무표정한 얼굴을 바라보았다.

"말해도 되겠어요?"

에밀리의 질문에 듀크 씨가 싱긋 웃었다.

"그러고 싶다면, 트레퍼시스 양."

"어쨌든 아니에요, 제가 말을 안 하는 편이 더 좋을지도 모르겠어요. 저는 그분들을 찾아갔고 우리는 사태를 분명히 알았어요. 엔더비, 나한테 말했던 것 기억해? 트리벨리언 대령님이 퀴즈 대회 정답을 에번스의 이름으로 보내곤 했다고 에번스가 말한 것 말이야. 대령님은 시태퍼드 하우스라는 주소가 너무 화려해 보여 당첨되기 힘들다고 생각했던 거야. 그러니까…… 축구 퀴즈 대회에 정답을 보낼 때도 다른 주소를 사용한 거였지. 엔더비 당신이 버너비 소령님에게 상금으로 5000파운드를 주었는데, 실은 정답을 보냈던 사람은 트리벨리언 대령님이었어. 하지만 그는 버너비 소령님의 주소를 이용했던 거지. 대령님은 시태퍼드 1번 방갈로라는 주소가 훨씬 낫다고 생각했던 거야. 이제 무슨 일이 있었던 건지 알겠어요, 여러분? 금요일 아침에 버너비 소령님은 자기가 5000파운드 상금에 당첨됐다는 편지를 받았어요. 그리고 말이 나왔으니 말인데 우리는 그 점이 의심스러웠어요. 소령님은 편지를 받은 적이 없다고 말했거든요. 금요일엔 눈이 너무 많이 내려 시태퍼드엔 아무것도 들어올 수 없었다고 했어요. 그런데 그건 거짓말이었어요. 금요일 아침까지는 우편 배달이 가능했어요. 어디까지 말했죠? 아……! 버너비 소령님은 그 편지를 받고 나자 그 5000파운드를 갖고 싶었죠. 간절히 원했다고나 할까요. 어떤 시시한 주식인지 뭔지에 투자했다가 돈을 엄청나게 잃었기 때문이지요.

그는 그 생각을 순간적으로 떠올렸을 거예요. 아마 그날 저녁 눈이 엄청 올 거라는 걸 알고 그런 생각을 하게 된 건지도 모르죠. 트리벨리언 대령님이 죽는다면…… 자기는 돈을 가질 수 있게 되고,

그걸 아는 사람은 아무도 없을 거라고요."

라이크로프트 씨가 중얼거렸다.

"놀랍군. 진짜 놀라워요. 꿈에도 생각해 보지 못한 일입니다……. 하지만 트레퍼시스 양은 어떻게 이 모든 일을 알게 된 겁니까? 어떻게 그토록 정확하게 짚어 낼 수 있었나요."

에밀리는 벨링 부인의 편지를 설명했다. 그리고 굴뚝 안에 있는 장화를 발견한 일에 대해서도 이야기했다.

"그 장화를 보고 알게 됐어요. 그건 스키 장화였거든요. 그래서 스키를 떠올렸죠. 그때 혹시 하는 생각이 들었어요. 아래층으로 내려가 벽장을 찾아보았더니 그 안에는 스키가 두 벌이 있더군요. 한 벌은 다른 것보다 길었어요. 제가 찾아낸 장화는 긴 스키에는 맞았지만 다른 스키에는 맞지 않았어요. 그 스키에 붙어 있는 발 고정 장치는 훨씬 작은 장화에 맞도록 돼 있었어요. 짧은 스키 한 벌은 다른 사람의 것이었던 거죠."

"스키를 다른 곳에 숨겼어야지."

라이크로프트 씨가 노련하게 반대의견을 말했다.

"아니, 아니에요. 그가 스키를 숨길 만한 데가 거기 말고 어디 있겠어요? 벽장은 정말 아주 좋은 장소였어요. 하루나 이틀 안에 수집품들은 모두 창고에 보관될 터였고 그동안 경찰이 트리벨리언 대령님이 스키를 한 벌 가졌거나, 두 벌 가졌거나 하는 문제로 신경 쓸 가능성은 없었죠."

"하지만 장화는 왜 숨겼을까요?"

"제 생각에 소령님은 경찰이 정확히 제가 했던 대로 할까 봐 두려웠던 거겠죠. 경찰이 그 장화를 보면 스키를 생각할 수도 있었을 테니까요. 그래서 소령님은 장화를 굴뚝에 밀어 넣은 거죠. 그리고 그건 정말로, 소령님의 실수였다는 게 드러난 셈이죠, 왜냐하면 에번스가 장화가 없어진 걸 알았고 저도 그 사실을 알게 됐으니까요."

"그 사람은 의도적으로 제임스에게 죄를 뒤집어씌우려고 했던 겁니까?"

가만히 이야기를 듣고 있던 브라이언 피어슨이 화난 목소리로 따졌다.

"아! 아니에요. 제임스는 늘 그렇듯 재수가 없었던 것뿐이에요. 그는 정말 바보짓을 했어요, 가엾은 사람."

"제임스는 이제 괜찮을 거야. 걱정할 것 없어. 이제 더 이상 할 말 없지, 에밀리? 그러면 나는 우체국으로 달려가야겠어. 여러분, 실례합니다."

그렇게 말한 찰스가 급히 방을 나갔다.

"활동적인 사람이에요."

에밀리의 말에 듀크 씨가 굵고 낮은 목소리로 말했다.

"트레퍼시스 양이야말로 활동적인 사람입니다."

"맞아요."

로널드 가필드가 감탄 섞인 목소리로 말했다.

"오! 이런."

에밀리는 갑자기 이렇게 말하더니 힘없이 의자에 주저앉았다.

"기운 차릴 게 필요하겠군요. 칵테일 한 잔 어때요?"

로널드가 재치 있게 끼어들었다.

에밀리는 고개를 저었다.

"브랜디를 조금 들죠."

라이크로프트 씨가 걱정스러운 듯 권했다.

"차 한 잔은 어떨까요?"

이번에는 바이올렛이 물었다.

"화장 분이 있었으면 좋겠어요. 분첩을 차 안에 두고 내렸거든요. 흥분해서 얼굴이 번들거려요."

에밀리가 아쉬운 듯 말했다.

바이올렛이 에밀리를 진정시킬 화장품을 찾으러 위층으로 그녀를 데려갔다.

에밀리는 분첩으로 콧잔등을 두드리며 말했다.

"이거 좋은데요. 아주 고급이에요. 이제 기분이 훨씬 나아졌어요. 립스틱 있나요? 이제 사람다워진 것 같네요."

"트레퍼시스 양은 정말 훌륭해요. 그리고 용감해요."

바이올렛은 진정 어린 목소리로 말했다.

"그렇지 않아요. 겉은 이래도 속으로는 울렁거리고 메스껍고 불안했어요."

"그 기분 알아요. 저도 똑같은 심정이었어요. 지난 며칠 동안 브라이언 때문에 얼마나 겁에 질려 있었다고요. 그를 트리벨리언 대령님의 살인 혐의로 교수형을 시킬 수는 없겠지만 그가 그 시간에 있었던 곳을 누설하기만 했다면 경찰은 아버지의 탈옥을 계획한 혐의로 그를 붙잡았을 거예요."

"무슨 말이에요?"

에밀리는 화장을 고치다 말고 물었다.

"탈옥한 그 죄수가 바로 우리 아버지예요. 우리 모녀가 이곳에 온 것도 그 때문이죠. 가엾은 아버지, 아버지는 가끔씩 이상해지세요. 그럴 때마다 무서운 일을 저지르곤 하시죠. 사고를 일으키세요. 우리는 호주에서 오는 도중에 브라이언을 만났어요. 그래서 브라이언과 저는…… 그러니까 그와 저는……."

에밀리가 말을 거들었다.

"알겠어요. 당연히 그랬겠죠."

"저는 그에게 모든 걸 말해 주었고 둘이서 계획을 짰지요. 브라이언은 대단했어요. 우리에게는 다행히 돈이 많아 브라이언이 모든 계획을 실행에 옮길 수 있었어요. 프린스타운에서 탈출하기란 정말 어렵거든요. 하지만 브라이언은 그 일을 해냈어요. 사실 기적 같은 일이었죠. 아버지가 탈출한 다음에 곧장 이곳 시골로 와서 픽시의 동굴에 숨어 있다가 시간이 지난 후에 아버지가 브라이언과 함께 우리 집에 남자 하인으로 들어온다는 계획이었어요. 우리 모녀는 계획된 날보다 한참 전에 이곳으로 왔기 때문에 의심을 받지 않을 수 있었죠. 브라이언이 이곳에 대해 말해 주고 트리벨리언 대령에게 큰돈을 주고 집을 빌리라고 권해 주었지요."

"정말 안됐군요. 일이 그렇게 틀어지다니."

"어머니는 완전히 기운이 빠지셨어요. 브라이언은 대단해요. 아무도 죄수의 딸과 결혼하려고 하지 않거든요. 하지만 저는 그게 정말 아버지의 잘못이라곤 생각하지 않아요. 아버지는 15년쯤 전에 말에게 머리를 끔찍하게 차인 후로 좀 이상해지셨어요. 브라이언은 실력 있는 변호사만 있으면 아버지가 곧 풀려 날 거라고 말했어요. 하지만 제 이야기는 이제 그만하죠."

"무슨 방법이 없을까요?"

바이올렛은 고개를 저으며 말했다.

"아버지는 몹시 편찮으세요. 엄청난 추위에 노출되어 있었던 탓이죠. 폐렴이에요. 아버지가 돌아가신다면 그게……. 사실 그분에겐 오히려 다행이라는 생각을 떨쳐 버릴 수가 없어요. 이 말이 끔찍하게 들리겠지만 제 말뜻 이해할 수 있죠?"

"가엾은 바이올렛, 안됐어요."

그러자 바이올렛은 어깨를 으쓱하더니 말했다.

"저에게는 브라이언이 있어요. 그리고 에밀리 양은……."

그녀가 당황해서 말을 멈추자 에밀리는 사려 깊게 말했다.

"그래요, 바로 그래요."

행운의 사나이

10분 후 에밀리는 골목길을 서둘러 내려가고 있었다. 와이엇 대령은 자기 집 대문에 몸을 기댄 채 그녀를 붙잡아 보려고 했다.
"안녕하시오, 트레퍼시스 양. 도대체 이게 어떻게 된 일이오?"
"전부 사실이에요."
에밀리는 걸음을 재촉하며 말했다.
"그래요, 일단 들어와서…… 와인 한 잔이나 홍차 한 잔이라도 하시오. 시간은 얼마든지 있소. 서두를 필요가 없다오. 당신네들은 그게 문제라니까."
"문제죠, 저도 알아요."
에밀리의 걸음은 더욱 빨라졌다.
그녀는 폭탄이 폭발할 것 같은 기세로 퍼스하우스 양의 집에 뛰어들었다.

"그 사건의 진상을 모두 말씀드리러 왔어요."

그러고는 곧장 사건에 대해 처음부터 끝까지 이야기를 쏟아 냈다. 퍼스하우스 양은 "오오, 이런.", "그렇게 말하지 않았어요?", "정말 놀라운걸." 등 다양한 감탄사로 맞장구를 치며 열심히 이야기를 들었다.

에밀리가 이야기를 마치자 퍼스하우스 양은 팔꿈치로 받쳐 몸을 일으키고는 젠체하며 손가락을 흔들었다.

"내가 뭐라고 했어요? 버너비가 시기심 많은 남자라고 했잖아요. 친구라니 정말! 20년 이상 트리벨리언 대령님은 무슨 일이든 버너비보다 조금씩 앞서 갔어요. 스키도 더 잘 탔고 산도 더 잘 탔고 총도 더 잘 쏘았고 십자말풀이 퍼즐도 더 잘 풀었죠. 버너비는 그걸 인정할 만큼 너그러운 인물이 아니었어요. 게다가 트리벨리언 대령님은 부자였지만 그는 가난했죠. 오랫동안 그래 왔어요. 무슨 일이든 자기보다 조금씩 더 잘하는 사람을 좋아하기란 쉽지 않은 일이죠. 버너비는 마음이 좁고 쩨쩨한 사람이었으니 신경이 많이 쓰였을 테고."

"그 말씀이 맞는 것 같아요. 어쨌든 와서 말씀드려야 한다고 생각했죠. 아무런 소식도 못 듣고 계신다는 건 공평치 못한 것 같아서요. 그런데 조카분이 제니퍼 이모님을 알고 있다는 걸 아셨나요? 두 사람은 수요일에 델러스에서 함께 차를 마시고 있더군요."

"가드너 부인은 그 아이 대모예요. 그러면 우리 조카가 엑서터에서 만난다던 '친구'가 바로 그 사람이었나 보네요. 내가 아는 로널드라면 돈을 빌리려고 했을 거예요. 주의를 주어야겠어요."

"이렇게 좋은 날에는 누군가에게 쓴소리를 하지 마세요. 안녕히 계세요. 날아가야겠군요. 할 일이 정말 많거든요."

"무슨 일을 해야 하는데요? 할 일은 모두 한 것 같은데."

"그렇지 않아요. 저는 런던에 가서 제임스가 다니는 보험 회사 사람들을 만나서 회사 돈을 빌려 쓴 일로 그를 고소하지 말아 달라고 설득해야 돼요."

"흐음."

"괜찮아요. 제임스는 앞으로 착실하게 살 거예요. 이번 일로 많이 배웠을 테니까요."

"그 회사 사람들을 설득시킬 자신은 있어요?"

"그럼요."

에밀리가 단호하게 말했다.

"글쎄, 그럴 수도 있겠지요. 그리고 그 다음엔?"

"그 다음엔 할 일을 전부 한 거죠. 제임스를 위해서라면 무슨 일이든 했을 거예요."

"그리고 그때 가서, 또 그 다음에는…… 이라고 묻는다면?"

"무슨 말씀이세요?"

"그 다음엔 뭘 하겠느냐고요? 분명하게 말해 달라면 그 사람들 중 누구예요?"

"아!"

"그래요. 나는 그 점이 알고 싶어요. 그들 중 누가 차이는 사람이 되는 거예요?"

에밀리가 소리 내어 웃었다. 그녀는 몸을 구부려 퍼스하우스 양에게 입을 맞췄다.

"모르는 척하지 마세요. 그게 누군지 잘 알고 계시면서."

그러자 이번에는 퍼스하우스 양이 킬킬거렸다.

에밀리는 가벼운 발걸음으로 그 집에서 뛰어나와 대문을 향해 가다가 골목길을 달려온 찰스 엔더비와 마주쳤다.

그는 그녀의 양손을 붙잡았다.

"에밀리, 내 사랑."

"찰스! 모든 게 정말 놀랍지 않아?"

"당신에게 키스해야겠어."

그는 이렇게 말하고 입을 맞추었다.

"드디어 나는 성공했어, 에밀리. 자, 여길 봐, 내 사랑. 어때?"

"뭐가 어떻다는 거야?"

"이런! 내 말은 말이지……. 그러니까 감옥에 있는 데다가 그 모든 일을 겪은 제임스 피어슨에게는 공정한 일이 못 되겠지. 하지만 그도 이제 혐의를 벗었으니 다른 사람들과 마찬가지로 불운을 감수해야 하지 않겠어."

"무슨 말이야?"

"내가 당신한테 푹 빠져 있다는 걸 잘 알고 있잖아. 그리고 당신도 나를 좋아하고. 피어슨 일은 그냥 실수일 뿐이야. 내 말은 그러니까…… 당신과 나, 우리는 서로를 위해 태어났어. 지금까지 함께 하면서 그걸 알았을 거야, 우리 둘 다 말이야, 안 그래? 호적 등기소에서 결혼할까, 아니면 교회에서 할까? 아님, 다른 곳? 어느 쪽이 좋아?"

"지금 결혼을 말하는 거라면 할 일은 아무것도 없어."

"뭐라고? 하지만 내 말은……."

"거절할게."

"하지만 에밀리……."

"확실히 말할게. 나는 제임스를 정말로 사랑해. 아주 열렬히!"

찰스 엔더비는 곤혹스러워 말을 잃었다.

"그럴 수는 없어."

"그럴 수 있어! 그리고 그럴 거야! 언제나 그랬다고! 앞으로도 늘 그럴 거고!"

"당신……. 내가 그렇게 생각하도록 만든 건 당신이었잖아?"

"의지할 수 있는 사람이 있어 너무 멋지다고 했던 내 말 말이지."

에밀리가 새침하게 말했다.

"그래, 하지만 내 생각은……."

"당신이 어떻게 생각했는지까지는 내가 어쩔 수 없는 거잖아."

"당신은 파렴치한 악마야, 에밀리."

"알아, 찰스, 알고 있어. 당신이 뭐라고 부르든 괜찮아. 당신이 얼마나 대단한 사람이 될지 생각해 봐. 당신은 특종을 땄어! 《데일리 와이어》의 독점 기사라고. 당신은 성공했어. 여자 따위가 무슨 의미가 있어? 먼지보다 못해. 진짜 강한 남자는 여자가 필요하지 않아.

여자란 성공한 남자를 친친 감고 올라가는 담쟁이덩굴처럼 방해만 된다고. 위대한 남자들은 모두 여자에게 의지하지 않아. 출세……. 남자에겐 크게 출세하는 것만큼 좋은 게 없고, 그보다 더 절대적인 만족을 주는 게 없어. 당신은 강한 사람이야. 찰스, 당신은 혼자서도 우뚝 설 수 있는 강인한 사람이라고…….”

"그만해, 에밀리. 라디오 청소년 상담 코너와 똑같은 말을 하는군! 당신은 내 마음에 상처를 줬어. 내러콧 경위님과 함께 그 방으로 들어올 때 당신이 얼마나 사랑스러웠는지 모를 거야. 아치에서 걸어 나오는 승리와 복수의 화신 같았다고."

골목길에서 발소리가 들리더니 듀크 씨가 나타났다.

"아, 오셨군요, 듀크 씨. 찰스, 말해 줄 게 있어. 이분은 전직 런던 경시청의 경감이셨던 듀크 씨야."

엔더비는 그 유명한 이름을 알아듣고 크게 외쳤다.

"뭐라고요? 그 듀크 경감님은 아니시겠죠?"

"바로 그분이셔. 은퇴하시고 이곳에 살러 오셨대. 멋지고 겸손하신 분이셔서 이전의 명성이 알려지길 원치 않으셨대. 내가 듀크 씨가 무슨 죄를 지었는지 말해 달라고 했을 때 내러콧 경위님이 눈을 반짝이며 재미있어 했던 이유를 이제는 알아."

에밀리의 말에 듀크 씨는 소리 내어 웃었다.

찰스 엔더비는 갈팡질팡했다. 사랑과 기자로서의 직업의식이 잠시 맞붙어 싸우고 있었기 때문이다. 결국 직업의식이 이겼다.

"경감님, 만나 뵈어 반갑습니다. 트리벨리언 사건에 대해 800단어

정도 되는 짧은 글을 써 주실 수 있으십니까?"

에밀리는 재빨리 골목길을 올라가 커티스 부인의 집으로 들어섰다. 그리고 자기 방으로 달려올라 가서 옷가방을 꺼냈다. 커티스 부인이 그녀를 따라 올라 왔다.

"아가씨, 지금 떠나는 건 아니죠?"

"가려고요. 할 일이 많아요. 런던에도 가야 하고 내 그이도 만나야죠."

커티스 부인이 가까이 다가왔다.

"말해 줘요, 아가씨. 그들 중에 누구예요?"

에밀리는 옷가방에 옷들을 아무렇게나 집어넣으며 말했다.

"당연히 감옥에 있는 사람이지요. 그이 말고는 아무도 없어요."

"아! 그래요. 실수라고 생각지는 않아요? 다른 신사가 이 사람만큼 훌륭하다고 확신해요?"

"오! 아니에요. 그런 게 아니에요. 찰스는 틀림없이 성공하겠죠."

그녀는 찰스 엔더비가 여전히 전직 경감인 듀크 씨를 붙잡고 열심히 설득하는 모습을 창문을 통해 바라보았다.

"저 사람은 성공하려고 태어난 사람이에요. 하지만 다른 한 사람은 제가 곁에서 돌보아 주지 않으면 무슨 일이 생길지 몰라요. 제가 아니었으면 그가 어떻게 됐을지 생각해 보세요."

"충분히 이해하겠어요."

커티스 부인이 공감한다는 듯 고개를 끄덕이며 말했다.

그녀는 아래층으로 내려갔다. 거기엔 그녀의 법적인 배우자가 앉아서 허공을 응시하고 있었다.

커티스 부인이 감탄한 목소리로 말했다.

"저 아가씨는 세라스 벨린다 대고모를 꼭 빼닮았어요. 대고모님은 '스리 카우'에 있는 그 시시한 조지 플런킷을 위해 다른 것은 전부 포기했지. 집까지 저당 잡힌 그렇고 그런 남자였는데 말이야. 하지만 2년 안에 대고모님은 저당 잡힌 것을 다 갚았고 사업도 번창하게 되었거든."

"그렇군!"

커티스 씨는 그렇게 말하고 나서 담배 파이프를 약간 옮겨 물었다.

"조지 플런킷, 그 사람은 잘생겼었지."

커티스 부인은 추억에 잠겨 중얼거렸다.

"아!"

커티스 씨가 한숨을 내쉬었다.

"하지만 벨린다 대고모와 결혼한 후로는 다른 여자는 쳐다보지도 않았어."

"그렇군!"

"대고모님이 그럴 기회를 주지 않았거든."

"아!"

커티스 씨가 장단을 맞추었다.

〈끝〉

옮긴이 | 김양희

부산대 국어국문학과를 졸업했으며 한양대 교육 대학원 TESOL 과정을 수료하였다. 부산일보사 기자로 10년 근무 후 현재 출판번역가로 활동 중이다. 옮긴 책으로 『변함없는 열정 - 메르세데스벤츠 이야기』, 『1791, 모차르트의 마지막 나날』, 『베트남』, 『태국』 등이 있다.

애거서 크리스티 전집
시태퍼드 미스터리

3판 1쇄 찍음 2021년 7월 2일
3판 1쇄 펴냄 2021년 7월 9일

지은이 | 애거서 크리스티
옮긴이 | 김양희
발행인 | 박근섭
편집인 | 김준혁
책임편집 | 정미리
펴낸곳 | 황금가지

출판등록 | 2009. 10. 8 (제2009-000273호)
주소 | 135-887 서울 강남구 신사동 506 강남출판문화센터 5층
전화 | 영업부 515-2000 편집부 3446-8774 팩시밀리 515-2007
홈페이지 | www.goldenbough.co.kr

도서 파본 등의 이유로 반송이 필요할 경우에는 구매처에서 교환하시고
출판사 교환이 필요할 경우에는 아래 주소로 반송 사유를 적어 도서와 함께 보내주세요.
06027 서울 강남구 도산대로 1길 62 강남출판문화센터 6층 민음인 마케팅부

© ㈜민음인, 2013. Printed in Seoul, Korea
ISBN 978-89-8273-729-9 04840
ISBN 978-89-8273-700-8 04840 (set)

㈜민음인은 민음사 출판 그룹의 자회사입니다.
황금가지는 ㈜민음인의 픽션 전문 출간 브랜드입니다.